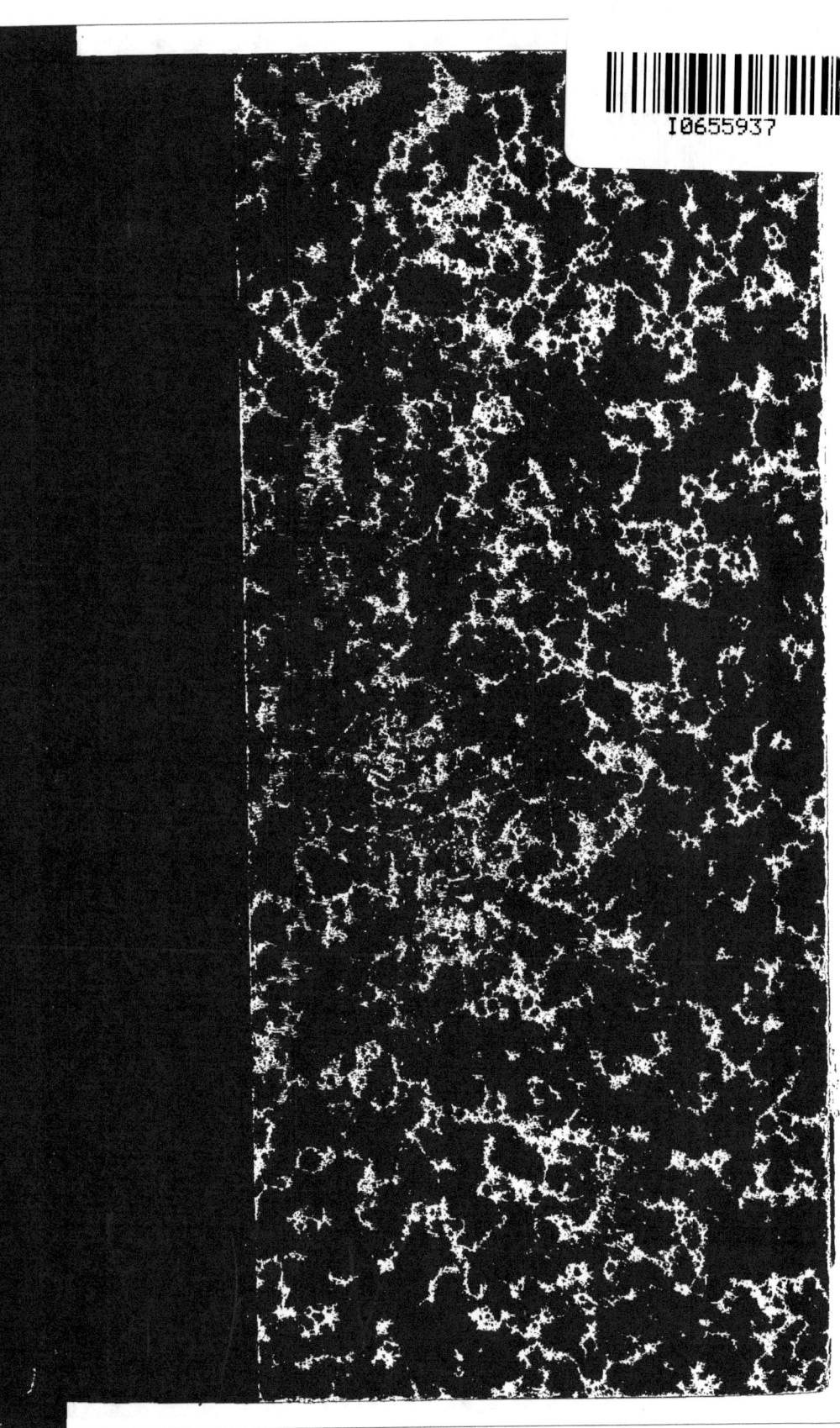

I0655937

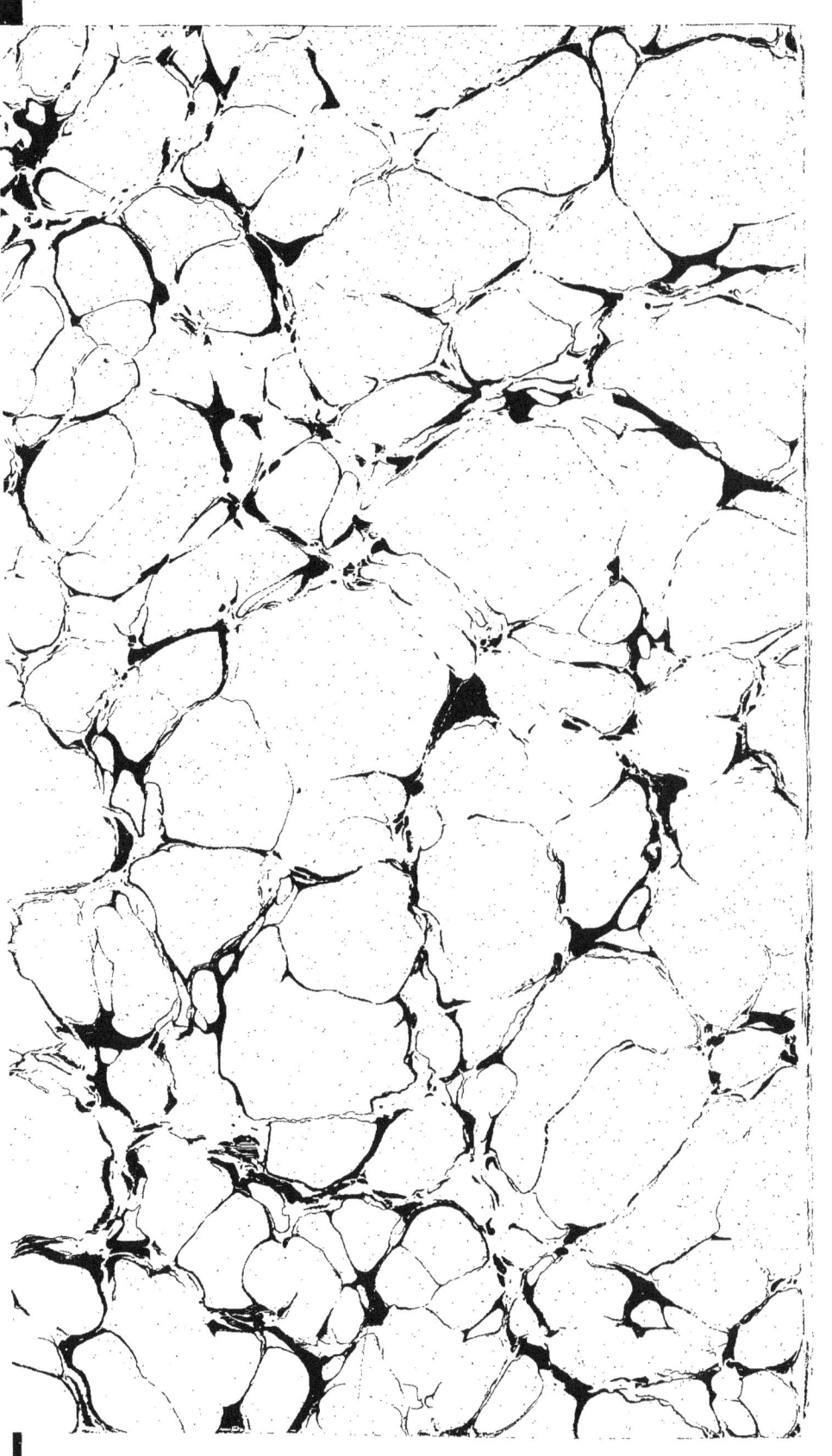

MARGUERITE DE NAVARRE

L'HEPTAMÉRON

DES NOUVELLES

RÉIMPRIMÉ PAR LES SOINS DE D. JOUAUST

Avec une Notice, des Notes et un Glossaire

PAR PAUL LACROIX

Conservateur de la Bibliothèque de l'Arsenal

TOME SECOND

PARIS

LIBRAIRIE DES BIBLIOPHILES

Rue Saint-Honoré, 338

M DCCC LXXX

L'HEPTAMÉRON

DES NOUVELLES

DE LA REINE DE NAVARRE

MARGUERITE DE NAVARRE

L'HEPTAMÉRON

DES NOUVELLES

RÉIMPRIMÉ PAR LES SOINS DE D. JOUAUST

Avec une Notice, des Notes et un Glossaire

PAR PAUL LACROIX

Conservateur de la Bibliothèque de l'Arsenal

TOME SECOND

PARIS

LIBRAIRIE DES BIBLIOPHILES

Rue Saint-Honoré, 338

———

M DCCC LXXX

QUATRIESME JOURNÉE

MADAME Oisille, selon sa bonne coustume, se leva beaucoup plus matin que tous les autres, et, en meditant son livre de la saincte Escriture, attendit la compaignie, qui peu à peu se rassembla, et les paresseux s'excuserent sur la parolle de Dieu, disans : « J'ay une femme, et n'y puis aller si tost. » Parquoy Hircan et Parlamente, sa femme, trouverent la leçon bien commencée ; mais Oisille sceut tresbien chercher les passages où l'Escriture reprend ceux qui sont negligens d'ouyr ceste saincte parolle. Et non seulement leur lisoit le texte, mais aussi leur faisoit tant de bonnes et sainctes exhortations qu'il n'estoit possible de s'ennuyer à l'ouyr. La leçon finie, Parlamente luy dist : « J'estois marrie d'avoir esté paresseuse quand je suis arrivée icy ; mais, puisque ma faulte est occasion de vous avoir faict si bien parler à moy, ma paresse a doublement profité : car j'ay repos de corps à dormir

davantage, et d'esprit à vous ouyr si bien dire.
— Or, pour penitence, luy dist Oisille, allons à
la messe prier nostre Seigneur nous donner la volonté et le moyen d'executer ses commandemens,
et puis qu'il commande ce que luy plaira. » En
disant ces paroles, se trouverent à l'eglise, où ils
ouyrent la messe devotement, et aprés se meirent
à table, où Hircan n'oublia point à se moquer de
la paresse de sa femme. Aprés disner, s'en allerent
reposer pour estudier leur roole, et, quand l'heure
fut venuë, se trouverent au lieu accoustumé. Et
lors Oisille demanda à Hircan à qui il donnoit sa
voix pour commencer la journée. « Si ma femme,
dist-il, n'eust commencé celle d'hier, je luy eusse
donné ma voix : car, combien que j'aye tousjours
pensé qu'elle m'ait plus aimé que tous les hommes
du monde, si est-ce que ce matin elle m'a monstré
m'aimer mieux que Dieu et sa parolle, laissant
vostre bonne leçon pour me tenir compaignie.
Ainsi donc, je luy eusse volontiers baillé cest honneur; mais, puis que ne le puis bailler à la plus
sage femme de la compaignie, je le bailleray au
plus sage d'entre nous, qui est Guebron; mais je
le prie qu'il n'espargne point les moynes. » Guebron luy dist : « Il ne m'en falloit point prier; je
les avois pour recommandez, car il n'y a pas long
temps que j'en ay ouy faire un compte à monsieur
de Sainct Vincent, ambassadeur de l'Empereur,
qui est digne de n'estre mis en oubly. »

NOUVELLE TRENTEUNIESME

Execrable cruauté d'un cordelier pour parvenir à sa detestable paillardise, et la punition qui en fut faicte.

UX terres subjectes à l'empereur Maximilian d'Austriche, y avoit un convent de cordeliers fort estimé, auprés duquel un gentil-homme avoit sa maison ; et portoit telle amitié aux religieux de leans qu'il n'avoit bien qu'il ne leur donnast pour avoir part en leurs bienfaicts, jeusnes et disciplines. Et entre autres y avoit leans un grand et beau cordelier que le gentil-homme avoit prins pour son confesseur, lequel avoit telle puissance de commander en la maison du gentil-homme que luy-mesme. Ce cordelier, voyant la femme de ce gentil-homme tant belle et sage qu'il n'estoit possible de plus, en devint fort amoureux qu'il en perdit le boire et le manger et toute raison naturelle. Et un jour, deliberant executer son entreprise, s'en alla tout seul en la maison du gentil-homme, et, ne le trouvant point, demanda à la damoiselle où il estoit

allé. Elle luy dist qu'il estoit allé à une sienne
terre où il devoit demeurer deux ou trois jours;
mais, s'il avoit affaire à luy, elle y envoyroit un
homme exprés. Il dist que non, et commença à
aller et venir par la maison, comme celuy qui avoit
quelque affaire d'importance en son entendement.
Et, quand il fut sailly hors de la chambre, elle dist
à une de ses femmes (desquelles n'avoit que deux):
« Allez aprés le beaupere et sçachez ce qu'il veult,
car je luy trouve visage d'un homme qui n'est pas
content. » La chambriere s'en alla à la court luy
demander s'il vouloit rien. Il luy respondit que
ouy, et, la tirant en un coing, print un poignart
qu'il avoit en sa manche et le luy meit dedans la
gorge. Ainsi qu'il eut achevé, arriva en la mesme
court un serviteur du gentil-homme, estant à
cheval, lequel apportoit la rente d'une ferme. Incontinent qu'il fut à pied, salüa le cordelier, qui,
en l'embrassant, luy meit par derriere le poignart
en la gorge, et ferma la porte du chasteau sur luy.
La damoiselle, voyant que sa chambriere ne revenoit point, s'ebahit pourquoy elle demeuroit tant
avec le cordelier, et dist à son autre chambriere :
« Allez veoir à quoy il tient que vostre compaigne
ne revient. » La chambriere s'y en va, et, si tost
qu'elle fut descendue et que le beaupere la veid,
il la tira à part en un coing et en feit comme de
l'autre. Et, quand il se veid seul en la maison, s'en
vint à la damoiselle, et luy dist qu'il y avoit long
temps qu'il estoit amoureux d'elle, et que l'heure
estoit venuë qu'il failloit qu'elle luy obeïst. Elle,

qui ne s'en fut jamais doubtée, luy dist : « Mon
pere, je croy que si j'avois une volonté si malheureuse, que me voudriez lapider le premier. »
Le religieux luy dist : « Sortez en ceste court, et
vous verrez ce que j'ay faict. » Quand elle veid
ses deux chambrieres et son varlet morts, elle fust
si treseffroyée de peur qu'elle demeura comme
une statue, sans sonner mot. A l'heure le meschant, qui ne vouloit point jouïr d'elle pour une
heure seule, ne la voulut prendre par force, mais
luy dist : « Ma damoiselle, n'ayez peur, vous estes
entre les mains de l'homme du monde qui plus
vous aime. » Disant cela, il despouïlla son grand
habit, dessoubs lequel en avoit un plus petit,
qu'il presenta à la damoiselle en luy disant que,
si elle ne le prenoit, il la mettroit au rang des
trespassez qu'elle voyoit devant ses yeux. La damoiselle, plus morte que vive, delibera de feindre
luy vouloir obeïr, tant pour sauver sa vie que pour
gaigner le temps qu'elle esperoit que son mary
reviendroit; et par le commandement dudict
cordelier commença à se descoëffer le plus longuement qu'elle peut. Et quand elle fut en cheveux, le cordelier ne regarda à la beauté qu'ils
avoient, mais les couppa hastivement; et ce faict,
la feit despouïller toute en chemise, et luy vestit
le petit habit qu'il portoit, reprenant le sien
accoustumé; et, le plus tost qu'il peut, partit de
leans, menant avec soy son petit cordelier, que si
longtemps il avoit desiré. Mais Dieu, qui a
pitié de l'innocent en tribulation, regarda les

larmes de ceste pauvre damoiselle : en sorte que
le mary, ayant faict ses affaires plus tost qu'il ne
cuidoit, retourna en la maison par un mesme
chemin que sa femme s'en alloit. Mais, quand le
cordelier l'apperceut de loing, il dit à la damoiselle : « Voicy vostre mary que je voy venir. Je
sçay que, si vous le regardez, il vous vouldra tirer
hors de mes mains ; parquoy marchez devant moy
et ne tournez nullement la teste du costé de là où
il ira : car, si vous faictes un seul signe, j'auray
plus tost mon poignart en vostre gorge qu'il ne
vous aura delivrée de ma main. » En ce disant, le
gentil-homme approcha, et luy demanda dont il
venoit. Il luy dist : « De vostre maison, où j'ay
laissé ma damoiselle vostre femme, qui se porte
tresbien et vous attend. » Le gentil-homme passa
oultre sans appercevoir sa femme ; mais le serviteur qui estoit avec luy, lequel avoit tousjours
accoustumé d'entretenir le compaignon du cordelier, nommé frere Jean, commença à appeler sa
maistresse, pensant que ce fust frere Jean. La
pauvre femme, qui n'osoit tourner la teste du
costé de son mary, ne luy respondit mot ; mais
son varlet, pour la veoir au visage, traversa le
chemin, et, sans respondre rien, la damoiselle luy
feit signe de l'œil, qu'elle avoit tout plein de
larmes. Le varlet s'en va aprés son maistre et luy
dist : « Monsieur, en traversant le chemin, j'ay
advisé le compaignon du cordelier, qui n'est point
frere Jean, mais resemble tout faict à ma damoiselle vostre femme, qui, avec un œil plein de

larmes, m'a jecté un piteux regard. » Le gentil-
homme luy dist qu'il resvoit, et n'en tint compte;
mais le varlet, persistant, le supplia luy donner
congé d'aller aprés, et qu'il attendist au chemin,
pour veoir si c'estoit ce qu'il pensoit. Le gentil-
homme luy accorda, et demeura pour veoir que
son varlet luy rapporteroit. Mais, quand le cordelier ouït derriere luy le varlet qui appeloit frere
Jean, se doubtant que la damoiselle eust esté
cogneuë, vint avec un grand baston ferré qu'il
tenoit, et en donna un si grand coup par le costé
au varlet qu'il l'abatit du cheval à terre. Incontinent saillit sur son corps et luy couppa la gorge.
Le gentil-homme, qui de loing veid tresbucher
son varlet, pensant qu'il fust tombé par quelque
fortune, courut aprés pour le relever. Et, si tost
que le cordelier le veid, il luy donna de son baston
ferré comme il avoit faict à son varlet, et, le
portant par terre, se jetta sur luy; mais le gentil-
homme, qui estoit fort et puissant, embrassa le
cordelier de telle sorte qu'il ne luy donna pouvoir
de luy faire mal, et luy feit saillir le poignart des
poings, lequel sa femme incontinent alla prendre
et le bailla à son mary, et de toute sa force tint le
cordelier par le chapperon, et le mary luy donna
plusieurs coups de poignart : en sorte qu'il luy
requist pardon et luy confessa toute la verité de
sa meschanceté. Le gentil-homme ne le voulut
point tuer, mais pria sa femme d'aller en sa
maison querir ses gens et quelque charrette pour
le mener : ce qu'elle feit ; et, aprés avoir despouïllé

son habit, courut toute en chemise, la teste rase, jusques en sa maison. Incontinent accoururent tous ses gens pour aller à leur maistre luy ayder à mener le loup qu'il avoit prins, et le trouverent dedans le chemin, où il fut prins et mené en la maison du gentil-homme, lequel aprés le feit conduire à la justice de l'Empereur en Flandres, où il confessa sa meschante volonté ; et fut trouvé par sa confession, et preuve faicte par commissaires sur le lieu, qu'en ce monastere y avoit esté mené un grand nombre de gentils-femmes et autres belles filles par le moyen que ce cordelier y vouloit mener ceste damoiselle : ce qu'il eust faict sans la grace de nostre Seigneur, qui aide tousjours à ceux qui ont esperance en luy. Et fut ledict monastere spolié de ses larcins et belles filles qui estoient dedans, et les moines enfermez bruslez avec ledict monastere, pour perpetuelle memoire de ce crime, par lequel se peult cognoistre qu'il n'y a rien plus cruel qu'amour quand il est fondé sur vice, comme il n'est rien plus humain ne louable quand il habite en un cueur vertueux.

« Je suis bien marry, mes dames, dequoy la verité ne nous amene des comptes autant à l'advantage des cordeliers comme elle faict à leur desadvantage : car ce me seroit grand plaisir, pour l'amour que je porte à leur ordre, d'en sçavoir quelqu'un où j'eusse moyen de les louër. Mais nous avons tant juré de dire verité que je suis contrainct, aprés le rapport de gens si dignes

de foy, de ne la celer, vous asseurant que, quand
les religieux de ce jourd'huy feroient acte digne
de memoire à leur gloire, je mettrois grand peine
à le faire trouver beaucoup meilleur que je n'ay
faict à dire la verité de cestuy-cy. — En bonne
foy, Guebron, dist Oisille, voilà un amour qui se
devroit nommer cruauté. — Je m'esbahis, dist
Simontault, comment il eut la patience, la voyant
en chemise et au lieu où il en pouvoit estre
maistre, qu'il ne la print par force. — Il n'estoit
pas friant, dist Saffredent ; mais il estoit gour-
mant : car, pour l'envie qu'il avoit de s'en saouler
tous les jours, il ne se vouloit point amuser d'en
taster. — Ce n'est point cela, dist Parlamente ;
mais entendez que tout homme furieux est tousjours paoureux, et la crainte qu'il avoit d'estre
surprins et qu'on luy ostast sa proye luy faisoit
emporter son aigneau comme un loup sa brebis,
pour la manger à son aise. — Toutesfois, dist
Dagoucin, je ne sçaurois croire qu'il luy portast
amour, et aussi qu'en un cueur si vilain que le
sien amour eust sceu habiter. — Quoy que ce
soit, dist Oisille, il en fut bien puny. Je prie à
Dieu que de pareilles entreprises puissent saillir
telles punitions. Mais à qui donnerez vous vostre
voix ? — A vous, ma dame, dist Guebron ;
vous ne fauldrez à nous en dire quelque bonne.
— Puis que je suis en mon rang, dist Oisille, je
vous en racompteray une bonne, pource qu'elle
est advenuë de mon temps, et que celuy mesme
qui me l'a comptée l'a veuë. Je suis seure que vous

n'ignorez pas que la fin de tous noz malheurs est la mort; mais, mettant fin à nostre malheur, elle se peult nommer nostre felicité et seur repos. Parquoy le malheur de l'homme est desirer la mort et ne la pouvoir avoir. Le plus grand mal que l'on puisse donner à un malfaicteur n'est pas la mort, mais est de donner un tourment continuel si grand qu'il la faict desirer, et si petit qu'il ne la peult avancer, ainsi qu'un mary le bailla à sa femme, comme vous orrez.

NOUVELLE TRENTEDEUXIESME

Punition, plus rigoureuse que la mort, d'un mary envers sa femme adultere.

E roy Charles, huictiesme de ce nom, envoya en Allemagne un gentil-homme nommé Bernage, seigneur de Cyvré, prés Amboise, lequel, pour faire bonne diligence et advancer son chemin, n'espargnoit jour ne nuict, en sorte qu'un soir bien tard arriva au chasteau d'un gentil-homme où il demanda logis, ce qu'à grand peine peut avoir. Toutesfois, quand le gentil-homme entendit qu'il estoit serviteur d'un tel Roy, s'en alla au

devant de luy et le pria de ne se mal contenter de
la rudesse de ses gens : car, à cause de quelques
parens de sa femme qui luy vouloient mal, il
estoit contrainct tenir sa maison ainsi fermée. Au
soir, ledict Bernage luy dist l'occasion de sa lega-
tion, en quoy le gentil-homme s'offroit de faire
tout service à luy possible au Roy son maistre. Et
le mena dedans sa maison, où il le logea et fes-
toya honorablement ; et, estant heure de soupper,
le gentil-homme le mena en une salle tendue de
belle tapisserie, et, ainsi que la viande fut apportée
sur la table, veit sortir de derriere la tapisserie
une femme, la plus belle qu'il estoit possible de
regarder ; mais elle avoit la teste toute tonduë, le
demeurant du corps habillé de noir à l'allemande.
Aprés que le gentil-homme eut lavé avec ledict
Bernage, l'on apporta l'eau à cesfe dame, qui lava
et s'en alla seoir au bout de la table, sans parler à
nul, ny nul à elle. Le seigneur de Bernage la regarda bien fort, et luy sembla l'une des plus belles
dames qu'il eust jamais veuë, sinon qu'elle avoit
le visage bien pale et la contenance fort triste.
Aprés qu'elle eut un peu mangé, demanda à boire,
ce que luy apporta un serviteur de leans dedans
un esmerveillable vaisseau, car c'estoit la teste
d'un mort, de laquelle les pertuis estoient bou-
chez d'argent ; et ainsi beut deux ou trois fois la
damoiselle. Aprés qu'elle eut souppé et lavé les
mains, feit une reverence au seigneur de la maison, et s'en retourna derriere la tapisserie sans
parler à personne. Bernage fut tant esbahy de

veoir chose si estrange qu'il en devint tout triste
et pensif. Le gentil-homme, qui s'en apperceut,
luy dist : « Je voy bien que vous vous estonnez
de ce qu'avez veu en ceste table ; mais, veu l'honnesteté que j'ay trouvée en vous, je ne vous veux
celer que c'est, à fin que vous ne pensiez qu'il y
ait en moy telle cruauté sans grande occasion.
Ceste dame que vous voyez est ma femme, laquelle j'ay plus aimée que jamais homme ne pourroit aimer la sienne, tant que pour l'espouser j'ay
oublié toute crainte, en sorte que je l'amenay icy
malgré ses parens. Elle aussi me monstroit tant
de signes d'amour que j'eusse hazardé dix mille
vies pour la mettre ceans à son aise et au mien,
où nous avons vescu long temps en tel repos et
contentement que je me tenois le plus heureux
gentil-homme de la chrestienté. Mais en un
voyage que je fey, où mon honneur me contraignoit aller, elle oublia tant le sien, sa conscience
et l'amour qu'elle avoit en moy, qu'elle fut amoureuse d'un jeune gentil-homme que j'avois nourry
ceans, dont à mon retour je m'en cuiday appercevoir. Si est-ce que l'amour que luy portois
estoit si grande que je ne me pouvois deffier
d'elle, jusques à ce que l'experience m'ouvrit les
yeux et vey ce que je craignois plus que la mort.
Parquoy l'amour que je luy portois fut convertie
en fureur et desespoir, de sorte que je la guettay
de si prés qu'un jour, feignant aller dehors, me
cachay en la chambre où maintenant elle demeure, en laquelle bien tost aprés mon partement

se retira, et y feit venir ce jeune gentil-homme, lequel je vey entrer avec la privauté qui n'appartenoit qu'à moy avoir à elle. Mais, quand je vey qu'il vouloit monter sur le lict auprés d'elle, je sailly dehors et le prins entre ses bras, où je le tuay; et, pour ce que le crime de ma femme me sembla si grand que telle mort n'estoit suffisante pour la punir, je luy ordonnay une peine que je pense qu'elle a plus desagreable que la mort : c'est de l'enfermer en la chambre où elle se retiroit pour prendre ses plus grands delices, et en la compaignie de celuy qu'elle aimoit trop mieux que moy, auquel lieu je luy ay mis dans une armoire tous les os de son amy, tenduz comme une chose precieuse en un cabinet. Et, à fin qu'elle n'en oublie la memoire, en beuvant et mangeant, luy fais servir à table tout devant moy, en lieu de couppe, la teste de ce meschant, à ce qu'elle voye vivant celuy qu'elle faict son mortel ennemy par sa faulte, et mort pour l'amour d'elle celuy duquel elle avoit preferé l'amitié à la mienne. Et ainsi elle voit à disner et soupper les deux choses qui plus luy doivent desplaire, l'ennemy vivant et l'amy mort, et tout par son peché. Au demeurant, je la traicte comme moy, sinon qu'elle va tondue, car l'ornement des cheveux n'appartient à l'adultere, ne le voile à l'impudique : parquoy s'en va rasée, monstrant qu'elle a perdu l'honneur, la chasteté et pudicité. S'il vous plaist prendre la peine de le veoir, je vous y meneray. » Ce que feit volontiers Bernage, et descendirent en bas, et trouverent qu'elle estoit en une tresbelle chambre, assise toute seule devant un feu. Le gentil-homme tira un rideau qui estoit devant une grande armoire, où il veit penduz tous les os d'un homme mort. Bernage avoit grande envie de parler à la dame; mais, de peur du mary, il n'osa. Ce gentil-homme, qui s'en apperceut, luy dist : « S'il vous plaist luy dire quelque chose, vous verrez quelle phrase et parolle elle a. » Bernage luy dist à l'heure : « Ma dame, si vostre patience est egale au tourment, je vous estime la plus heureuse femme du monde. » La dame, ayant la larme à l'œil, avec une grace tant humble qu'il n'estoit possible de plus, luy dist : « Monsieur, je confesse ma faulte estre si grande que tous les maux que le seigneur de ceans (lequel je ne suis digne de nommer mary) me sçauroit faire ne me sont rien au pris du regret que j'ay de l'avoir offensé. » Et, en disant cela, se print fort à plorer. Le gentil-homme tira Bernage par le bras et l'emmena. Le lendemain au matin s'en partit pour aller faire la charge que le Roy luy avoit donnée. Toutesfois, disant à Dieu au gentil-homme, ne se peut tenir de luy dire : « Monsieur, l'amour que je vous porte et l'honneur et privauté que vous m'avez faicte en vostre maison me contraignent vous dire qu'il me semble (veu la grande repentance de vostre pauvre femme) que vous luy devez user de misericorde, et aussi que vous estes jeune et n'avez nuls enfans, et seroit grand dommage de perdre une telle

maison que la vostre, et que ceux qui ne
vous aiment (peult estre) point en fussent he-
ritiers. » Le gentil-homme, qui avoit deliberé
de ne parler jamais à sa femme, pensa longuement au propos que luy tint le seigneur de Bernage, et en fin cogneut qu'il luy disoit verité,
et luy promist que, si elle perseveroit en ceste
humilité, il en auroit quelquefois pitié. Ainsi s'en
alla Bernage faire sa charge. Et, quand il fut re-
tourné devers le Roy son maistre, luy feit tout
au long le compte, que le prince trouva tel comme
il disoit; et, entre autres choses, ayant parlé de la
beauté de la dame, envoya son peintre, nommé
Jean de Paris, pour luy rapporter au vif ceste
dame : ce qu'il feit aprés le consentement de son
mary, lequel, aprés longue penitence, pour le
desir qu'il avoit d'avoir enfans et par la pitié qu'il
eut de sa femme, qui en si grande humilité recevoit ceste penitence, la reprint avec soy, et en eut
depuis beaucoup de beaux enfans.

« Mes dames, si toutes celles à qui pareil cas,
comme à elle, est advenu, beuvoient en tels vais-
seaux, j'aurois grand peur que beaucoup de coup-
pes dorées seroient converties en testes de morts.
Dieu nous en vueille garder! car, si sa bonté ne
nous retient, il n'y a aucune d'entre vous qui ne
puisse faire pis ; mais, ayant confiance en luy, il
gardera celles qui confessent ne se pouvoir par
elles mesmes garder; et celles qui se confient en
leurs forces et vertuz sont en grand danger d'estre

tentées jusques à confesser leur infirmité, et vous
asseure qu'ils s'en sont veuës plusieurs que l'orgueil a faict tresbuscher en tel cas dont l'humilité
sauvoit celles que l'on estimoit les moins vertueuses. Et dict le vieil proverbe que ce que Dieu
garde est bien gardé. — Je trouve, dist Parlamente, ceste punition autant raisonnable qu'il est
possible : car, tout ainsi que l'offense est pire que
la mort, aussi est la punition pire que la mort. —
Je ne suis pas de vostre opinion, dist Emarsuitte,
car j'aymerois mieux veoir toute ma vie les os de
tous mes serviteurs en mon cabinet que de mourir
pour eux, veu qu'il n'y a meffaict ne crime qui ne
se puisse amender ; mais aprés la mort n'y a point
d'amendement. — Comment sçauriez vous amender la honte ? dist Longarine, car vous sçavez que
quelque chose que puisse faire une femme aprés
un tel mesfaict ne sçauroit reparer son honneur.
— Je vous prie, dist Emarsuitte, dictes moy si la
Magdaleine n'a pas plus d'honneur maintenant
entre les hommes que sa sœur, qui estoit vierge.
— Je vous confesse, dist Longarine, qu'elle est
louée entre nous de la grande amour qu'elle a
portée à Jesus Christ et de sa grande penitence ;
mais si luy demeure-il le nom de pecheresse. —
Je ne me soucie, dist Emarsuitte, quel nom les
hommes me donnent ; mais que Dieu me pardonne
et à mon mary aussi, il n'y a rien pourquoy je
voulsisse mourir. — Si ceste damoiselle aimoit son
mary comme elle devoit (dist Dagoucin), je m'esbahis qu'elle ne mouroit de dueil en regardant les

os de celuy à qui, par son peché, elle avoit donné la mort. — Comment, Dagoucin, dist Simontault, estes vous encores à sçavoir que les femmes n'ont amour ny regret? — Ouy, dist-il, car jamais je n'ay osé tenter leur amour, de peur d'en trouver moins que je desire. — Vous vivez doncques de foy et d'esperance, dist Nomerfide, comme le pluvier du vent : vous estes bien aisé à nourrir. — Je me contente, dist-il, de l'amour que je sens en moy et de l'espoir qu'il y a au cueur des dames ; mais, si je le sçavois, comme j'espere, j'aurois si extreme contentement que je ne le pourrois porter sans mourir. — Gardez vous bien, dist Guebron, de la peste, car de ceste maladie là je vous asseure. — Mais je voudrois sçavoir à qui ma damoiselle Oisille donnera sa voix. — Je la donne, dist elle, à Simontault, lequel, je sçay bien, n'espargnera personne. — Autant vault, dist-il, que me mettiez assus que je suis un peu mesdisant. Si ne lairray-je à vous monstrer que ceux que l'on disoit mesdisans ont dict verité. Je croy, mes dames, que vous n'estes si sottes de croire en toutes les nouvelles que l'on vous vient compter, quelque apparence qu'elles puissent avoir de saincteté, si la preuve n'y est si grande qu'elle ne puisse estre remise en doubte. Aussi sous espece de miracles y a bien souvent des abus, et pource j'ay envie vous en racompter un qui ne sera moins à la louënge d'un prince fidele qu'au deshonneur d'un meschant ministre d'Eglise. »

NOUVELLE TRENTETROISIESME

Abomination d'un prestre incestueux, qui engrossa sa sœur soubs pretexte de saincte vie, et la punition qui en fut faicte.

E comte Charles d'Angoulesme, pere du roy François premier de ce nom, prince fidele et craignant Dieu, estant à Coignac, quelqu'un luy racompta qu'en un village prés de là, nommé Cherves, y avoit une fille vierge, vivant si austerement que c'estoit chose admirable, laquelle, toutes fois, estoit trouvée grosse, ce qu'elle ne dissimuloit point, asseurant à tout le peuple que jamais n'avoit cogneu homme, et qu'elle ne sçavoit comme le cas luy estoit advenu, sinon que ce fust œuvre du sainct Esprit : ce que le peuple croyoit facilement, et la tenoit et reputoit comme une seconde vierge Marie, car chacun cognoissoit que, dés son enfance, elle estoit si sage que jamais n'eut en elle un seul signe de mondanité. Elle jeusnoit non seulement les jeusnes commandées de l'Eglise, mais plusieurs fois la sepmaine à sa devotion ; et, tant que l'on disoit quelque service en l'eglise, elle n'en bougeoit : parquoy sa vie estoit si estimée de tout le commun que chacun par miracle

la venoit veoir, et estoit bien heureux qui luy
pouvoit toucher la robbe. Le curé de la paroisse
estoit son frere, homme d'aage et de bien austere
vie, aimé et estimé de ses parroissiens et tenu pour
un sainct homme, lequel luy tenoit de si rigoureux propos qu'il la feit enfermer en une maison,
dont le peuple estoit mal content. Et en fut le
bruit si grand que (comme je vous ay dict) les
nouvelles en vindrent jusques aux oreilles du
Comte, lequel, voyant l'abbus où tout le monde
estoit, desira l'en oster ; parquoy envoya un maistre des requestes et un aumosnier (deux fort gens
de bien) pour en sçavoir la verité, lesquels allerent
sur le lieu et s'informerent du cas le plus diligemment qu'ils peurent, s'adressans au curé, qui estoit
tant ennuyé de cest affaire qu'il les pria d'assister
à la verification, laquelle il esperoit faire. Le lendemain, ledict curé, dés le matin, chanta la messe,
où sa sœur assista tousjours à genoux, bien fort
grosse ; et à la fin de la messe le curé print le *cor-*
pus domini, et, en la presence de toute l'assistence,
dist à sa sœur : « Malheureuse que tu es, voicy
celuy qui a souffert mort et passion pour toy, devant lequel je te demande si tu es vierge, comme
tu m'as tousjours asseuré. » Laquelle, hardiment
et sans crainte, luy respondit qu'ouy. « Et comment donc est il possible que tu sois grosse et demeurée vierge ? » Elle respondit : « Je n'en puis
rendre autre raison, sinon que ce soit de la grace
du sainct Esprit, qui faict en moy ce que luy plaist ;
mais si ne puis-je nier le bien que Dieu me faict

de me conserver vierge, car jamais je n'eu volonté
d'estre mariée. » Alors son frere luy dist : « Je te
baille icy le corps precieux de Jesus Christ, lequel
tu prendras à ta damnation s'il est autrement que
tu ne le dis, dont messieurs, qui sont icy presens
de par monsieur le Comte, seront tesmoings. » La
fille, aagée de prés de treize ans, jura par tel serment : « Je prends le corps de nostre Seigneur
icy present à ma damnation devant vous, messieurs, et vous, mon frere, si jamais homme m'at-
toucha non plus que vous. » Et, en ce disant,
receut le corps de nostre Seigneur. Le maistre des
requestes et l'aumosnier du Comte, voyans cela,
s'en allerent tous confus, croyans qu'avecques tels
sermens mensonge ne sçauroit avoir lieu, et en
feirent le rapport au Comte, le voulans persuader
à croire ce qu'ils croyoient. Mais luy, qui estoit
sage, aprés y avoir bien pensé, leur feit de rechef
dire les parolles du jurement, lesquelles ayant bien
pensées, leur dist : « Elle vous a dict que jamais
homme ne luy toucha non plus que son frere ; et
je pense pour verité que son frere luy a faict cest
enfant et veult couvrir sa meschanceté sous une si
grande dissimulation ; et nous, qui croyons un
Jesus Christ venu, n'en devons plus attendre
d'autre. Parquoy allez vous en et mettez le curé
en prison : je suis seur qu'il confessera la verité. »
Ce qui fut faict selon son commandement, non
sans grandes remonstrances pour le scandale qu'ils
faisoient à cest homme de bien. Et, si tost que le
curé fut prins, il confessa sa meschanceté, et

comme il avoit conseillé à sa sœur de tenir les propos qu'elle tenoit, pour couvrir la vie qu'ils avoient menée ensemble non seulement d'une excuse legere, mais d'un faux donner à entendre, par lequel ils demeureroient honorez de tout le monde. Et dist, quand on luy meit au devant comment il avoit esté si meschant de prendre le corps de nostre Seigneur pour la faire jurer dessus, qu'il n'estoit pas si hardy, et qu'il avoit prins un pain non sacré ne beneist. Le rapport en fut faict au Comte d'Angoulesme, lequel commanda à la justice d'en faire ce qu'il appartenoit. L'on attendit que sa sœur fust accouchée ; et, aprés avoir faict un beau fils, furent bruslez le frere et la sœur, dont tout le peuple eut un merveilleux esbahissement, ayant veu sous un si sainct manteau un monstre si horrible, et sous une vie tant louable et saincte regner un si detestable vice.

« Voilà, mes dames, comme la foy du bon Comte ne fut vaincuë par signes ne par miracles exterieurs, sçachant tresbien que nous n'avons qu'un sauveur, lequel, en disant *Consummatum est,* a monstré qu'il ne laissoit point le lieu à un autre successeur pour faire nostre salut. — Je vous promects, dist Oisille, que voilà une grande hardiesse sous une extreme hipocrisie, couvrir du manteau de Dieu et de bon chrestien un peché si enorme. — J'ay ouy dire, dist Hircan, que ceux qui, sous couleur d'une commission de roy, font cruautez et tirannies, sont puniz doublement,

pource qu'ils couvrent leur injustice de la justice
royale. Aussi voyez vous que les hipocrites, combien qu'ils prosperent quelque temps sous le
manteau de Dieu et de saincteté, si est-ce que,
quand le seigneur Dieu leve son manteau, il les
descouvre et mect tous nuds : et à l'heure leur
nudité, ordure et vilennie est d'autant trouvée
plus laide que la couverture estoit honorable. —
Il n'est rien plus plaisant, dist Nomerfide, que de
parler naïfvement ainsi que le cueur le pense. —
C'est pour engresser, respondit Longarine, et je
croy que vous donnez vostre opinion selon vostre
condition. — Je vous diray, dist Nomerfide, je
veoy que les fols (si on ne les tue) vivent plus longuement que les sages ; et n'y entends qu'une
raison, c'est qu'ils ne dissimulent point leurs passions : s'ils sont courroucez, ils frappent ; s'ils sont
joyeux, ils rient ; et ceux qui cuident estre sages
dissimulent tant leurs imperfections qu'ils en ont
tous les cueurs empoisonnez. — Je pense, dist
Guebron, que vous dictes verité, et que l'hipocrisie, soit envers Dieu, envers les hommes ou
envers la nature, est cause de tous les maux que
nous avons. — Ce seroit belle chose, dist Parlamente, que nostre cueur feust si remply par foy
de celuy qui est toute vertu et toute joye que nous
le peussions librement monstrer à chacun. — Ce
sera à l'heure, dist Hircan, qu'il n'y aura plus de
chair sur noz oz. — Si est-ce, dist Oisille, que
l'esprit de Dieu, qui est plus fort que la mort,
peult mortifier nostre cueur sans mutation de corps.

— Ma dame, dist Saffredent, vous parlez du don
de Dieu, qui n'est gueres commun aux hommes.
— Il est commun, dist Oisille, à ceux qui ont la
foy ; mais, pource que ceste matiere ne se laisse
entendre à ceux qui sont charnels, sçachons à qui
Simontault donne sa voix. — Je la donne, dist-il,
à Nomerfide, car, puis qu'elle a le cueur joyeux,
sa parolle ne sera point triste. — Et vrayement,
dist Nomerfide, puis que vous avez envie de rire,
je vous en vay apprester l'occasion. Et pour vous
monstrer combien la peur et l'ignorance nuist, et
que, faulte de bien entendre, un propos est souvent
cause de beaucoup de mal, je vous diray ce qui
advint à deux pauvres cordeliers de Niort, lesquels,
pour mal entendre le langage d'un boucher, cuiderent mourir de peur.

NOUVELLE TRENTEQUATRIESME

Deux cordeliers, trop curieux d'escouter, eurent si belles
afres qu'ils en cuiderent mourir.

IL y a un village, entre Niort et Fors,
nommé Grip, lequel est au seigneur
de Fors. Un jour advint que deux cordeliers, venans de Niort, arriverent
bien tard en ce lieu de Grip et logerent en la maison d'un boucher. Et, pource qu'entre leur chambre et celle de l'hoste n'y avoit que des ais bien
mal joincts, leur print envie d'escouter ce que le
mary disoit à sa femme estant dans le lict; et vindrent mettre leurs oreilles tout droit au chevet du
lict du mary, lequel, ne se doubtant de ses hostes,
parloit privéement à sa femme de son mesnage,
en luy disant : « M'amie, il me fault lever demain
de bon matin pour aller veoir noz cordeliers, car
il y en a un bien gras, lequel il nous fault tuer ;
nous le sallerons incontinent, et en ferons nostre
proffit. » Et combien qu'il entendist de ses pourceaux, qu'il appelloit cordeliers, si est-ce que les
deux pauvres freres, qui oyoient ceste deliberation,
se tindrent tout asseurez que c'estoit pour eux, et
en grande peur et craincte attendoient l'aube du
jour. Il y en avoit un d'eux fort gras et l'autre

assez maigre. Le gras se vouloit confesser à son
compaignon, disant qu'un boucher ayant perdu
l'amour et crainte de Dieu ne feroit non plus de
cas de l'assommer qu'un bœuf ou autre beste ; et,
veu qu'ils estoient enfermez en leur chambre, de
laquelle ils ne pouvoient sortir sans passer par
celle de l'hoste, ils se pouvoient tenir bien seurs
de leur mort et recommander leurs ames à Dieu.
Mais le jeune, qui n'estoit pas si vaincu de peur
que son compaignon, luy dist que, puis que la
porte leur estoit fermée, il falloit essayer à passer
par la fenestre : aussi bien ne sçauroient ils avoir
pis que la mort. A quoy le gras s'accorda. Le
jeune ouvrit la fenestre, et, voyant qu'elle n'estoit
trop haulte de terre, saulta legerement en bas et
s'en fuit le plustost et le plus loing qu'il peut,
sans attendre son compagnon, lequel essaya le
danger ; mais la pesanteur le contraignit de de-
mourer en bas : car, au lieu de saulter, il tumba
si lourdement qu'il se blessa fort une jambe. Et,
quand il se veit abandonné de son compagnon, et
qu'il ne le pouvoit suyvre, regarda autour de luy
où il se pourroit cacher, et ne veid rien qu'un tect
à pourceaux, où il se traina le mieux qu'il peut ;
et, ouvrant la porte pour entrer dedans, eschap-
perent deux grands pourceaux, en la place desquels se meist le pauvre cordelier, et ferma le petit
huys sur luy, esperant, quand il orroit le bruict
des gens passans, qu'il appelleroit et trouveroit
secours. Mais, si tost que le matin fut venu, le
boucher appresta ses grands cousteaux, et dist à

sa femme qu'elle luy tint compagnie pour aller
tuer ses pourceaux gras. Et quand il arriva au tect
où le cordelier s'estoit caché, commença à crier
bien hault en ouvrant la petite porte : « Saillez
dehors, mes cordeliers, saillez dehors : c'est aujourd'huy que j'auray de voz boudins. » Le cordelier, ne se pouvant soustenir sur sa jambe, saillit
à quarte pieds hors du tect, criant tant qu'il pouvoit misericorde. Et, si le pauvre cordelier eut
grand peur, le boucher et sa femme n'en eurent
pas moins, car ils pensoient que sainct François
fust courroucé contre eux de ce qu'ilz nommerent
une beste un cordelier, et se meirent à genoux
devant le pauvre frere, demandans pardon à sainct
François et à sa religion ; en sorte que le cordelier crioit d'un costé misericorde au boucher, et le
boucher à luy de l'autre, tant que les uns et les
autres furent un quart d'heure sans se pouvoir
asseurer. A la fin le beaupere, cognoissant que
le boucher ne luy vouloit point de mal, luy compta
la cause pour laquelle il s'estoit caché en ce tect,
dont leur peur fut incontinent convertie en matiere de ris, sinon que le pauvre cordelier, qui
avoit mal en la jambe, ne se pouvoit resjouïr ;
mais le boucher le mena en sa maison où il le feit
tresbien penser. Son compaignon, qui l'avoit
laissé au besoing, courut toute la nuict, tant qu'au
matin il vint en la maison du seigneur de Fors,
où il se plaignit de ce boucher, qu'il soupçonnoit
avoir tué son compaignon, veu qu'il n'estoit point
venu aprés luy. Le seigneur de Fors envoya incon-

tinent audict lieu de Grip pour en sçavoir la verité,
laquelle sceuë, ne touva point matiere de plorer,
mais ne faillit à le racompter à sa maistresse madame
la Duchesse d'Angoulesme, mere du roy François premier de ce nom.

« Voilà, mes dames, comme il ne faict pas bon
escouter le secret où l'on n'est pas appellé et entendre mal les paroles d'autry. — Ne sçavois-je
pas bien, dist Simontault, que Nomerfide ne nous
feroit point plorer, mais fort rire ? En quoy il me
semble que chacun de nous s'est bien acquitté. —
Et qu'est-ce à dire, dist Oisille ? Que nous sommes plus enclins à rire d'une follie que d'une chose
sagement faicte ? — Pource, dist Hircan, qu'elle
nous est plus aggreable, d'autant qu'elle est plus
semblable à nostre nature, qui de soy n'est jamais
sage ; et chacun prend plaisir à son semblable, les
fols aux follies, et les sages à la prudence. Toutesfois je croy qu'il n'y a ny sages ny fols qui se
sceussent garder de rire de ceste histoire. — Il y
en a, dist Guebron, qui ont le cueur tant adonné
à l'amour de sapience que pour choses qu'ils
sceussent ouyr on ne les sçauroit faire rire, car ils
ont une joye en leurs cueurs et un contentement
si moderé que nul accident ne les peut muer. —
Où sont ceux là ? dist Hircan. — Les philosophes
du temps passé, respondit Guebron, desquels la
tristesse et la joye n'estoit quasi point sentie : au
moins n'en monstroient ils nul semblant, tant ils
estimoient grande vertu se vaincre eux mesmes et

leur passion. — Et je trouve aussi bon comme ils
font, dist Saffredent, de vaincre une passion
vitieuse ; mais d'une passion naturelle, qui ne tend
à nul mal, ceste victoire là me semble inutile. —
Si est-ce, dist Guebron, que les autres estimoient
ceste vertu grande. — Il n'est pas dict aussi, respondit Saffredent, qu'ils fussent tous sages ; mais
il y avoit plus d'apparence de sens et de vertu
qu'il n'y avoit de faict. — Toutesfois, vous voyez
qu'ils reprouvent toutes choses mauvaises, dist
Guebron ; et mesmes Diogene foulla aux pieds le
lict de Platon pour ce qu'il estoit trop curieux à
son gré, pour monstrer qu'il desprisoit et vouloit
mettre soubs les pieds la vaine gloire et convoitise
de Platon, en disant : « Je foulle l'orgueil de
Platon. » — Mais vous ne dictes pas tout, dist
Saffredent, car Platon luy respondit soudainement
que vrayement il le foulloit, mais avec une plus
grande presumption : car certes Diogenes usoit
d'un tel mespris de netteté par une certaine gloire
et arrogance. — A dire vray, dist Parlamente, il
est impossible que la victoire de nous mesmes se
face par nous mesmes sans un merveilleux orgueil,
qui est le vice que chacun doibt le plus craindre,
car il s'engendre de la mort et ruine de tous les
autres. — Ne vous ay-je pas leu au matin, dist
Oisille, que ceux qui ont cuidé estre plus sages
que les autres hommes, et qui par une lumiere de
raison sont venuz à cognoistre un Dieu createur
de toutes choses, toutesfois, pour s'attribuer ceste
gloire, et non à celuy dont elle venoit, estimans

par leur labeur avoir gaigné ce sçavoir, ont esté
faicts non seulement plus ignorans et desraison-
nables que les autres hommes, mais que les bestes
brutes? Car, ayans erré en leurs esprits, se sont
attribué ce | qu'à Dieu seul appartient, et ont
monstré leurs erreurs par le desordre de leurs
corps, oublians et pervertissans l'ordre de leur
sexe, comme sainct Paul nous monstre en l'epistre
qu'il escript aux Romains. — Il n'y a nulle de
nous, dist Parlamente, qui par ceste epistre ne
confesse que tous les pechez exterieurs ne soient
que les fruicts de l'infidelité interieure, laquelle,
plus est couverte de vertu et miracles, plus est
dangereuse à arracher. — Entre nous hommes,
dist Hircan, nous sommes donc plus prés de
nostre salut que vous autres, car, ne dissimulans
point noz fruicts, cognoissons facilement nostre
racine. Mais vous, qui n'osez les mettre dehors et
qui faictes tant de belles œuvres apparentes, à
grand peine cognoissez vous ceste racine d'orgueil
qui croist sous si belle couverture. — Je vous confesse, dist Longarine, que, si la parolle de Dieu
ne nous monstre par la foy la lepre d'infidelité
cachée en nostre cueur, Dieu nous faict grand
grace quand nous tresbuchons en quelque offense
visible par laquelle nostre pensée couverte se
puisse clairement veoir; et bien heureux sont ceux
que la foy a tant humiliez qu'ils n'ont point besoing d'experimenter leur nature pecheresse par
les effects du dehors! — Mais regardons, dist Simontault, de là où nous sommes venuz : en par-

tant d'une tresgrande follie, nous sommes tombez
en la philosophie et theologie. Laissons ces dis-
putes à ceux qui les sçavent mieulx dechiffrer que
nous, et sçachons de Nomerfide à qui elle donne
sa voix. — Je la donne, dist-elle, à Hircan ; mais
je luy recommande l'honneur des dames. — Vous
ne me le pouvez dire en meilleur endroict, dist
Hircan, car l'histoire que j'ay apprestée est toute
telle qu'il la fault pour vous obeir. Si est-ce que
je vous apprendray par cela à confesser que la nature des femmes et des hommes est de soy encline
à tout vice, si elle n'est preservée par la bonté de
celuy à qui l'honneur de toute victoire doibt estre
rendu. Et, pour vous abbatre l'audace que vous
prenez quand on en dict à vostre honneur, je vous
en vay monstrer un exemple qui est tresveritable. »

NOUVELLE TRENTECINQIESME

Industrie d'un sage mary pour divertir l'amour que sa
femme portoit à un cordelier.

N la ville de Pampelune, y avoit une
dame estimée, belle et vertueuse, et la
plus chaste et devote qui fust au païs.
Elle aimoit son mary et luy obeïssoit
si bien que entierement il se confioit en elle. Ceste
dame frequentoit incessamment le service divin et
les sermons. Elle persuadoit à son mary et enfans
d'y demeurer autant qu'elle, qui estoit en l'aage
de trente ans, où les femmes ont accoustumé de
quitter le nom de belles pour estre nouvelles
sages. Ceste dame alla le premier jour de caresme à l'eglise prendre la memoire de la mort,
où elle trouva le sermon que commençoit un cordelier tenu de tout le monde un sainct homme
pour sa tresgrande austerité et bonté de vie, qui
le rendoit maigre et pasle, mais non tant qu'il ne
fust un des beaux hommes du monde. La dame
devotement escouta son sermon, ayant les yeux
fermes à contempler ceste venerable personne, et
l'aureille et esprit prompt à l'escouter. Parquoy
la doulceur de ses paroles penetra les aureilles de
ladicte dame jusques au cueur, et la beauté et

grace de son visage passa par ses yeux et blessa si
fort son esprit qu'elle fut comme une personne
ravye. Aprés le sermon, regarda soigneusement
où le prescheur diroit la messe, où elle assista, et
print les cendres de sa main, qui estoit aussi belle
et blanche que dame la sçauroit avoir. Ce que
regarda plus la devote que la cendre qu'il luy bail-
loit, croyant asseurement qu'une telle amour spirituelle, quelque plaisir qu'elle en sentist, ne
sçauroit blesser sa conscience. Elle ne failloit
point tous les jours d'aller au sermon et d'y mener
son mary, et l'un et l'autre donnerent tant de
louange au prescheur qu'en table et ailleurs ils ne
tenoient autre propos. Ainsi ce feu, sous tiltre
spirituel, fut si charnel que le cueur en qui il fut
embrasé brusla tout le corps de ceste pauvre dame ;
et, tout ainsi qu'elle avoit esté tardive à sentir
ceste flamme, aussi elle fut prompte à enflammer,
et sentit plus tost le contentement de sa passion
qu'elle ne cogneut estre passionnée; et, comme
toute surprise de son ennemy amour, ne resista
plus à nul de ses commandemens. Mais le plus
fort estoit que le medecin de ses douleurs estoit
ignorant de son mal ; parquoy, ayant mis dehors
toute crainte qu'elle devoit avoir de monstrer sa
follie devant un si sage homme, son vice et sa
meschanceté à un si vertueux et homme de bien,
se meist à luy rescrire l'amour qu'elle luy portoit,
le plus doucement qu'elle peut pour le commencement ; et bailla ses lettres à un petit page, luy
disant ce qu'il avoit à faire, et que sur tout il se

gardast que son mary ne le veist aller aux cordeliers. Le page, cherchant son plus droict chemin,
passa de fortune par la rue où son maistre estoit
assis en une bouticque. Le gentil-homme, le
voyant passer, s'advança pour regarder où il alloit ;
et, quand le page l'apperceut, tout estonné se cacha
dans une maison. Le maistre, voyant ceste contenance, le suyvit, et, le prenant par le bras, luy
demanda où il alloit, et, voyant ses excuses sans
propos et son visage effroyé, le menaça de le battre s'il ne luy disoit où il alloit. Le pauvre page
luy dist : « Helas ! Monsieur, si je vous dy, ma
dame me tuera. » Le gentil-homme, doubtant que
sa femme feist un marché sans luy, asseura le page
qu'il n'auroit nul mal s'il luy disoit verité et qu'il
luy feroit tout plain de bien ; aussi que, s'il mentoit, il le mettroit en prison pour jamais. Le petit
page, pour avoir du bien et pour eviter le mal,
luy compta tout le faict et luy monstra les lettres
que sa maistresse escrivoit au prescheur, dont le
mary fut autant esmerveillé et marry comme il
avoit esté asscuré toute sa vie de la loyauté de sa
femme, où jamais n'avoit cogneu faulte. Mais luy,
qui estoit sage, dissimula sa colere, et, pour cognoistre du tout l'intention de sa femme, va faire
une response comme si le prescheur la mercioit de
sa bonne volonté, luy declarant qu'il n'en avoit
moins de son costé. Le page, ayant juré à son
maistre de mener sagement cest affaire, alla porter
à sa maistresse la lettre contrefaicte, dont elle eut
telle joye que son mary s'apperceut bien qu'elle

en avoit changé de visage : car, en lieu d'emmai-,
grir pour le jeusne de caresme, elle estoit plus
belle et plus fresche qu'à caresme-prenant. Des-ja
estoit la mi-caresme, que la dame, ne pour passion ne pour sepmaine saincte, ne changea sa
maniere accoustumée de continuer et mander par
lettres au prescheur sa fantasie furieuse. Et luy
sembloit, quand il tournoit les yeux du costé où
elle estoit, ou qu'il parloit de l'amour de Dieu,
que c'estoit pour l'amour d'elle ; et, tant que ses
yeux pouvoyent monstrer ce qu'elle pensoit, elle
ne les espargnoit pas. Le mary ne failloit à luy
rendre pareilles responses. Aprés pasques, il luy
escrivit, au nom du preschèur, qu'il la prioit luy
enseigner le moien comme il la pourroit veoir secretement. Elle, à qui l'heure tardoit, conseilla
son mary d'aller visiter quelques terres qu'ils
avoient dehors, ce qu'il luy promist, et demeura
caché en la maison d'un sien amy. La dame ne
faillit pas d'escrire au prescheur qu'il estoit heure
de la venir veoir, car son mary estoit allé dehors.
Le gentil-homme, voulant experimenter le cueur de
sa femme jusques au bout, s'en alla au prescheur,
le priant pour l'honneur de Dieu luy vouloir pres-
ter son habit. Le prescheur, qui estoit homme
de bien, luy dist que leur reigle le deffendoit, et
que pour rien ne le presteroit pour aller en mas-
que. Le gentil-homme luy asseura qu'il ne le vouloit pour en user à son plaisir, et que c'estoit pour
chose necessaire à son bien et salut. Le cordelier,
le cognoissant homme de bien et devot, le luy

presta; et avec cest habit, qui luy couvroit la plus
part du visage, de sorte qu'on ne luy pouvoit
veoir les yeux, print une faulse barbe et un faux
nez approchans à la ressemblance du prescheur,
et avecques du liege en ses souliers se feit de la
propre grandeur du prescheur. Ainsi habillé, s'en
vint au soir en la chambre de sa femme, qui l'attendoit en grande devotion. La pauvre sotte n'attendit pas qu'il vinst à elle, mais, comme femme
hors du sens, le courut embrasser. Luy, qui tenoit
le visage baissé, de peur d'estre cogneu, commença à faire le signe de la croix, faisant semblant
de la fuir, en disant tousjours : « Tentation !
tentation ! » La dame luy dist : « Helas ! mon
pere, vous avez raison, car il n'en est point de
plus forte que celle qui vient d'amour, à laquelle
vous m'avez promis donner remede, vous priant
que, maintenant que nous avons le temps et loisir,
ayez pitié de moy. » Et en ce disant s'efforçoit de
l'embrasser, lequel, fuyant par tous les costez de
la chambre avec grands signes de la croix, crioit
tousjours : « Tentation ! tentation ! » Mais, quand
il veit qu'elle le cherchoit de trop prés, print un
gros baston qu'il avoit sous son manteau, et la
batit si bien qu'il luy feit passer sa tentation. Et
ainsi, sans estre cogneu d'elle, s'en alla incontinent rendre les habits au prescheur, l'asseurant
qu'ils luy avoient porté bon heur.

Le lendemain, faisant semblant de revenir de
loin, retourna en sa maison, où il trouva sa
femme au lict; et, comme ignorant sa maladie,

luy demanda la cause de son mal. Elle luy respondit que c'estoit un caterre, et qu'elle ne se
pouvoit aider des bras ne jambes. Le mary, qui
avoit belle envie de rire, feit semblant d'en estre
marry, et, pour la resjouïr, luy dist que, sur le
soir, il avoit convié à soupper le sainct homme
predicateur. Mais elle luy dist soudain : « Jamais
ne vous advienne, mon amy, de convier telles
gens, car ils portent malheur en toutes les maisons où ils vont. — Comment! m'amie, dist son
mary, vous m'avez tant loué cestuy! Et je pense,
quant à moy, s'il y a un sainct homme au monde,
que c'est luy. » La dame luy respondit : « Ils sont bons
en l'eglise et aux predications, mais aux maisons
sont Antechrists. Je vous prie, mon amy, que je ne
le voye point, car ce seroit assez, avec le mal que
j'ay, pour me faire mourir. » Le mary luy dist :
« Puis que vous ne le voulez veoir, vous ne le
verrez point, mais si luy donneray-je à soupper
ceans. — Faictes, dist-elle, ce qu'il vous plaira ;
mais que je ne le voye point, car je hay telles
gens comme diables. » Le mary, aprés avoir donné
à soupper au beaupere, luy dist : « Mon pere, je
vous estime tant aimé de Dieu qu'il ne vous reffu-
sera aucune requeste ; parquoy je vous supplie
avoir pitié de ma pauvre femme, laquelle depuis
huict jours en çà est possedée d'un maling esprit,
de sorte qu'elle veult mordre et esgratigner tout
le monde. Il n'y a croix ny eau beneiste dont elle
face cas. J'ay ceste foy que si vous mettez la
main sur elle, que le diable s'en ira, dont je vous

prie autant que je puis. » Le beaupere luy dist :
« Mon fils, toute chose est possible au croyant.
Croyez-vous pas fermement que la bonté de Dieu
ne refuse nul qui en foy luy demande grace ? —
Je le croy, mon pere, dist le gentil-homme. —
Asseurez-vous aussi, mon fils, dist le cordelier,
qu'il peult et qu'il veult, et qu'il n'est moins puissant que bon. Allons, forts en foy, pour re-
sister à ce lyon rugissant et luy arracher la proye
qui est acquise à Dieu par le sang de son fils
Jesus-Christ. » Ainsi le gentil-homme mena cest
homme de bien là où estoit sa femme couchée sur
un petit lict, qui fut si estonnée de le veoir, pensant que ce fust celuy qui l'avoit battue, qu'elle
entra en une merveilleuse colere ; mais, pour la
presence de son mary, baissa les yeux et devint
muette. Le mary dist au sainct homme : « Tant
que je suis devant elle, le diable ne la tourmente
gueres ; mais, si tost que je m'en seray allé, vous
luy jetterez de l'eau beneiste, et verrez à l'heure
le maling esprit faire son office. » Le mary le laissa
tout seul avec sa femme, et demeura à la porte
pour veoir leur contenance. Quand elle ne veid
plus personne que le beaupere, commença à crier
comme femme enragée et hors du sens, en l'appelant meschant, villain, meurdrier, trompeur.
Le cordelier, pensant pour vray qu'elle fust possedée d'un maling esprit, luy voulut prendre la
teste pour dire dessus ses oraisons ; mais elle l'es-
gratigna et mordit de telle sorte qu'il fut contrainct de parler de plus loing, et, en jettant force

eau beneiste, disoit beaucoup de bonnes oraisons.
Quand le mary veid qu'il avoit assez faict son deb-
voir, entra en la chambre et le mercia de la peine
qu'il en avoit prinse ; et, à son arrivée, la femme
laissa ses injures et maledictions, et baisa la croix
bien doucement, pour la crainte qu'elle avoit de
son mary. Mais le sainct homme, qui l'avoit veuë
tant enragée, croyoit fermement qu'à sa priere
Nostre Seigneur eust jecté le diable dehors, et s'en
alla louant Dieu de ce grand miracle. Le mary,
voyant sa femme bien chastiée de sa folle fantasie,
ne luy voulut point declarer ce qu'il avoit faict,
car il se contenta d'avoir vaincu son opinion par
sa prudence, et l'avoir mise en tel estat qu'elle
haioit mortellement ce qu'elle avoit aimé indis-
crettement et detestoit sa follie. Et, ayant de là
en aprés delaissé toute superstition, se donna du
tout à son mary et au mesnage, mieux qu'elle
n'avoit faict au paravant.

« Par cecy, mes Dames, pouvez-vous cognoistre le bon sens du mary et la fragilité d'une estimée femme de bien ; et je pense, quand vous
aurez bien regardé en ce miroër, en lieu de vous
fier en voz propres forces, apprendrez à vous retourner à celuy en la main duquel gist vostre
honneur. — Je suis bien aise, dist Parlamente,
dequoy vous estes devenu prescheur des dames,
et le serois encor plus si vous vouliez continuer
ces beaux sermons à toutes à qui vous parlez. —
Toutes les fois, dist Hircan, que vous me voudrez

escouter, je suis asseuré que je n'en diray pas
moins. — C'est à dire, dist Simontault, que,
quand vous n'y serez pas, il dira autrement. —
Il en fera ce qu'il luy plaira, dist Parlamente ; mais
je veux croire, pour mon contentement, qu'il
dira tousjours ainsi. A tout le moins, l'exemple
qu'il a allegué servira à celles qui cuident que
l'amour spirituelle ne soit point dangereuse ; mais
il me semble qu'elle est plus que toutes les autres.
— Si est-ce, dist Oisille, qu'aymer un homme de
bien, vertueux et craignant Dieu, n'est point
chose à despriser, et que l'on n'en peut que mieux
valoir. — Ma Dame, respondit Parlamente, je
vous prie croire qu'il n'est rien plus sot ne plus
aisé à tromper qu'une femme qui n'a jamais aimé :
car amour, de soy, est une passion qui a plus tost
saisi le cueur que l'on ne s'en est advisé ; et est
ceste passion si plaisante que, si elle se peult aider
de la vertu pour luy servir de manteau, à grande
peine sera elle cogneuë qu'il n'en vienne quelque
inconvenient. — Quel inconvenient sçauroit-il
venir, dist Oisille, d'aimer un homme de bien ?
— Ma Dame, respondit Parlamente, il y a assez
d'hommes estimez hommes de bien envers les
dames ; mais d'estre tant homme de bien envers
Dieu qu'on puisse garder son honneur et conscience, je croy que de ce temps ne s'en trouveroit point jusques à un seul. Et celles qui s'y fient
et qui croyent autrement s'en trouvent en fin
trompées, et entrent en ceste amitié de par Dieu,
dont bien souvent elles en saillent de par le dia-

ble : car j'en ay assez veu qui, sous couleur de
parler de Dieu, commençoient une amitié dont à
la fin s'en vouloient retirer, et ne pouvoient par
ce que l'honneste couverture les tenoit en subjec-
tion : car une amour vicieuse de soy-mesme se
deffaict et ne peult durer en un bon cueur ; mais
la vertueuse est celle qui les a les liens de soye si
deliez qu'on en est plus tost prins que l'on ne
les peult veoir. — A ce que vous dictes, dist
Emarsuitte, jamais femme ne voudroit aimer
homme ; mais vostre loy est si aspre qu'elle ne
durera pas. — Je le sçay bien, dist Parlamente ;
mais je ne lairray pas pour cela de desirer que
chacun se contentast de son mary, comme je fais
du mien. » Emarsuitte, qui par ce mot se sentit
touchée, en changeant de couleur luy dist :
« Vous devez juger que chacun a le cueur
comme vous, ou vous pensez estre plus parfaicte que toutes les autres. — Or, ce dist
Parlamente, de peur d'entrer en dispute, sçachons
à qui Hircan donnera sa voix. — Je la donne,
dist-il, à Emarsuitte, pour la rapaiser contre ma
femme. — Or, puis que je suis en mon rang, dist
Emarsuitte, je n'espargneray homme ne femme,
à fin de faire tout egal ; et voy bien que vous ne
pouvez vaincre vostre cueur à confesser la bonté
et vertu des hommes, qui me faict reprendre le
propos dernier par une semblable histoire. »

NOUVELLE TRENTESIXIESME

Un president de Grenoble, adverty du mauvais gouver-
nement de sa femme, y meit si bon ordre que son hon-
neur n'en fut interessé, et si s'en vengea.

N la ville de Grenoble, y avoit un president dont je ne diray le nom ; mais
il n'estoit pas François. Il avoit une
bien belle femme, et vivoient ensem-
blement en grande paix. Ceste femme, voyant que
son mary estoit vieil, print en amour un jeune
clerc, beau et advenant. Quand son mary alloit le
matin au Palais, ce clerc entroit en sa chambre et
tenoit sa place ; dequoy s'apperceut un serviteur
du president qui l'avoit bien servi trente ans, et,
comme loyal à son maistre, ne se peut garder de
luy dire. Le president, qui estoit sage, ne le voulut croire legerement, mais dist qu'il avoit envie
de mettre division entre luy et sa femme, et que,
si la chose estoit vraye comme il disoit, il la luy
pourroit bien monstrer, et, s'il ne la luy monstroit,
il estimeroit qu'il auroit controuvé ceste mensonge pour separer l'amitié de luy et de sa femme.
Le varlet l'asseura qu'il luy feroit veoir ce qu'il
luy disoit, et, un matin, si tost que le president
fut allé à la court et le clerc entré en la chambre,

le serviteur envoya un de ses compagnons dire à son maistre qu'il pouvoit bien venir, et se tint tousjours à la porte pour guetter que le clerc n'en saillist. Le president, si tost qu'il veit le signe que luy feit l'un de ses serviteurs, feignant de se trouver mal, laisse l'audience, et s'en alla hastivement en sa maison, où il trouva son vieil serviteur à la porte de sa chambre, l'asseurant pour vray que le clerc estoit dedans, qui ne faisoit gueres que d'entrer. Le seigneur luy dist : « Ne bouge de ceste porte, car tu sçais bien qu'il n'y a autre issuë ne entrée que ceste cy, si non un petit cabinet, duquel moy seul porte la clef. » Le president entra en sa chambre et trouva sa femme et le clerc couchez ensemble, lequel, en chemise, se jetta à ses pieds et luy demanda pardon. Sa femme, de l'autre costé, se print à plorer. Lors dist le president : « Combien que le cas que vous avez faict soit tel que pouvez estimer, si est-ce que je ne vueil, pour vous, que ma maison soit deshonorée et les filles que j'ay euës de vous desavancées ; parquoy, dist-il, je vous defends de plorer ; mais voyez ce que je feray. Et vous, Nicolas (ainsi se nommoit son clerc), cachez-vous en mon cabinet et ne faictes un seul bruit. » Quand il eut ainsi faict, va ouvrir la porte, et appella son vieil serviteur, et luy dist : « Ne m'as-tu pas asseuré que tu me monstrerois mon clerc couché avecques ma femme ? Et, sur ta parole, je suis venu icy en danger de tuer ma femme. Je n'ay rien trouvé de ce que tu m'as dict ; j'ay cherché

par toute ceste chambre, comme je te veux monstrer. » Et, ce disant, feit regarder son varlet sous
les licts et par tous costez. Et quand le varlet ne
trouva rien, tout estonné, dist à son maistre :
« Il fault que le diable l'ait emporté, car je l'ay
veu entrer icy, et si n'est point sailly par la porte ;
mais je voy bien qu'il n'y est pas. » A l'heure le
maistre luy dist : « Tu es bien malheureux de
vouloir, mettre entre ma femme et moy une telle
division, parquoy je te donne congé de t'en aller,
et, pour les services que tu m'as faicts, te veux
payer ce que je te dois et davantage ; mais va-t'en
bien-tost et garde d'estre en ceste ville vingtquatre heures passées. » Le president luy donna
cinq ou six payemens des années à advenir, et,
sçachant qu'il luy estoit loyal, esperoit luy faire
autre bien. Quand le serviteur s'en fut allé pleurant, le president feit saillir le clerc de son cabinet, et, aprés avoir dict à sa femme et à luy ce
qu'il luy sembloit de leur meschanceté, leur deffendit d'en faire aucun semblant à personne ; et
commanda à sa femme de s'habiller plus gorgiasement qu'elle n'avoit accoustumé et se trouver
en toutes compagnies et festins, et au clerc qu'il
eust à faire meilleure chere qu'il n'avoit au paravant ; mais que si tost qu'il luy diroit à l'aureille :
« Va-t'en », qu'il se gardast bien de demeurer
en la ville trois heures aprés son commandement.
Et, ce fait, s'en retourna au Palais sans faire semblant de rien. Et durant quinze jours (contre sa
coustume) se meist à festoyer ses amis et voisins,

et, aprés le banquet, avoit des tabourins pour
faire dancer les dames. Un jour, voyant que sa
femme ne dançoit point, commanda au clerc de
la mener dancer, lequel, cuidant qu'il eust oublié
les faultes passées, la mena dancer joyeusement.
Mais, quand la dance fut achevée, le president,
feignant luy commander quelque chose en sa
maison, luy dist en l'aureille : « Va-t'en et ne retourne jamais ! » Or fut bien marry ce clerc de
laisser sa dame, mais non moins joyeux d'avoir la
vie sauve. Aprés que le president eut mis en l'o-
pinion de tous ses parens et amis et de tout le
païs la grande amour qu'il portoit à sa femme, un
beau jour du mois de may alla cueillir en son
jardin une sallade de telles herbes que, si tost que
sa femme en eut mangé, ne vesquit pas vingtquatre heures, dont il feit si grand dueil par semblant que nul ne pouvoit soupçonner qu'il fust
occasion de ceste mort. Et, par ce moyen, se
vengea de son ennemy et sauva l'honneur de sa
maison.

« Je ne veux pas, mes Dames, par cela, louër
la conscience du president, mais ouy bien monstrer la legereté d'une femme et la grande patience
et prudence d'un homme, vous suppliant, mes
Dames, ne vous courroucer de la verité, qui parle
quelquefois contre vous aussi bien que contre les
hommes : car les femmes sont communes aux vices
et vertuz. — Si toutes celles, dist Parlamente,
qui ont aimé leurs varlets estoient contrainctes à

manger de telles sallades, j'en cognois qui n'aimeroient tant leurs jardins comme elles font, mais
en arracheroient toutes les herbes pour eviter celles qui rendent l'honneur à la lignée par la mort
d'une folle mere. » Hircan, qui devina bien pourquoy elle le disoit, luy respondit tout en colere :
« Une femme de bien ne doit jamais juger une
autre de ce qu'elle ne voudroit faire. » Parlamente respondit : « Sçavoir n'est pas jugement
et sottie ; si est-ce que ceste pauvre femme porta
la peine que plusieurs meritent. Et croy que le
mary, puis qu'il s'en vouloit venger, se gouverna
avec une merveilleuse prudence et sapience. —
Et aussi avec une grande malice, dist Longarine,
longue et cruelle vengeance, qui monstroit
bien n'avoir Dieu ny conscience devant les yeux.
— Et qu'eussiez-vous donc voulu qu'il eust faict,
dist Hircan, pour se venger de la plus grande injure que la femme peult faire à l'homme ? —
J'eusse voulu, dist-elle, qu'il l'eust tuée en sa
colere, car les docteurs dient que tel peché est
plus remissible, pource que les premiers mouvemens ne sont pas en la puissance de l'homme ;
parquoy il en eust peu avoir grace. — Ouy, dist
Guebron ; mais ses filles et sa race eussent à jamais porté ceste note ? — Il ne la devoit point
tuer, dist Longarine : car, puis que la grand colere estoit passée, elle eust vescu avec luy en
femme de bien, et n'en eust jamais esté memoire.
— Pensez-vous, dist Saffredent, qu'il fust appaisé,
partant qu'il dissimulast sa colere ? Je pense,

quant à moy, que, le dernier jour qu'il feit sa sallade, il estoit encor aussi courroucé que le premier : car il y en a aucuns desquels les premiers
mouvemens n'ont jamais d'intervalle jusques à ce
qu'ils ayent mis en effect leur passion. Et me faictes grand plaisir de dire que les theologiens estiment ces pechez-là faciles à pardonner, car je suis
de leur opinion. — Il faict bon regarder à ses
paroles, dist Parlamente, devant gens si dangereux que vous ; mais ce que j'ay dict se doit entendre quand la passion est si forte que soudainement elle occupe tant les sens que la raison ne
peult avoir lieu. — Aussi, dist Saffredent, je
m'arreste à vostre parole, et veux par là conclure
qu'un homme bien fort amoureux merite plus aisément pardon qu'un autre qui peche ne l'estant
point : car, si l'amour le tient parfaictement lié,
la raison ne luy commande pas facilement. Et, si
nous voulons dire verité, il n'y a aucun de nous
qui n'ait quelquefois experimenté ceste furieuse
folie, et qui ne s'attende avoir pardon, veu que
l'amour vray est un degré pour monter à l'amour
parfaicte de Dieu, où nul ne peult monter facilement qui n'ait passé par l'eschelle des tribulations,
angoisses et calamitez de ce monde visible, et qui
n'aime son prochain et ne luy veule et souhaitte
autant de bien comme à soymesme, qui est le lien
de perfection. Car sainct Jean dist : « Comment
« aimerez-vous Dieu, que vous ne voyez point,
« si vous n'aimez celuy que vous voyez ? — Il
n'y a si beau passage en l'Escriture, dist Oisille,

que vous ne tiriez à vostre propos. Mais gardez-
vous de faire comme l'araigne, qui convertit toutes bonnes viandes en venin ; et si vous advise
qu'il est dangereux d'alleguer l'Escriture saincte
sans propos et necessité. — Qu'appellez-vous
dire verité sans propos et necessité ? dist Saffredent. Vous voulez donc dire qu'en parlant à vous
autres incredules et appellant Dieu à nostre aide,
nous prenons son nom en vain. Mais, s'il y a
peché, vous seules en devez porter la peine, car
voz incredulitez nous contraignent à chercher tous
les sermens dont nous pouvons adviser ; et encore
ne pouvons nous allumer le feu dedans voz cueurs
de glace. — C'est signe, dist Longarine, que
vous mentez tous : car, si la verité estoit en vostre parole, elle est si forte qu'elle nous feroit
croire ; mais il y a danger que les filles de Eve
croyent trop tost ce serpent. — J'entends bien
que c'est, dist Saffredent : les femmes sont invin-
cibles aux hommes ; parquoy je m'en tairay, à fin
de sçavoir à qui Emarsuitte donnera sa voix. —
Je la donne, dist-elle, à Dagoucin, car je pense
qu'il ne voudroit point parler contre les dames.
— Pleust à Dieu, dist-il, qu'elles respondissent
autant à ma faveur que je voudrois parler pour la
leur ! Et, pour vous monstrer que je me suis estudié d'honorer les vertueuses en recherchant leurs
bonnes œuvres, je vous en vois racompter une.
Je ne veuil pas dire, mes Dames, que la patience
du gentil-homme de Pampelune et du president
de Grenoble n'ait esté grande ; mais la vengeance

n'en a esté moindre. Et quand il fault louër un homme vertueux, il ne fault point tant donner de gloire à une seule vertu qu'il la faille faire servir de manteau à couvrir un si grand vice. Aussi celuy est louable qui, pour l'amour de la vertu seule, faict œuvre vertueuse, comme j'espere vous faire veoir par la patience et vertu d'une jeune dame qui ne cherchoit, en sa bonne œuvre, que l'honneur de Dieu et le salut de son mary. »

NOUVELLE TRENTESEPTIESME

Prudence d'une femme pour retirer son mary de la folle amour qui le tourmentoit.

IL y avoit une dame, en une grand' maison du royaume de France, dont je tairay le nom, tant sage et vertueuse qu'elle estoit aimée et estimée de tous ses voisins. Son mary, comme il devoit, se fioit en elle de toutes ses affaires, qu'elle conduisoit si sagement que sa maison, par son moyen, devint une des plus riches et des mieux meublées qui fust au païs d'Anjou ne de Touraine. Ayant vescu ainsi longuement avec son mary, duquel elle porta plusieurs beaux enfans, la felicité (aprés la-

quelle survient tousjours son contraire) commença
à se diminuer, pource que son mary, trouvant
l'honneste repos insupportable, l'abandonna pour
chercher son travail; et print une coustume que,
aussi tost que sa femme estoit endormie, se levoit
d'auprés d'elle et ne retournoit qu'il ne fust prés
du matin. La dame trouva ceste façon de faire si
mauvaise que, entrant en une grande jalousie, de
laquelle ne voulut faire semblant, oublia les affaires de sa maison, sa personne et sa famille, comme
celle qui estimoit avoir perdu le fruict de ses la-
beurs, qui est la grande amour de son mary, pour
laquelle continuer n'y avoit peine qu'elle ne portast volontiers. Mais, l'ayant perduë, comme elle
voyoit, fut si negligente du reste de sa maison
que bien tost on cogneut le dommage que la ne-
gligence y faisoit : car son mary, d'un costé, des-
pendoit sans ordre, et elle ne tenoit plus la main
au mesnage, en sorte que la maison fut bien-tost
renduë si broüillée que l'on commençoit à coupper les bois de haute fustaye et engager les terres.
Quelqu'un de ses parens, qui cognoissoit la maladie, luy remonstra la faulte qu'elle faisoit, et que,
si l'amour de son mary ne luy faisoit aimer le
profit de sa maison, au moins qu'elle eust esgard
à ses pauvres enfans. La pitié desquels luy feit reprendre ses esprits et essayer par tous moyens de
regaigner l'amour de son mary. Et, le lendemain,
feit le guet quand il se leveroit d'auprés d'elle, et
se leva pareillement avec son manteau de nuict,
faisant faire son lict, et, en disant ses heures, at-

tendoit le retour de son mary ; et, quand il entroit
en la chambre, alloit au devant de luy le baiser,
et luy portoit un bassin et de l'eau pour laver ses
mains. Luy, estonné de ceste nouvelle façon de
faire, luy dist qu'il ne venoit que du retraict, et
que, pour cela, n'estoit mestier qu'il se lavast ; à
quoy elle respondit que, combien que ce n'estoit
pas grand chose, si estoit-il honneste de laver ses
mains quand on venoit d'un lieu ord et salle, desirant par là luy faire cognoistre et haïr sa meschante vie. Mais, pour cela, il ne se corrigeoit
point, et continua ladicte dame ceste façon de
faire bien un an. Et, quand elle veid que ce moyen
ne luy servoit de rien, un jour, attendant son
mary, qui demeura plus qu'il n'avoit de coustume,
luy print envie de l'aller chercher ; et tant alla de
chambre en chambre qu'elle le trouva couché en
une arriere garderobbe et endormi avec la plus
laide, orde et salle chambriere qui fust leans. Et
lors se pensa qu'elle luy apprendroit à laisser une
si honneste femme pour une si salle et vilaine : si
print de la paille et l'alluma au milieu de la chambre ; mais, quand elle veid que la fumée eust aussi-
tost tué son mary que esveillé, le tira par le bras
en criant : « Au feu ! au feu ! » Si le mary fut
honteux et marry, estant trouvé par une si honneste femme avec une telle ordure, ce n'estoit pas
sans grande occasion. Lors sa femme luy dist :
« Monsieur, j'ay essayé, un an durant, à vous
retirer de ceste meschanceté par douceur et patience, et vous monstrer qu'en lavant le dehors

vous deviez nettoyer le dedans ; mais, quand j'ay
veu que tout ce que je faisois estoit de nulle valeur, je me suis essayée de m'ayder de l'element
qui doit mettre fin à toutes choses, vous asseurant, Monsieur, que, si ceste cy ne vous corrige,
je ne sçay si une seconde fois je vous pourrois retirer du danger comme j'ay faict. Je vous prie de
penser qu'il n'est nul plus grand desespoir que
l'amour, et que, si je n'eusse eu Dieu devant les
yeux, je n'eusse usé de telle patience que j'ay
faict. » Le mary, bien aise d'en estre eschappé à
si bon compte, luy promit jamais ne luy donner
occasion de se tourmenter pour luy : ce que tresvolontiers la dame creut, et, du consentement du
mary, chassa dehors ce qui luy deplaisoit. Et depuis ceste heure-là vesquirent ensemble en si
grande amitié que mesmes les faultes passées, par
le bien qui en estoit venu, leur estoient augmen-
tation de contentement.

« Je vous supplie, mes Dames, si Dieu vous
donne de tels mariz, que vous ne vous desesperez
point jusques à ce que vous ayez longuement
essayé tous les moyens pour les reduire, car il y a
vingtquatre heures au jour esquelles l'homme
peut changer d'opinion ; et une femme se doit
tenir plus heureuse d'avoir gaigné son mary par
patience et longue attente que si la fortune et les
parens luy en donnoient un plus parfaict. — Voylà,
dist Oisille, une exemple qui doit servir à toutes
les femmes mariées. — Il prendra ceste exemple

qui voudra, dist Parlamente ; mais, quant à moy,
il ne me seroit possible avoir si longue patience :
car, combien qu'en tous estats patience soit une
belle vertu, j'ay opinion qu'en mariage elle ameine
à la fin inimitié, pource qu'en souffrant injure de
son semblable on est contraint de s'en separer le
plus loing que l'on peult ; et de ceste estrangeté-
là vient un despris de la faulte du desloyal, et,
en ce despris, peu à peu l'amour diminuë, car autant aime l'on la chose que l'on en estime la valeur. — Mais il y a danger, dist Emarsuitte, que
la femme impatiente trouve un mary furieux qui
luy donneroit douleur au lieu de patience. — Et
que sçauroit faire un mary, dist Parlamente, que
ce qui a esté racompté en ceste histoire ? — Quoy ?
dist Emarsuitte : battre tresbien sa femme et la
faire coucher en la couchette, et celle qu'il aimeroit au grand lict. — Je croy, dist Parlamente,
qu'une femme de bien ne seroit point tant marrie
d'estre battue par colere que desprisée par une
qui ne la vault pas ; et, aprés avoir porté la peine
de la separation d'une telle amitié, ne sçauroit
faire le mary chose dont elle se sceust plus soucier. Et aussi dict le compte que la peine qu'elle
print pour le retirer fut pour l'amour qu'elle avoit
à ses enfans, ce que je croy. — Et trouvez-vous
grande patience à elle, dist Nomerfide, d'aller
mettre le feu sous le lict où son mary dormoit ?
— Ouy, dist Longarine, car, quand elle veit la
fumée, elle l'esveilla, et, par-avanture, ce fut où
elle feit plus de faulte : car de tels mariz que ceux-

là les cendres en seroient bonnes à faire la lescive.
— Vous estes cruelle, Longarine, dist Oisille;
mais si n'avez-vous pas ainsi vescu avec le vostre.
— Non, dist Longarine, car (Dieu mercy) il ne
m'en a point donné occasion, mais de le regretter
toute ma vie, au lieu de m'en pleindre. — Et
s'il vous eust esté tel dist Nomerfide, qu'eussiez-
vous faict? — Je l'aimois tant, dist Longarine,
que je croy que je l'eusse tué et me fusse tuée
aprés, car mourir aprés telle vengeance m'eust
esté chose plus agreable que vivre loyale avec un
desloyal. — A ce que je voy, dist Hircan, vous
n'aimez voz mariz que pour vous. S'ils sont bons
selon vostre desir, vous les aimez bien, et, s'ils
font la moindre faulte du monde, ils ont perdu le
labeur de leur sepmaine par un samedi. Par ainsi
voulez-vous estre maistresses, dont, quant à moy,
j'en suis d'advis, si tous les mariz s'y accordent.
— C'est raison, dist Parlamente, que l'homme
nous gouverne comme nostre chef, mais non pas
qu'il nous abandonne ou traicte mal. — Dieu a
mis, dist Oisille, si bon ordre tant à l'homme
qu'à la femme, que, si l'on n'en abuse, je tiens le
mariage l'un des plus beaux et des plus seurs estats qui soit en ce monde; et suis seure que tous
ceux qui sont icy, quelque mine qu'ils facent, en
pensent autant ou davantage. Et, d'autant que
l'homme se dict plus sage que la femme, il sera
plus reprins si la faulte vient de son costé. Mais,
ayans assez mené ce propos, sçachons à qui Dagoucin donnera sa voix. — Je la donne, dist-il,

à Longarine. — Vous me faictes grand plaisir,
dist-elle, car j'ay un compte qui est digne de suivre le vostre. Or, puis que nous sommes à louër
la vertueuse patience des dames, je vous en monstreray une plus louable que celle de qui a esté
maintenant parlé, et de tant plus est elle estimée
qu'elle estoit femme de ville, qui de coustume ne
sont nourries si vertueusement que les autres. »

NOUVELLE TRENTEHUICTIESME

*Memorable charité d'une femme de Tours envers son
mary putier.*

En la ville de Tours, y avoit une bourgeoise belle et honneste, laquelle, pour
ses vertuz, estoit non seulement aimée,
mais crainte et estimée de son mary.
Si est-ce que, suyvant la fragilité des hommes, qui
s'ennuyent de manger bon pain, il fut amoureux
d'une mestayere qu'il avoit, et souvent s'en partoit de Tours pour aller visiter sa mestayere, où
il demeuroit tousjours deux ou trois jours. Et,
quand il retournoit à Tours, il estoit tousjours si
morfondu que la pauvre femme avoit assez à faire
à le guerir. Et, si tost qu'il estoit sain, ne failloit

à retourner au lieu où, pour le plaisir, oublioit
tous ses maux. Sa femme, qui sur tout aymoit sa
vie et sa santé, le voyant revenir ordinairement
en si mauvais estat, s'en alla en la mestairie, où
elle trouva la jeune femme que son mary aymoit,
à laquelle, sans colere, mais d'un tresgracieux
visage, dist qu'elle sçavoit bien que son mary la
venoit veoir souvent, mais qu'elle estoit mal contente de ce qu'elle le traictoit si mal qu'il s'en retournoit tousjours morfondu en la maison. La
pauvre femme, tant pour la reverence de sa dame
que pour la force de la verité, ne luy peut denier
le faict, duquel luy requist pardon. La dame voulut veoir le lict et la chambre où son mary couchoit, qu'elle trouva si froide, salle et mal en
poinct, qu'elle en eut grande pitié. Parquoy incontinent envoya querir un bon lict, garny de lin-
ceux, mante et contrepoincte, selon que son mary
l'aymoit; feit accoustrer et tapisser la chambre,
luy donna de la vaisselle honneste pour le servir
à boire et à manger, une pipe de bon vin, des
dragées et des confitures, et pria la mestayere
qu'elle ne luy renvoyast plus son mary si morfondu. Le mary ne tarda gueres qu'il ne retournast, comme il avoit accoustumé, veoir sa mestayere, et s'esmerveilla fort de trouver ce pauvre
logis si bien en ordre, et encores plus quand elle
luy donna à boire en une coupe d'argent; et luy
demanda d'où estoient venuz tous ces biens. La
pauvre femme luy dist, en plorant, que c'estoit sa
femme, qui avoit tant de pitié de son mauvais traic-

tement qu'elle avoit ainsi meublé sa maison et luy
avoit recommandé sa santé. Luy, voyant la grande
bonté de sa femme, et que, pour tant de mauvais
tours qu'il luy avoit faicts, luy rendoit tant de
biens, estimant sa faulte aussi grande que l'honneste tour que sa femme luy avoit faict, aprés
avoir donné argent à sa mestayere, la priant pour
l'avenir vouloir vivre en femme de bien, s'en retourna à sa femme, à laquelle il confessa la debte,
et que, sans le moyen de ceste grande doulceur
et bonté, il estoit impossible qu'il eust jamais laissé
la vie qu'il menoit. Et depuis vesquirent en bonne
paix, laissans entierement la vie passée.

« Croyez, mes Dames, qu'il y a bien peu de
mariz que patience et amour de la femme ne puissent gaigner à la longue, ou ils seront plus durs
que pierres, que l'eau foible et molle, par longueur de temps, vient à caver. » Ce dist Parlamente : « Voylà une femme sans cueur, sans fiel
et sans foye. — Que voulez-vous? dist Longarine ;
elle experimentoit ce que Dieu commande, de
faire bien à ceulx qui font mal. — Je pense, dist
Hircan, qu'elle estoit amoureuse de quelque cordelier, qui luy avoit donné en penitence de faire
si bien traicter son mary aux champs, à fin que,
ce pendant qu'il iroit, elle eust le loisir de le bien
traicter à la ville. — Or çà, dist Oisille,¹ vous
monstrez bien la malice de vostre cueur, qui en
bons actes faictes un mauvais jugement. Je croy
plustost qu'elle estoit si mortifiée en l'amour de

Dieu qu'elle ne se soucioit plus que du salut de
son mary. — Il me semble, dist Simontault,
qu'il avoit plus d'occasion de retourner à sa femme
quand il avoit froid en sa mestairie que quand il
estoit si bien traicté. — A ce que je voy, dist
Saffredent, vous n'estes pas de l'opinion d'un riche homme de Paris, qui n'eust sceu laisser son
accoustrement, quand il estoit couché avec sa
femme, qu'il n'eust esté morfondu. Mais, quand
il alloit veoir sa chambriere en la cave, sans bonnet et sans souliers, au cueur de l'yver, il ne s'en
trouvoit jamais mal; et si estoit fort belle, et sa
chambriere bien laide. — N'avez-vous pas ouy
dire, dist Guebron, que Dieu aide tousjours aux
fols, aux amoureux et aux yvrognes? Peult-estre
que cestuy là tout seul estoit les trois ensemble.
— Par cela voulez-vous conclure, dist Parlamente,
que Dieu nuist aux chastes, aux sages et aux so-
bres? — Ceux qui par eulx-mesmes, dist Guebron, se peuvent ayder, n'ont point besoing
d'aide : car celuy qui a dit qu'il est venu pour les
malades, non point pour les sains, est venu par la
loy de sa misericorde secourir à noz infirmitez,
rompant les arrests de la rigueur de sa justice. Et
qui se cuide sage est fol devant Dieu. Mais, pour
finer nostre sermon, à qui donnera sa voix Longarine? — Je la donne, dist-elle, à Saffredent.
— J'espere donc, dist Saffredent, vous monstrer,
par exemple, que Dieu ne favorise pas aux amoureux : car, nonobstant, mes Dames, qu'il ait esté
dict par cy devant que le vice est commun aux

femmes et aux hommes, si est-ce que l'invention
d'une finesse sera trouvée plus promptement et
subtilement d'une femme que d'un homme, et je
vous en diray un exemple. »

NOUVELLE TRENTENEUFIESME

Bonne invention pour chasser le lutin.

N seigneur de Grignaulx, qui estoit
chevalier d'honneur de la Royne de
France Anne, Duchesse de Bretaigne,
retournant en sa maison, dont il avoit
esté absent plus de deux ans, trouva sa femme en
une autre terre là auprés ; et, s'enquerant de l'occasion, luy dist qu'il revenoit un esprit en sa maison qui les tourmentoit tant que nul n'y pouvoit
demeurer. Monsieur de Grignaulx, qui ne croyoit
point en bourdes, luy dist que, quand ce seroit le
diable mesmes, il ne le craindroit, et emmena sa
femme en sa maison. La nuict, feit allumer force
chandelles pour veoir plus clairement cest esprit,
et, aprés avoir veillé longuement sans rien ouyr,
s'endormit ; mais incontinent fut resveillé par un
grand soufflet qu'on luy donna sur la jouë, et
ouyt une voix criant : « Revigne ! Revigne ! »

laquelle avoit esté sa grand'mere. Lors appella la
femme qui couchoit auprés d'eux pour allumer
de la chandelle, pource qu'elles estoient toutes
esteinctes; mais elle ne se osa lever. Incontinent
sentit le seigneur de Grignaulx qu'on luy ostoit
la couverture de dessus luy, et ouït un grand
bruit de tables et tresteaux et escabelles qui tom-
boient en la chambre, qui dura jusques au jour.
Et fut plus fasché ledict seigneur de perdre son
repos que de peur de l'esprit, car jamais ne creut
que ce fust un esprit. La nuict ensuyvant se delibera de prendre cest esprit, et, un peu aprés qu'il
fut couché, feit semblant de ronfler tresfort, et
meit la main toute ouverte prés son visage. Ainsi
qu'il attendoit cest esprit, sentit quelque chose
approcher de luy; parquoy ronfla plus fort qu'il
n'avoit accoustumé, dont l'esprit s'apprivoisa si
fort qu'il luy bailla un grand soufflet. Et tout à
l'instant print ledict seigneur de Grignaulx la
main dessus son visage, criant à sa femme : « Je
tiens l'esprit! » Laquelle incontinent se leva et alluma de la chandelle, et trouverent que c'estoit la
chambriere qui couchoit en leur chambre, laquelle, se mettant à genoux, leur demanda pardon et leur promit confesser verité, qui estoit que
l'amour qu'elle avoit longuement portée à un serviteur de leans luy avoit faict entreprendre ce beau
mistere pour chasser hors la maison maistre et
maistresse, à fin que eux deux, qui en avoient
toute la garde, eussent moyen de faire grand
chere, ce qu'ils faisoient quand ils estoient tous

seuls. Monsieur de Grignaulx, qui estoit homme
assez rude, commanda qu'ils fussent battuz, en
sorte qu'il leur souvinst à jamais de l'esprit : ce qui
fut faict, puis chassez dehors. Et par ce moyen fut
delivrée la maison du tourment des esprits, qui
deux ans durant avoient joüé leur rolle.

« C'est chose esmerveillable, mes Dames, de
penser aux effects de ce puissant dieu d'amour,
qui, ostant toute crainte aux femmes, leur apprend
à faire toute peine aux hommes pour parvenir à
leur intention. Mais, d'autant qu'est vituperable
l'intention de la chambriere, le bon sens du maistre est louable, qui sçavoit tresbien que l'esprit
s'en va et ne retourne plus. — Vrayement, dist
Guebron, amour ne favorisa pas à ceste heure-là
le varlet et la chambriere, et confesse que le bon
sens du maistre luy servit beaucoup. — Toutesfois, dist Emarsuitte, la chambriere vesquit long
temps, par sa finesse, à son aise. — C'est un aise
bien malheureux, dist Oisille, quand il est fondé
sur peché et prend fin par honte et punition. —
Il est vray, ma Dame, dist Emarsuitte ; mais beaucoup de gens ont de la douleur et de la peine,
pour vivre bien justement, qui n'ont pas le sens
d'avoir en leur vie tant de plaisir que ceux-cy. —
Si suis-je de ceste opinion, dist Oisille, qu'il n'y
a nul parfaict plaisir si la conscience n'est en repos. — Comment ? dist Simontault ; l'Italien
veult maintenir que tant plus le peché est grand,
de tant plus il est plaisant. — Vrayement, dist

Oisille, celuy qui a inventé ce propos est luy-
mesmes vray diable. Parquoy laissons-le là, et sçachons à qui Saffredent donnera sa voix. — A
qui ? dist-il ; il n'y a plus que Parlamente à tenir
son rang. Mais, quand il y en auroit un cent d'autres, si luy donneray-je tousjours, pour estre celle
de qui nous devons apprendre. — Or, puis que
je suis pour mettre fin à la journée, dist Parlamente, et que je vous promis hier de vous dire
l'occasion pourquoy le pere de Rolandine feit
faire le chasteau où il la tint si long temps prisonniere, je la vous vay racompter. »

NOUVELLE QUARANTIESME

Un seigneur feit mourir son beau-frere, ignorant
l'alliance.

E seigneur, pere de Rolandine, eut
plusieurs sœurs, dont les unes furent
mariées bien richement, les autres religieuses, et une qui demeura en sa maison sans estre mariée, plus belle que toutes les
autres sans comparaison, laquelle son frere aimoit
tant qu'il n'avoit femme ny enfans qu'il preferast
à elle. Aussi fut demandée en mariage de beau-

coup de bons lieux ; mais, de peur de l'estranger
et par trop aimer son argent, n'y voulut jamais
entendre, qui fut cause qu'elle passa grande partie
de son aage sans estre mariée, vivant treshonnestement en la maison de son frere, où il y avoit un
beau jeune gentil-homme, nourry de son enfance
en ladicte maison, lequel avec l'aage creut en si
grande beauté et vertu qu'il gouvernoit son maistre tout paisiblement : de sorte que, quand il mandoit quelque chose à sa sœur, c'estoit tousjours
par cestuy-là. Et luy donna tant d'authorité et
privauté, l'envoyant soir et matin vers elle, que
par la longue frequentation s'engendra une grande
amitié entre eux. Mais le gentil-homme, craignant
sa vie s'il offensoit son maistre, et la damoiselle
son honneur, ne prindrent en leur amitié autre
contenance que de la parole jusques à ce que ce
seigneur, frere d'elle, luy dist souvent qu'il voudroit qu'il luy eust beaucoup cousté et que le
gentil-homme eust esté de mesme maison qu'elle,
car il n'avoit jamais veu homme qu'il aimast tant
pour son beau-frere que luy. Il luy recita tant de
fois ces propos que, les ayant debattuz avec ce
gentil-homme, estimerent que s'ils se marioient
ensemble on leur pardonneroit aisément. Et amour,
qui croit volontiers ce qu'il veult, leur feit entendre
qu'il ne leur en pouvoit que bien venir, et, sur
ceste esperance, conclurent et parfeirent le mariage sans que personne en sceust rien qu'un
prestre et quelques femmes.

Et, après avoir vescu quelques années au plaisir

qu'homme et femme mariez peuvent prendre ensemble, comme l'une des plus belles couples qui
fust en la chrestienté, et de la plus grande et
parfaicte amitié, fortune, envieuse de veoir deux
personnes si à leur aise, ne les y voulut souffrir,
mais leur suscita un ennemy qui, espiant ceste damoiselle, apperceut sa grande felicité, ignorant
toutesfois ce mariage. Et vint à dire à son frere
que le gentil-homme auquel il se fioit tant alloit
trop souvent en la chambre de sa sœur, et aux
heures que les hommes n'y doivent entrer : ce
qui ne fut creu pour la premiere fois, de la fiance
qu'il avoit à sa sœur et au gentil-homme. Mais
l'autre rechercha tant de fois, comme celuy qui
aimoit l'honneur de la maison, qu'on y meit un
guet tel que les pauvres gens, qui ne pensoient
en nul mal, furent surprins : car, un soir que le
frere d'elle fut adverty que le gentil-homme estoit
chez sa sœur, s'y en alla incontinent, et trouva les
deux pauvres aveuglez d'amour couchez ensemble, dont le despit luy osta la parole, et, en tirant
son espée, courut aprés le gentil-homme pour le
tuer. Mais luy, qui estoit fort dispos de sa personne, s'en fuit tout en chemise, et, ne pouvant
eschapper par la porte, se jetta par une fenestre
dedans un jardin. La pauvre damoiselle, toute en
chemise, se jetta à genoux devant son frere et luy
dist : « Monsieur, sauvez la vie de mon mary,
car je l'ay espousé, et, s'il y a offense, n'en pu-
nissez que moy, par ce que ce qu'il en a faict a
esté à ma requeste. » Le frere, outré de courroux,

ne luy repondit, sinon : « Quand il seroit vostre
mary cent mil fois, si le punirai-je comme un
meschant serviteur qui m'a trompé. » En disant
cela se meit à la fenestre, et cria tout haut qu'on
le tuast, ce qui fut faict promptement par son
commandement, devant les yeux de luy et de sa
sœur, laquelle, voyant ce piteux spectacle, auquel nulle priere n'avoit sceu remedier, parla à
son frere comme une femme hors du sens :
« Mon frere, je n'ay pere ne mere, et suis en tel
aage que je me puis marier à ma volonté. J'ay
choisi celuy que maintes fois vous m'avez dict
que voudriez que j'eusse espousé, et pour avoir
faict vostre conseil, ce que je puis, selon la loy,
faire sans vous, vous avez faict mourir l'homme
du monde que vous avez le mieux aimé. Or, puis
qu'ainsi est que ma priere ne l'a peu garantir de
la mort, je vous supplie, pour toute l'amitié que
m'avez jamais portée, me faire en ceste mesme
heure compagne de sa mort comme j'ay esté de
toutes ses fortunes. Par ce moyen, satisfaisant à
vostre cruelle et injuste colere, vous mettrez en
repos le corps et l'ame de celle qui ne veult et ne
peult vivre sans luy. » Le frere, nonobstant qu'il
fust esmeu jusques à perdre la raison, si eut-il tant
de pitié de sa sœur que, sans luy accorder ny denier sa requeste, la laissa ; et, aprés qu'il eut bien
considéré ce qu'il avoit faict et entendu qu'il
avoit espousé sa sœur, eust bien voulu jamais n'a-
voir commis un tel crime. Si est-ce que la crainte
qu'il eut que sa sœur en demandast justice ou

vengeance, luy feit faire un chasteau au milieu
d'une forest, auquel il la meit, et deffendit que
aucun ne parlast à elle.

Aprés quelque temps, pour satisfaire à sa conscience, essaya de la gaigner et luy feit parler de
mariage ; mais elle luy manda qu'il luy avoit
donné un si mauvais disner qu'elle ne vouloit plus
soupper de telle viande, et qu'elle esperoit vivre
en sorte qu'il ne seroit point l'homicide du second mary : car à peine penseroit-elle qu'il par-
donnast à un autre d'avoir faict un si meschant
tour à l'homme du monde qu'il aimoit le mieux.
Et, nonobstant qu'elle fust foible et impuissante
pour s'en venger, si esperoit-elle en celuy qui
estoit vray juge et qui ne laisse aucun mal im-
puni, avec le seul amour auquel elle vouloit user
le demeurant de sa vie en son hermitage : ce
qu'elle feit, car, jusques à la mort, elle n'en
bougea, vivant en telle patience et austerité
qu'aprés sa mort chacun y couroit comme à une
saincte. Et, depuis qu'elle fut trespassée, la maison de son frere alla tellement en ruine que,
de six fils qu'il avoit, n'en demeura un seul, et
moururent tous fort miserablement ; et à la fin
l'heritage demeura (comme vous avez ouy en
l'autre compte) à sa fille Rolandine, laquelle avoit
succedé à là prison faicte pour sa tante.

« Je prie à Dieu, mes Dames, que cest exemple
vous soit si profitable que nulle de vous ait envie
de se marier pour son plaisir sans le consente-

ment de ceux à qui l'on doit porter obeïssance :
car mariage est un estat de si longue durée qu'il
ne doit estre commencé legerement ne sans
l'opinion de noz meilleurs amis et parens. Encore
ne le peult-on si bien faire qu'il n'y ait pour le
moins autant de peine que de plaisir. — En bonne
foy, dist Oisille, quand il n'y auroit point de
Dieu ne de loy pour apprendre les folles à estre
sages, cest exemple est suffisante pour leur faire
porter plus de reverence à leurs parens que de
s'adresser à se marier à leur volonté. — Si est-ce,
ma Dame, dist Nomerfide, que celle qui a un bon
jour en l'an n'est pas toute sa vie malheureuse.
Elle eut le plaisir de veoir et parler longuement
à celuy qu'elle aimoit plus que soy-mesme, et
puis en eut la jouïssance par mariage, sans scru-
pule de conscience. J'estime ce contentement si
grand qu'il me semble avoir passé l'ennuy qu'elle
porta. — Vous voulez donc dire, dist Saffredent,
que les femmes ont plus de plaisir de coucher
avec un mary que de desplaisir de le veoir tuer
devant leurs yeux ? — Ce n'est pas mon intention,
dist Nomerfide, car je parlerois contre l'experience que j'ay des femmes; mais j'entends qu'un
plaisir non accoustumé, comme d'espouser
l'homme du monde que l'on aime le mieux, doit
estre plus grand que de le perdre par mort, qui
est chose commune. — Ouy, dist Guebron, par
mort naturelle; mais ceste-cy estoit trop cruelle,
car je trouve bien estrange, veu que ce seigneur
n'estoit son pere ny son mary, mais seulement

son frere, et qu'elle estoit en aage que les loix permettent aux filles de se marier à leur volonté, comme il osa exercer telle cruauté. — Je ne le trouve point estrange, dist Hircan, car il ne tua pas sa sœur, qu'il aimoit tant et sur laquelle il n'avoit point de justice, mais se print au gentil-homme, lequel il avoit nourry comme fils et aimé comme frere, et, aprés l'avoir honnoré et enrichy en son service, pourchassa le mariage de sa sœur, chose qui en rien ne luy appartenoit. — Aussi, dist Nomerfide, le plaisir n'est pas commun ny accoustumé qu'une femme de si grande maison espousast un gentil-homme serviteur. Si la mort est estrange, le plaisir aussi est nouveau, et d'autant plus grand qu'il a pour son contraire l'opinion de tous les sages hommes, et pour son aide le contentement d'un cueur plein d'amour et le re-pos de l'ame, veu que Dieu n'y est point offensé. Et quant à la mort, que vous dictes cruelle, il me semble, puis qu'elle est necessaire, que la plus briefve est la meilleure, car l'on sçait bien que ce passage-là est inevitable; mais je tiens heureux ceux qui ne demeurent point longuement aux fauxbourgs, et qui de la felicité qui se peut seule nommer en ce monde felicité volent soudain à celle qui est eternelle. — Qu'appellez-vous les fauxbourgs de la mort? dist Simontault. — Ceux qui ont beaucoup de tribulations en l'esprit, ceux aussi qui ont esté longuement malades, et qui, par extremité et douleur corporelle ou spirituelle, sont venuz à despriser la mort et trouver son

heure trop tardive. Je dy que ceux-là ont passé
par les fauxbourgs, et vous diront comme se
nomment les hostelleries où ils ont plus crié que
reposé, et que ceste dame ne pouvoit faillir de
perdre son mary par mort ; mais elle a esté
exempte, par la colere de son frere, de veoir son
mary longuement malade ou fasché, et elle, con-
vertissant l'aise qu'elle avoit avec luy au service
de Nostre Seigneur, se pouvoit dire bien heureuse.
— Ne faictes-vous point cas, dist Longarine,
de la honte qu'elle receut et de sa prison ? —
J'estime, dist Nomerfide, que la personne qui
aime parfaictement d'un amour joinct au commandement de son Dieu ne cognoist honte ne
deshonneur, sinon quand elle deffault ou diminuë
de la perfection de son amour : car la gloire de
bien aimer ne cognoist nulle honte. Et, quant à la
prison de son corps, je croy que, pour la liberté
de son cueur, qui estoit joincte à Dieu et à son
mary, elle ne la sentoit point, mais estimoit la
solitude tresgrande liberté : car qui ne peult veoir
ce qu'il aime n'a plus grand bien que d'y penser
incessamment, et la prison n'est jamais estroicte
où la pensée se peult promener à son aise. — Il
n'est rien plus vray que ce que dit Nomerfide,
dist Simontault ; mais celuy qui feit ceste separation par fureur se devoit dire malheureux, car
il offensoit Dieu, l'amour et l'honneur. — En
bonne foy, dist Guebron, je m'esbahis des differentes amours des femmes, et voy bien que celles
qui ont plus d'amour ont plus de vertu ; mais

celles qui en ont moins, se voulans feindre vertueuses, le dissimulent. — Il est vray, dist Parlamente, que le cueur honneste envers Dieu et les
hommes aime plus fort que celuy qui est vicieux,
et ne craint point que l'on voye le fond de son intention. — J'ay tousjours ouy dire, dist Simontault, que les hommes ne doivent point estre
reprins de pourchasser les femmes : car Dieu a
mis au cueur de l'homme l'amour et la hardiesse
pour demander, et en celuy de la femme la crainte
et la chasteté pour refuser. Si l'homme, ayant usé
des puissances qui luy sont données, a esté puny,
on luy tient tort. — Mais c'est grand cas, dist
Longarine, de l'avoir longuement loüé à sa sœur,
et me semble que ce soit folie ou cruauté à celuy
qui garde une fontaine de loüer la beauté de son
eau à un qui languist de soif en la regardant, et
puis le tuër quand il en veult prendre. — Pour
vray, dist Parlamente, le frere fut occasion d'allumer le feu par ses douces paroles, qu'il ne
devoit point esteindre à coups d'espée. — Je
m'esbahis, dist Saffredent, pourquoy l'on trouve
mauvais qu'un simple gentil-homme, n'usant
d'autre force que de service, et non de suppositions,
vienne à espouser une femme de grande
maison, veu que les philosophes tiennent que
le moindre homme du monde vault mieux que
la plus grande et vertueuse femme qui soit.
— Pource, dist Dagoucin, que, pour entretenir
la chose publicque en paix, l'on ne regarde que
les degrez des maisons, les aages des personnes

et les ordonnances des loix, sans priser l'amour
et les vertuz des hommes, à fin de ne confondre
point la monarchie. Et de là vient que les mariages qui sont faicts entre pareils, et selon le
jugement des hommes et des parens, sont bien
souvent si differens de cueur, de complexions et
conditions, qu'en lieu de prendre un estat pour
mener à salut, ils entrent aux fauxbourgs d'enfer.
— Aussi en a l'on bien veu, dist Guebron, qui se
sont prins par amour, ayans les cueurs, les conditions et complexions semblables, sans regarder à
la difference des maisons et du lignage, qui
n'ont pas laissé de s'en repentir : car ceste grande
amitié indiscrette tourne souvent en jalousie et
en fureur. — Il me semble, dist Parlamente, que
l'un ny l'autre n'est louable, et que les personnes
qui se soumettent à la volonté de Dieu ne regardent ny à la gloire, ny à l'avarice, ny à la volupté,
mais pour une amour vertueuse, et du consentement des parties, desirent de vivre en l'estat de
mariage, comme Dieu et nature l'ordonnent. Et
combien qu'il ne soit aucun estat sans tribulation,
si ay-je veu ceux-là vivre sans repentence. Et nous
ne sommes pas si malheureux en ceste compagnie que nul de tous les mariez ne soit de ce
nombre-là. » Hircan, Guebron, Simontault et
Saffredent jurerent qu'ils s'estoient mariez en pareille intention, et que jamais ne s'en estoient
repentiz. Mais, quoy qu'il en fust de la verité,
celles à qui il touchoit en furent si contentes que,
ne pouvans ouïr un meilleur propos à leur gré,

se leverent pour en rendre graces et louange à
Dieu, où les religieux estoient prests à dire vespres. Le service fini, s'en allerent soupper, non
sans plusieurs propos de leur mariage, qui durerent tout le long du soir, racomptans leurs fortunes qu'ils avoient euës durant le prochats du
mariage ; mais, pource que l'un rompoit la parole
de l'autre, l'on n'a peu retenir les comptes tout
du long, qui n'eussent esté moins plaisans à escrire que ceux qu'ils disoient dans le pré. Si est-
ce qu'ils y prindrent grand plaisir, et s'y amu-
serent tant que l'heure du coucher fut plustost
venuë qu'ils ne s'en apperceurent. Au moyen
de quoy la dame Oisille, sentant l'heure de se
retirer, donna occasion à la compagnie d'en faire
autant, chacun fort joyeux de sa part, mesmes
les mariez, qui ne dormirent pas si long temps
que les autres, pource qu'ils employerent une
partie de la nuict à racompter leurs amitiez passées, avec demonstration de la presente. Ainsi,
la nuict se passa doucement jusques au matin.

FIN DE LA QUATRIESME JOURNÉE

CINQUIESME JOURNÉE

Quand le matin fut venu, ma dame Oisille leur prepara un desjeuner spirituel d'un si tresbon goust qu'il estoit suffisant de fortifier le corps et l'esprit, où toute la compaignie fut fort ententive : en sorte qu'il sembloit bien n'avoir jamais oy sermon qui leur profitast tant. Et quand ils oyrent sonner le dernier coup de la messe, s'allerent exercer à la contemplation des saincts propos qu'ils avoient entenduz. La messe oye et s'estre un peu promenez, se meirent à table, se promettans la journée presente devoir estre aussi belle que les passées. Lors Saffredent leur dist qu'il voudroit que le pont demeurast encore un moys à faire, pour le plaisir qu'il prenoit à la bonne chere qu'ils faisoient. Mais l'abbé de leans y faisoit faire toute diligence à luy possible, pour ce que ce n'estoit pas sa consolation de vivre entre tant de gens de bien, pour la presence desquels ses

pelerines accoustumées n'alloient si privéement
visiter ses saincts lieux. Et quand ils se furent
reposez quelque temps aprés disner, ils retournerent à leur passe-temps accoustumé, et, ayans
prins chacun son siege, demanderent à Parlamente
à qui elle donneroit sa voix. « Il me semble, dist-
elle, que Saffredent commenceroit bien ceste
journée, car je ne voy point qu'il ayt le visage
propre à nous faire plorer. — Vous serez doncques
ques bien cruelles, mes Dames, dist Saffredent,
si n'avez pitié d'un cordelier duquel je vous
compteray l'histoire. Et encores que, par celles
qu'aucuns d'entre nous ont recitées cy-devant,
vous pourriez penser que ce sont cas advenuz à
pauvres damoiselles dont la facilité de l'execution a faict sans crainte commencer l'entreprinse,
si est-ce que, pour vous faire cognoistre que
l'aveuglement de leur concupiscence leur oste
toute crainte et prudente consideration, à ceste
fin je vous diray ce qui advint en Flandres. »

NOUVELLE QUARANTEUNIÈSME

*Estrange et nouvelle penitence donnée par un cordelier
confesseur à une jeune damoiselle.*

L'ANNÉE que madame Marguerite d'Autriche vint à Cambray, de la part de
son nepveu l'Empereur, pour traicter
la paix entre luy et le Roy treschretien,
de la part duquel s'y trouva sa mere madame
Loyse de Savoye, estoit en la compaignie de ladicte dame Marguerite la comtesse d'Aiguemont,
qui emporta en ceste assemblée le bruit d'estre la
plus belle de toutes les Flamandes. Au retour de
ceste grande assemblée, s'en retourna la comtesse d'Aiguemont en sa maison, et, le temps
des Advents venu, envoya en un convent de cordeliers demander un prescheur suffisant et homme
de bien, tant pour prescher que pour confesser
elle et toute sa compaignie. Le gardien chercha
le plus digne qu'il eust de faire tel office, pour
les grands biens qu'ils recevoient de la maison
d'Aiguemont et de celle de Piennes, dont elle

estoit. Eux, qui sur tous autres religieux desirent gaigner la bonne estime et amitié des grandes maisons, envoyerent un predicateur le plus apparent de leur convent, lequel tout le long de l'Advent feit tresbien son devoir, et avoit la comtesse grand contentement de luy. La nuict de Noël, que la comtesse vouloit recevoir son Createur, feit venir son confesseur, et, aprés s'estre confessée en une chappelle bien fermée, à fin que la confession fust plus secrette, laissa le lieu à sa dame d'honneur, laquelle, aprés s'estre confessée, envoya sa fille passer par les mains de son bon confesseur; et, aprés qu'elle eut dict tout ce qu'elle sçavoit, cogneut le beau-pere quelque chose de son secret qui luy donna envie et hardiesse de luy bailler une penitence non accoustumée, et luy dist : « Ma fille, voz pechez sont si grands que pour y satisfaire je vous baille en penitence de porter ma corde sur vostre chair toute nuë. » La fille, qui ne luy vouloit desobeïr, luy dist : « Baillez-la-moy, mon pere, et je ne faudray de la porter. — Non, ma fille, dist le beaupere, il ne seroit pas bon de vostre main. Il fault que les miennes propres, desquelles vous devez avoir l'absolution, la vous ayent premierement ceincte; puis aprés vous serez absolute de tous vos pechez. » La fille, se prenant à plorer, respond qu'elle n'en feroit rien. « Comment! dist le prescheur, estes-vous une hereticque qui refusez les penitences selon que Dieu et nostre mere saincte Eglise l'ont ordonné? — J'use de la

confession, dist la fille, comme l'Eglise l'a commandé, et veux bien recevoir l'absolution et faire
la penitence; mais je ne veux point que vous y
mettiez les mains, car en ceste sorte je refuse
vostre penitence. — Par ainsi, dist le confeseur,
ne vous puis-je aussi donner l'absolution. » La
damoiselle se leva de devant luy ayant la conscience bien troublée, car elle estoit si jeune qu'elle
avoit peur de faillir par le reffus qu'elle avoit faict
au beaupere. Quand ce vint aprés la messe, que
la comtesse d'Aiguemont eut receu le *corpus Domini,* sa dame, voulant aller aprés, demanda à sa
fille si elle estoit preste. La fille, en pleurant, luy
dist qu'elle n'estoit point confessée. « Et qu'avez-
vous tant faict avec ce prescheur? dist la mere.
— Rien, respondit la fille, car, luy refusant la
penitence qu'il m'a baillée, m'a aussi refusé l'absolution. » La mere s'en enquist si sagement
qu'elle cogneut l'estrange façon de penitence que
le beaupere vouloit bailler à sa fille, et, aprés
l'avoir faicte confesser à un autre, receurent toutes
ensemble. Et, si tost que la comtesse fut retour-
née de l'eglise, la dame d'honneur luy feit la
plaincte du prescheur, dont elle fut bien marrie
et estonnée, veu la bonne opinion qu'elle avoit
de luy; mais son courroux ne la peult engarder
qu'elle n'eust bien envie de rire, veu la nouvelleté
de la penitence. Si est-ce que le rire n'empescha
point aussi qu'elle ne le feit prendre et battre en
sa cuisine, où, à force de verges, il confessa la
verité; et aprés l'envoya pieds et mains liez à son

gardien, le priant qu'une autre fois il baillast commission à plus gens de bien de prescher la parole de Dieu.

« Regardez, mes Dames, si en une maison si honorable que celle-là ils n'ont point eu peur de declarer leur follie, qu'ils peuvent faire aux pauvres lieux où ordinairement ils vont faire leurs questes, où les occasions leurs sont presentées si faciles que c'est miracle quand ils en eschappent sans scandale. Qui me faict vous prier, mes Dames, de tourner vostre mauvaise estime en compassion, et pensez que celuy qui peut aveugler les cordeliers n'espargne pas les dames quand il les tient à propos. — Vrayement, dist Oisille, voilà un bien meschant cordelier! Estre religieux, prestre et predicateur, et user de telle vilennie au jour de Noël, et en l'eglise, sous le manteau de confession, qui sont toutes circonstances qui aggravent le peché! — Comment! dist Hircan, pensez-vous que les cordeliers ne soient pas hommes comme nous et excusables, et principalement cestuy-là, se sentant seul de nuict avec une belle fille? — Vrayement, dist Parlamente, s'il eust pensé à la Nativité de Jésus Christ, qui estoit representée ce jour-là, il n'eust pas eu la volonté si meschante. — Voire mais, dist Saffredent, vous ne dictes pas qu'il tendoit à l'incarnation avant que de venir à la nativité. Toutes fois c'estoit un homme plein de mauvais vouloir, veu que pour si peu d'occasion il faisoit une si meschante entreprinse.

— Il me semble, dist Oisille, que la comtesse en feit si bonne punition que ses compagnons y pouvoient prendre exemple. — Mais à sçavoir, dist Nomerfide, si elle feit bien de scandaliser ainsi son prochain, et s'il eust pas mieux valu qu'elle luy eust remonstré ses faultes doucement que de les divulguer. — Je croy, dist Guebron, que c'eust esté bien faict, car il est commandé de corriger nostre prochain entre nous et luy avant que le dire à personne ne à l'eglise. Aussi, depuis qu'un homme est deshonté, à grand peine se peut-il jamais amender, par ce que la honte retire autant de gens du peché que la conscience. — Je croy, dist Parlamente, qu'envers un chacun se doit user le conseil de l'Evangile, sinon envers ceux qui le preschent et font le contraire : car il ne fault point craindre à scandaliser ceux qui scandalisent les autres; et me semble que c'est grand merite de les faire cognoistre tels qu'ils sont, à fin que nous nous donnions garde de leurs seductions à l'endroit des filles, qui ne sont pas tousjours bien advisées. Mais à qui donnera Hircan sa voix? — Puis que vous me le demandez, ce sera à vous-mesmes, dist Hircan, à qui nul homme d'entendement ne la doit refuser. — Or, puis que vous me la donnez, dist Parlamente, je vous en vay compter une dont je puis servir de tesmoing, et ay tousjours ouy dire que tant plus la vertu est en un subject debile et foible, assaillie de son tresfort et puissant contraire, c'est à l'heure qu'elle est plus louable et se monstre mieux telle qu'elle est : car, si le fort se deffend du fort, ce n'est pas cas esmerveillable ; mais, si le foible en a victoire, il en a gloire de tout le monde. Pour cognoistre les personnes dont je veux parler, il me semble que je ferois tort à la verité, que j'ay veuë cachée sous un si pauvre vestement que nul n'en tenoit compte, si je ne parlois de celle par laquelle ont esté faicts actes si honnestes qu'ils me contraignent les vous racompter.

NOUVELLE QUARANTEDEUXIESME

Continence d'une jeune fille, contre l'opiniastre poursuitte amoureuse d'un des grands seigneurs de France, et l'heureux succez qu'en eut la damoiselle.

EN une des meilleures villes de Touraine demeuroit un seigneur de grande et bonne maison, lequel y avoit esté nourry de sa grande jeunesse. Des perfections, grace, beauté et grandes vertuz de ce jeune prince, ne vous en diray autre chose sinon qu'en son temps ne trouva jamais son pareil. Estant en l'aage de quinze ans, il prenoit plus

grand plaisir à courir et chasser que non pas à
regarder les belles dames. Un jour, estant en une
eglise, regarda une jeune fille laquelle autres fois
avoit esté nourrie en son enfance au chasteau où
il demeuroit; et, aprés la mort de sa mere, son
pere se remaria, parquoy elle se retira en Poictou
avec son frere. Ceste fille (qui avoit nom Françoise) avoit une sœur bastarde, que son pere aymoit tresfort, et la maria à un sommelier d'es-
chansonnerie de ce jeune prince, dont elle tint
aussi grand estat que nul de sa maison. Le pere
vint à mourir, et laissa pour le partage de Fran- ·
çoise ce qu'il tenoit auprés de ceste bonne ville.
Parquoy, aprés qu'il fut mort, elle se retira où
estoit son bien, et, à cause qu'elle estoit à marier
et jeune d'un seize ans, ne se voulut tenir seule
en sa maison, mais se mist en pension chez sa
sœur la sommeliere. Le jeune prince, voyant
ceste fille assez belle pour une claire brune, et
d'une grace qui passoit celle de son estat (car elle
sembloit mieux gentil-femme et princesse que
bourgeoise), il la regarda longuement. Luy, qui
jamais encores n'avoit aymé, sentit en son cueur
un plaisir non accoustumé, et, quand il fut re-
tourné en sa chambre, s'enquist de celle qu'il
avoit veuë en l'eglise, et recogneut qu'autresfois,
en sa jeunesse, elle estoit allée jouër au chasteau
aux poupinnes avec sa sœur, à laquelle il la feit
recognoistre. Sa sœur l'envoya querir et luy feit
fort bonne chere, la priant de la venir veoir souvent, ce qu'elle faisoit quand il y avoit quelques

nopces ou assemblée, où le jeune prince la voyoit
tant volontiers qu'il pensa à l'aymer bien fort; et,
pource qu'il la cognoissoit de bas et pauvre lieu,
espera recouvrer facilement ce qu'il en demandoit.
Mais, n'ayant moyen de parler à elle, luy envoya
un gentil-homme de sa chambre pour faire sa
practique, auquel elle, qui estoit sage et craignant Dieu, dist qu'elle ne croyoit pas que son
maistre, qui estoit si beau et honneste prince, s'a-
musast à regarder une chose si laide qu'elle, veu
qu'au chasteau où il demeuroit y en avoit de si
belles qu'il n'en falloit point chercher d'autres
par la ville, et qu'elle pensoit qu'il le disoit de
luy-mesme, sans le commandement de son maistre. Quand le jeune prince entendit ceste response, amour, qui plus fort s'attache où plus il
trouve de resistence, luy feit plus chauldement
qu'il n'avoit faict poursuivre son entreprise, et luy
escrivit une lettre, la priant vouloir entierement
croire ce que le gentil-homme luy diroit. Elle,
qui sçavoit tresbien lire et escrire, leut sa lettre
tout du long, à laquelle, quelque priere que luy
en feit le gentil-homme, ne voulut jamais respondre, disant qu'il n'appartenoit pas à personne
de si basse condition d'escrire à un tel prince,
mais qu'elle le supplioit ne la penser si sotte
qu'elle estimast qu'il eust telle opinion d'elle que
de luy porter tant d'amitié, et que, s'il pensoit
aussi, à cause de son pauvre estat, la cuider avoir
à son plaisir, il se trompoit : car elle n'avoit pas
le cueur moins honneste que la plus grande prin-

cesse de Chrestienté, et n'estimoit tresor au
monde au pris de l'honneur et la conscience, le
suppliant ne la vouloir empescher de garder ce
tresor toute sa vie, car pour mourir ne change-
roit d'opinion. Le jeune prince ne trouva pas
ceste response à son gré; toutesfois l'en aima-il
tresfort, et ne failloit de faire mettre son siege à
l'eglise où elle alloit à la messe, et durant le service adressoit tousjours ses yeux à cest image.
Mais, quand elle l'apperceut, changea de lieu et
alla en une autre chappelle, non pour fuyr de le
veoir (car elle n'eust pas esté creature raisonnable
si elle n'eust prins plaisir à le regarder); mais
elle craignoit d'estre veuë de luy, ne s'estimant
digne d'en estre aimée par honneur ou par
mariage, ne voulant aussi, d'autre part, que ce
fust par follie et plaisir. Et quand elle veid qu'en
quelque lieu de l'eglise qu'elle se peust mettre,
le prince se faisoit dire la messe tout au prés, ne
voulut plus aller en ceste eglise, mais alloit tous
les jours à la plus eslongnée qu'elle pouvoit. Et
quand quelques nopces alloient au chasteau, ne
s'y vouloit plus retrouver (combien que la sœur
du prince l'envoyast querir souvent), s'excusant
sur quelque maladie. Le prince, voyant qu'il ne
pouvoit parler à elle, s'aida de son sommelier, et
luy promist de grands biens s'il luy aidoit en cest
affaire. A quoy le sommelier s'offroit volontiers,
tant pour plaire à son maistre que pour le fruict
qu'il en esperoit, et tous les jours comptoit au
prince ce qu'elle disoit et faisoit, mais que sur

tout, tant qu'il luy estoit possible, fuyoit les occasions de le veoir. Si est-ce que le grand desir
qu'il avoit de parler à elle à son ayse luy feit
·chercher un expedient : c'est qu'un jour il alla
mener ses grands chevaux (dont il commençoit à
bien sçavoir le mestier) en une grande place de la
ville, devant la maison de son sommelier, où
Françoise demeuroit, et, aprés avoir faict maintes
courses et saults qu'elle pouvoit bien veoir, se
laissa tomber de son cheval dedans une grande
fange si mollement qu'il ne se feit point de mal,
combien qu'il se plaignist assez, et demanda s'il
y avoit point de logis où il peust aller changer
ses habillemens. Chacun presentoit sa maison,
mais quelqu'un dist que celle du sommelier estoit
la plus prochaine et la plus honneste : aussi fut-
elle choisie sur toutes. Il trouva la chambre bien
accoustrée et se despouïlla en chemise, car tous
ses habillemens estoient souïllez de la fange, et se
meit dedans un lict ; et quand il veid que chacun
s'estoit retiré pour aller querir ses habillemens,
excepté le gentil-homme, appella son hoste et
son hostesse, et leur demanda où estoit Françoise. Ils eurent bien affaire à la trouver, car, si
tost qu'elle avoit veu ce jeune prince entrer en
sa maison, s'en estoit allée cacher au plus secret
lieu de la maison. Toutesfois sa sœur la trouva,
qui la pria ne craindre point de venir parler à un
si honneste et vertueux prince. « Comment ! ma
sœur, dist Françoise, vous que je tiens comme
ma mere, me vouldriez-vous conseiller d'aller

parler à un jeune seigneur duquel vous sçavez
que je ne puis ignorer la volonté? » Mais sa
sœur luy feit tant de remonstrances et promesses
de ne la laisser toute seule qu'elle alla avec elle,
portant un visage si pasle et deffaict qu'elle estoit plus pour engendrer pitié que concupiscence.
Et quand le jeune prince la veid prés de son lict,
la print par la main, qu'elle avoit froide et tremblante, et luy dist : « Françoise, m'estimez-vous
si mauvais homme, si estrange et cruel, que je
mange les femmes en les regardant? Pourquoy
avez-vous pris une si grande crainte de celuy qui
ne cherche que vostre honneur et avantage?
Vous sçavez qu'en tous lieux qu'il m'a esté possible j'ay cherché de vous veoir et parler à vous,
ce que je n'ay sceu ; et, pour me faire plus de despit, avez fuy les lieux où j'avois accoustumé vous
veoir à la messe, à fin que du tout je n'eusse non
plus de contentement de la veuë que j'avois de la
parole. Mais tout cela ne vous a de rien servy,
car je n'ay cessé que je ne sois icy venu par les
moyens que vous avez peu veoir, et me suis mis
au hazard de me rompre le col, me laissant tomber volontairement, pour avoir le contentement
de parler à vous à mon aise. Parquoy je vous prie,
Françoise, puis que j'ay acquis ce loisir icy avec
un si grand labeur, qu'il ne me soit point inutile,
et que je puisse par ma grande amour gaigner la
vostre. » Et quand il eut long temps attendu sa
response et veid qu'elle avoit les larmes aux yeux
et le regard contre terre, la tirant à luy le plus

prés qu'il luy fut possible, la cuida embrasser et
baiser; mais elle luy dist : « Non, Monsieur, non,
ce que vous cherchez ne se peult faire, car, combien que je sois un ver de terre au pris de vous,
j'ay mon honneur si cher que j'aymerois mieux
mourir que l'avoir diminué pour quelque plaisir
que ce soit en ce monde, et crainte que j'ay que
ceux qui vous ont veu venir ceans se doubtent de
ceste verité me donne la peur et le tremblement
que j'ay; et, puis qu'il vous plaist me faire cest
honneur de parler à moy, vous me pardonnerez
aussi si je vous respons selon que mon honneur me le commande. Je ne suis point si sotte,
mon Seigneur, ne si aveuglée, que je ne voye et
cognoisse bien la beauté et grace que Dieu a mis
en vous, et que je trouve la plus heureuse du
monde celle qui possedera le corps et l'amour
d'un tel prince; mais de quoy me sert cela, veu
que ce n'est pour moy ny pour femme de ma
sorte, et que seulement le desirer seroit à moy
parfaicte folie? Quelle raison puis-je estimer qui
vous face adresser à moy, sinon que les dames de
vostre maison (lesquelles vous aimez, si la beauté
et la grace est aimée de vous) sont si vertueuses
que vous n'osez leur demander ne esperer avoir
d'elles ce que la petitesse de mon estat vous faict
esperer avoir de moy? Et suis seure que, quand
de telle personne que moy auriez ce que demandez, ce seroit un moyen pour entretenir vostre
maistresse deux heures davantage en luy comp-
tant de voz victoires au dommage des plus foibles.

Mais il vous plaira, Monsieur, penser que je ne suis de ceste condition. J'ay esté nourrie en une maison où j'ay apris que c'est d'aymer. Mon pere et ma mere ont esté de voz bons serviteurs, parquoy il vous plaira, puis que Dieu ne m'a faict princesse pour vous espouser, ne d'estat pour estre tenuë à maistresse et amye, ne me vouloir mettre du rang des pauvres malheureuses, veu que je vous estime et desire estre l'un des plus heureux princes de la Chrestienté. Et si, pour vostre passetemps, vous voulez des femmes de mon estat, vous en trouverez assez en ceste ville de plus belles que moy, sans comparaison, qui ne vous donneront la peine de les prier tant. Arrestez-vous donc à celles à qui vous ferez plaisir en achetant leur honneur, et ne travaillez plus celle qui vous aime plus que soy-mesmes : car, s'il failloit aujourd'huy que vostre vie ou la mienne fust demandée de Dieu, je me tiendrois bien heureuse d'offrir la mienne pour sauver la vostre. Ce n'est faulte d'amour qui me faict fuyr vostre presence, mais c'est plustost pour en avoir trop en vostre conscience et en la mienne, car j'ay mon honneur plus cher que ma vie. Je demeureray, s'il vous plaist, Monsieur, en vostre bonne grace, et prieray toute ma vie Dieu pour vostre prosperité et santé. Il est bien vray que cest honneur que vous me faictes me fera entre les gens de ma sorte mieux estimer, car qui est homme de mon estat (aprés vous avoir veu) que je daignasse regarder? Par ainsi demeurera mon cueur en li-

berté, sinon que de l'obligation où je veux à
jamais estre de prier Dieu pour vous, car autre
service ne vous puis-je jamais faire. » Le jeune
prince, voyant ceste honneste response (combien
qu'elle ne fust selon son desir), si ne la pouvoit-
il moins estimer qu'elle estoit. Il feit ce qui luy
estoit possible pour luy faire croire qu'il n'aimeroit jamais femme qu'elle ; mais elle estoit si sage
qu'une chose si desraisonnable ne pouvoit entrer
en son entendement. Et durant ces propos, combien que souvent on dist que ses habillemens
estoient venuz du chasteau, avoit tant de plaisir
et d'aise qu'il feit dire qu'il dormoit, jusques à
ce que l'heure du soupper fut venuë, où il n'osoit
faillir à sa mere, qui estoit une des plus sages dames du monde. Ainsi s'en alla le jeune prince de
la maison de son sommelier, estimant plus que
jamais l'honnesteté de ceste fille.

Il en parloit souvent au gentil-homme qui
couchoit en sa chambre, lequel, pensant qu'argent feroit plus qu'amour, luy conseilla de faire
offrir à ceste fille quelque honneste somme pour
se condescendre à son vouloir. Le jeune prince,
duquel la mere estoit la tresoriere, n'avoit que
peu d'argent pour ses menuz plaisirs, qu'il print
avec tout ce qu'il peut emprunter, et se trouva
la somme de cinq cens escuz, qu'il envoya à ceste
fille par le gentil-homme, la priant vouloir changer
d'opinion ; mais, quand elle veid le present, dist
au gentil-homme : « Je vous prie, dictes à Monsieur que j'ay le cueur si bon et si honneste que,

s'il falloit obeyr à ce qu'il me commande, la
beauté et les graces qui sont en luy m'auroient
desja vaincuë; mais, là où ils n'ont eu puissance
contre mon honneur, tout l'argent du monde n'y
en sçauroit avoir, lequel vous luy reporterez, car
j'aime mieux l'honneste pauvreté que tous les
biens qu'on sçauroit desirer. » Le gentil-homme,
voyant ceste rudesse, pensa qu'il la falloit avoir
par cruauté, et vint à la menacer de l'authorité
et puissance de son maistre ; mais elle, en riant,
luy dist : « Faictes peur de luy à celles qui ne le
cognoissent point, car je sçay bien qu'il est si
sage et si vertueux que tels propos ne viennent
de luy, et suis seure qu'il vous desadvouëra quand
vous les luy compterez. Mais, quand il seroit
ainsi que vous le dictes, il n'y a tourment ny
mort qui me sceust faire changer d'opinion : car
(comme je vous ay dict), puis qu'amour n'a
tourné mon cueur, tous les maux ne les biens
que l'on sçauroit donner à personne ne me pourroient destourner d'un pas des propos où je suis. »
Ce gentil-homme, qui avoit promis à son maistre
de la luy gaigner, luy porta ceste response avec un
merveilleux despit, et le persuada à la poursuivre
par tous moyens possibles, luy disant que ce
n'estoit pas son honneur de n'avoir sceu gaigner
une telle femme. Le jeune prince, qui ne vouloit
point user d'autres moyens que ceux que l'honnesteté commande, craignant aussi que, s'il en
estoit quelque bruit et que la mere le sceust, elle
auroit occasion de s'en courroucer bien fort,

n'osa rien entreprendre jusques à ce que son
gentil-homme luy bailla un moyen si aisé qu'il
pensoit desja la tenir, et, pour l'executer, parleroit au sommelier, lequel, deliberé de servir son
maistre en quelque façon que ce fust, pria un
jour sa femme et sa belle-sœur d'aller visiter leurs
vendanges en une maison qu'il avoit prés de la
forest, ce qu'elles luy promirent. Quand le jour
fut venu, le feit sçavoir au jeune prince, lequel
se delibera d'y aller tout seul avec ce gentil-
homme, et feit tenir sa mule secrettement pour
partir quand il en seroit heure. Mais Dieu voulut
que ce jour-là sa mere accoustroit un cabinet le
plus beau du monde, et pour luy aider avoit avec
elle tous ses enfans, et là s'amusa ce jeune prince
jusques à ce que l'heure promise fust passée. Si
ne tint-il à son sommelier, lequel avoit mené sa
sœur en sa maison en crouppe derriere luy et feit
faire la malade à sa femme, en sorte qu'ainsi qu'il
estoit à cheval luy vint dire qu'elle n'y sçauroit
aller. Et, quand il veit que l'heure tardoit que le
prince devoit venir, dist à sa belle-sœur : « Je
croy que nous en pouvons bien retourner en la
ville. — Qui nous en garde? respondit Françoise.— J'attendois Monsieur, dist le sommelier,
qui m'avoit promis de venir icy. » Quand la sœur
entendit ceste meschanceté, luy dist : « Ne l'at-
tendez plus, mon frere, car je sçay bien que pour
aujourd'huy il ne viendra point. » Le frere la
creut et la ramena ; et, quand elle fut en la maison,
monstra sa colere extreme, disant à son beau-

frere qu'il estoit le varlet du diable, qu'il faisoit
plus qu'on ne luy commandoit : car elle estoit
asseurée que c'estoit son invention et du gentil-
homme, et non du jeune prince, duquel il aimoit
mieux gaigner de l'argent en le confortant en
ses follies que de faire office d'un bon serviteur.
Mais, puis qu'elle le cognoissoit tel, elle ne de-
meureroit plus en sa maison. Et sur ce, envoya
querir son frere pour l'emmener en son païs, et
se deslogea incontinent d'avecques sa sœur. Le
sommelier, ayant failly à son entreprise, s'en alla
au chasteau pour sçavoir à quoy il tenoit que le
jeune prince n'estoit venu, et ne fut gueres là
qu'il ne le trouvast sur sa mule tout seul avec le
gentil-homme en qui il se fioit, et luy demanda :
« Et puis, est-elle encore là ? » Il luy compta
tout ainsi qu'il en avoit faict. Le jeune prince fut
bien marry d'avoir failly à sa deliberation, qu'il
estimoit estre le moyen dernier et extreme qu'il
pouvoit prendre, et, voyant qu'il n'y avoit plus
de remede, la chercha tant qu'il la trouva en une
compagnie d'où elle ne pouvoit fuïr, et se courrouça fort à elle des rigueurs qu'elle luy tenoit
et de ce qu'elle vouloit laisser la compagnie de
son frere : laquelle luy dist qu'elle n'en avoit
jamais trouvé une plus dangereuse pour elle, et
qu'il estoit bien tenu à son sommelier, veu qu'il
ne le servoit du corps et des biens seulement,
mais aussi de l'ame et de la conscience. Quand le
prince cogneut qu'il n'y avoit autre remede,
delibera de ne l'en presser plus, et l'eut toute sa

vie en bonne estime. Un serviteur dudict prince,
voyant l'honnesteté de ceste fille, la voulut espouser, à quoy jamais ne se voulut accorder sans le
commandement et congé du jeune prince, auquel
elle avoit mis toute son affection, ce qu'elle luy
feit entendre; et par son bon vouloir fut faict le
mariage, où elle a vescu toute sa vie en bonne
reputation. Et luy feit le jeune prince beaucoup
de biens.

« Que dirons-nous icy, mes Dames? Avons-
nous le cueur si bas que nous facions noz serviteurs noz maistres, veu que ceste-cy n'a sceu estre
vaincuë d'amour ne de tourment. — Je vous prie
qu'à son exemple nous demeurions victorieuses
de nous-mesmes, car c'est la plus louable victoire
que nous puissions avoir. — Je ne voy qu'un mal,
dist Oisille, que les actes vertueux n'ont esté du
temps des historiographes : car ceux qui ont tant
loüé leur Lucresse l'eussent laissée au bout de la
plume pour escrire bien au long les vertuz de
ceste-cy, pource que je les trouve si grandes que
je ne les pourrois croire sans le grand serment
que nous avons faict de dire verité. — Je ne
trouve pas sa vertu telle comme vous la peignez,
dist Hircan : car vous avez veu assez de malades
desgoutez delaisser les bonnes viandes et salu-
taires pour manger les mauvaises et dommagea-
bles. Ainsi peult-estre que ceste fille aimoit quelque autre qui luy faisoit despriser toute noblesse. »
Mais Parlamente respondit à ce mot que la vie

et la fin de ceste fille monstroient que jamais n'a-
voit eu opinion à homme vivant qu'à celuy qu'elle
aimoit plus que sa vie, mais non pas plus que
son honneur. « Ostez ceste opinion de vostre
fantasie, dist Saffredent, et entendez dont est
venu ce terme d'honneur qüant aux femmes :
car peult-estre que celles qui en parlent tant ne
sçavent pas l'invention de ce nom. Sçachez qu'au
commencement, que la malice n'estoit pas trop
grande entre les hommes, l'amour y estoit si
naïfve et forte que dissimulation n'y avoit point
de lieu, et estoit plus loüé celuy qui plus parfaictement aimoit ; mais, quand la malice, l'a-
varice et le peché vindrent saisir le cueur des
hommes, ils en chasserent dehors Dieu et l'amour,
et en leur lieu prindrent l'amour d'eux-mesmes,
hypocrisie et fiction. Et, voyans les dames n'avoir
en leur cueur ceste vertu de vraye amour, et que
ce nom d'hypocrisie estoit tant odieux entre les
hommes, luy donnerent le surnom d'honneur :
tellement que celles qui ne pouvoient avoir en
elles ceste honorable amour disoient que l'honneur le leur deffendoit, et en ont faict une si
cruelle loy que mesmes celles qui aiment parfaictement dissimulent, estimans vertu estre vice ;
mais celles qui sont de bon entendement et de
sain jugement ne tombent jamais en telles erreurs,
car elles cognoissent la difference des tenebres et
de lumiere, et que leur vray honneur gist à monstrer la pudicité du cueur, qui ne doit vivre que
d'amour, et non point se honorer du vice de

dissimulation. — Toutesfois, dist Dagoucin, on
dict qu'amour la plus secrette est la plus louable. — Ouy, secrette, dist Simontault, aux yeux
de ceux qui en pourroient mal juger, mais claire
et cogneuë pour le moins aux deux personnages
à qui elle touche. — Je l'entends ainsi, dist Dagoucin : si est-ce qu'elle vaudroit mieux estre
ignorée d'un costé et entendue d'un tiers ; et croy
que ceste femme l'aimoit plus fort, d'autant
qu'elle ne se declaroit point. — Quoy qu'il y ait,
dist Longarine, il fault estimer la vertu, dont la
plus grande est à vaincre son cueur ; et, voyant
les occasions et moyens qu'elle avoit, je dy qu'elle
se pouvoit nommer la forte femme. — Puis que
vous estimez, dist Saffredent, la grandeur de la
vertu par la mortification de soy-mesmes, ce seigneur estoit plus louable qu'elle, veu l'amour
qu'il luy portoit, la puissante occasion et moyen
qu'il en avoit ; et toutesfois ne voulut point offenser la reigle de vraye amitié, qui egale le prince
et le pauvre, mais usa des moyens que l'honnesteté permet. — Il y en a beaucoup, dist Hircan,
qui n'eussent pas faict ainsi. — D'autant plus est-il
à estimer, dist Longarine, qu'il a vaincu la commune malice des hommes : car qui peult faire mal
et ne le faict point, cestuy-là est bien heureux.
— A ce propos, dist Guebron, vous me faictes
souvenir d'une qui avoit plus de crainte d'offenser les yeux des hommes que Dieu, son honneur et l'amour. — Or, je vous prie, dist Parlamente, que vous nous la comptiez, et pour ce

faire je vous donne ma voix. — Il y a, dist Guebron, des personnes qui n'ont point de Dieu, ou,
s'ils en croyent quelqu'un, l'estiment quelque
chose si loing d'eux qu'il ne peult veoir ny entendre les mauvaises œuvres qu'ils font, et, encores
qu'il les voye, pensent qu'il soit nonchallant et
qu'il ne les punisse point, comme ne se souciant
des choses de çà bas; et de ceste opinion mesmes
estoit une damoiselle de laquelle, pour l'honneur
de la race, je changeray le nom, et la nommeray
Camille. Elle disoit souvent que la personne qui
n'avoit affaire que de Dieu estoit bien heureuse,
si au demeurant elle pouvoit bien conserver son
honneur devant les hommes; mais vous verrez,
mes Dames, que sa prudence ny son hypocrisie
ne l'ont pas garantie que son secret n'ait esté revelé, comme vous verrez par son histoire, où la
verité sera dicte tout du long, hors mis les noms
des personnes et des lieux, qui seront changez. »

NOUVELLE QUARANTETROISIESME

L'hypocrisie d'une dame de court fut descouverte par le demenement de ses amours, qu'elle pensoit bien celer.

N un tresbeau chasteau demeuroit une grande princesse et de grande authorité, qui avoit en sa compagnie une damoiselle nommée Camille, fort audacieuse, de laquelle la maistresse estoit si fort abusée qu'elle ne faisoit rien que par son conseil, l'estimant la plus sage et vertueuse damoiselle qui fust de son temps. Ceste Camille reprenoit tant la folle amour que, quand elle voyoit quelque gentil-homme amoureux de l'une de ses compaignes, elle les en tançoit fort aigrement, et en faisoit si mauvais rapport à sa maistresse que souvent elle les en blamoit, dont elle estoit beaucoup plus crainte que aimée de toute la compagnie. Et, quant à elle, jamais ne parloit à homme, sinon que tout hault et avec une grande audace, tellement qu'elle avoit le bruit d'estre ennemie mortelle de toute amour, combien qu'elle estoit contraire à son cueur : car il y avoit un gentil-homme au service de sa maistresse duquel elle estoit si fort prinse qu'elle n'en pouvoit plus. Si est-ce que l'amour qu'elle avoit à sa gloire et reputation luy faisoit du tout dissimuler son affection. Mais, aprés avoir porté ceste passion bien un an, ne se voulant soulager (comme les autres) par le regard et la parole, brusloit si fort en son cueur qu'elle vint chercher le dernier remede, et pour conclusion advisa qu'il valloit mieux satisfaire à son desir, et qu'il n'y eust que Dieu seul qui cogneust son cueur, que le dire à un homme, qui le peult reveler quelque fois.

Aprés ceste conclusion prinse, un jour qu'elle estoit en la chambre de sa maistresse, regardant sur une terrace, veid promener celuy qu'elle aimoit tant; et, aprés l'avoir regardé si longuement que le jour qui se couchoit en emportoit la veuë avecques soy, elle appella un petit page qu'elle avoit, et, en luy monstrant le gentilhomme, luy dist : « Voyez-vous bien cestuy-là qui a ce pourpoint de satin cramoisi et la robe fourrée de loups serviers? Allez luy dire qu'il y a quelqu'un de ses amis qui veult parler à luy en la gallerie du jardin de ceans. » Et, ainsi que le page y alla, elle passa par la garderobbe de la chambre de sa maistresse, et s'en alla en ceste gallerie, ayant mis sa cornette basse et son touret de nez. Quand le gentil-homme fut arrivé où elle estoit, elle va incontinent fermer les deux portes par lesquelles l'on pouvoit venir sur eux, et, sans oster son touret de nez, en l'embrassant bien fort, luy va dire, le plus bas qu'il luy fut possible : « Il y a long temps, mon amy, que l'amour que je vous porte m'a faict desirer de trou-

ver le lieu et occasion de vous pouvoir veoir;
mais la crainte de mon honneur a esté pour un
temps si forte qu'elle m'a contrainte, malgré ma
volonté, dissimuler ceste passion. Mais à la fin
la force d'amour a vaincu la crainte, et, pour la
cognoissance que j'ay de vostre honnesteté, si
me voulez promettre de m'aimer et de jamais
n'en parler à personne et ne vous enquerir qui
je suis, de moy je vous asseure bien que vous
seray loyale et bonne amie et que jamais n'aimeray autre que vous; mais j'aimerois mieux
mourir que vous sceussiez qui je suis. » Le gentil-
homme luy promist ce qu'elle demandoit, qui la
rendit facile à luy rendre la pareille : c'est de ne
luy refuser chose qu'il voulust prendre. L'heure
estoit de cinq ou six heures en hyver, qui entierement luy ostoit la veuë d'elle; et en touchant
ses habillemens trouva qu'ils estoient de veloux,
qui en ce temps-là ne se portoient à tous les jours,
sinon par les femmes de bonnes maisons et d'authorité. En touchant ce qui estoit dessous, autant
qu'il en pouvoit prendre jugement par la main,
ne trouva rien qui ne fust en tresbon estat, net et
en bon point. S'il meit peine de luy faire la meilleure chere qu'il luy fut possible de son costé,
elle n'en feit moins du sien, et cogneut bien le
gentil-homme qu'elle estoit mariée.

Elle s'en voulut retourner incontinent de là où
elle estoit venuë, mais le gentil-homme luy dist :
« J'estime beaucoup le bien que, sans mon merite, vous m'avez donné; mais encor estimeray-je

plus celuy que j'auray de vous à ma requeste. Je
me tiens si satisfaict d'une telle grace que je vous
supplie me dire si je ne doy plus esperer de recouvrer encor un bien semblable, et en quelle
sorte il vous plaira que j'en use : car, veu que je
ne vous puis cognoistre, je ne sçay comment le
pourchasser. — Ne vous souciez, dist la damoiselle, mais asseurez-vous que tous les soirs, avant
le soupper de ma maistresse, je ne faudray de
vous envoyer querir; mais qu'à l'heure vous soyez
sur la terrasse où vous estiez tantost. Je vous
manderay seul, et qu'il vous souvienne de ce que
avez promis. Par cela entendrez-vous que je vous
attends en ceste gallerie. Mais, si vous oyez
parler d'aller à la viande, vous pourrez bien pour
le jour vous retirer ou venir en la chambre de
ma maistresse. Et sur tout, je vous prie, ne cherchez jamais de me cognoistre, si vous ne voulez la
separation de nostre amitié. » La damoiselle et le
gentil-homme s'en retournerent chacun en leur
lieu, et continuerent longuement ceste vie sans
qu'il s'apperceust jamais qui elle estoit, dont il
entra en grande fantasie, pensant en luy-mesme
qui ce pouvoit estre : car il ne pensoit point qu'il
y eust femme au monde qui ne voulust estre veuë
et aimée, et se doubta que ce fut quelque malin
esprit, ayant ouy dire à quelque sot prescheur
que qui auroit veu le diable au visage l'on n'aimeroit jamais. En ceste doubte, se delibera sçavoir
qui estoit celle qui luy faisoit si bon visage; et
l'autre fois qu'elle le manda, porta avec luy de

la croye, et, en l'embrassant, luy feit une merque
sur l'espaule par derriere, sans qu'elle s'en apperceust ; et, incontinent qu'elle fut partie, s'en alla
hastivement le gentil-homme en la chambre de sa
maistresse, et se tint auprés de la porte pour regarder le derriere des espaules de celles qui y
entroient, et entre autres veid entrer ma damoiselle Camille avec une telle audace qu'il craignoit
la regarder comme les autres, se tenant tresas-
seuré que ce ne pouvoit elle estre. Mais, ainsi
qu'elle se tournoit, avisa sa croye blanche, dont
il fut si estonné qu'à peine pouvoit-il croire ce
qu'il voioit ; toutesfois, ayant bien regardé sa
taille, qui estoit semblable à celle qu'il touchoit,
les façons de son visage, qui au toucher se pouvoient cognoistre, cogneut certainement que c'estoit elle, dont il fut tresaise de veoir qu'une femme
qui jamais n'avoit eu le bruit d'avoir serviteur,
mais d'avoir reffusé tant d'honnestes gentils-
hommes, s'estoit arrestée à luy seul. Amour, qui
n'est jamais en un estat, ne peult endurer qu'il
vesquit longuement en ce repos, et le meit en
telle gloire et esperance qu'il se delibera de luy
faire cognoistre son amour, pensant, quand elle
seroit cogneuë, qu'elle auroit occasion d'augmenter. Et, un jour que ceste grande dame alloit au
jardin, la damoiselle Camille s'en alla promener
en une autre allée. Le gentil-homme, la voyant
seule, s'advança pour l'entretenir, et, feignant ne
l'avoir point veuë ailleurs, luy dist : « Ma Damoiselle, il y a long temps que je porte une affection

sur mon cueur, laquelle, de peur de vous desplaire, ne vous ay osé reveler, dont je suis si mal
que je ne puis plus porter ceste peine sans mourir,
car je ne croy pas que jamais homme vous sceust
tant aimer que je fais. » La damoiselle Camille
ne le laissa pas achever son propos, mais luy dist
avec une tresgrande colere : « Avez-vous jamais
ouy dire que j'aye eu amy ne serviteur? Je suis
seure que non, et m'esbahis dont vous vient cette
hardiesse de tenir tels propos à une si femme de
bien que moy : car vous m'avez assez hantée
ceans pour cognoistre que jamais n'aimay autre
que mon mary; et pource gardez-vous de continuer ces propos. » Le gentil-homme, voyant une
si grande fiction, ne se peut tenir de rire et luy
dire : « Ma Damoiselle, vous ne m'estes pas tousjours si rigoureuse que maintenant. Dequoy
vous sert-il d'user envers moy de telle dissimulation? Ne vault-il pas mieux avoir une amitié
parfaicte que imparfaicte? » Camille luy respondit : « Je n'ay en vous amitié parfaicte ne
imparfaicte, sinon comme aux autres serviteurs de
ma maistresse; mais, si vous continuez les propos que me tenez, je pourray bien avoir telle
haine qu'elle vous cuira. » Le gentil-homme
poursuyvit encore son propos et luy dist : « Et
où est la bonne chere que vous me faictes quand
je ne vous puis veoir? Pourquoy m'en privez-vous
maintenant, que le jour me monstre vostre beauté
accompagnée d'une si parfaicte et bonne grace? »
Camille, faisant un grand signe de la croix, luy

dist : « Vous avez perdu vostre entendement, ou vous estes le plus grand menteur du monde, car jamais en ma vie ne pensay vous avoir faict meilleure chere ne pire que je vous fais, et vous prie de me dire comment vous l'entendez. » Alors le pauvre gentil-homme, pensant la gaigner davantage, luy alla compter le lieu où il l'avoit veuë, et la marque de la croye qu'il luy avoit faicte pour la cognoistre, dont elle fut si outrée de colere qu'elle luy dist qu'il estoit le plus meschant homme du monde, et qu'il avoit controuvé contre elle une mensonge si vilaine qu'elle mettroit peine de l'en faire repentir. Luy, qui sçavoit le credit qu'elle avoit envers sa maistresse, la voulut appaiser ; mais il ne luy fut possible, car, en le laissant là, furieusement s'en alla où estoit sa maistresse, laquelle laissa toute la compagnie pour venir entretenir Camille, qu'elle aimoit comme soy-mesmes, et, la trouvant en si grande colere, luy demanda qu'elle avoit, ce que Camille ne luy voulut celer, et luy compta tous les propos que le gentil-homme luy avoit tenuz, si mal à l'advantage du pauvre gentil-homme que, dés le soir, sa maistresse luy manda qu'il eust à se retirer tout incontinent en sa maison, sans parler à personne, et qu'il y demeurast jusques à ce qu'il fust mandé : ce qu'il feit hastivement, pour la crainte qu'il avoit d'avoir pis ; et, tant que Camille demeura avec sa maistresse, ne retourna le gentil-homme en ceste maison, ny onques puis n'ouyt nouvelles de celle qui luy avoit bien promis qu'il la perdroit dés l'heure qu'il la chercheroit.

« Par cela, mes Dames, pouvez-vous veoir comme celle qui avoit preferé la gloire du monde à sa conscience a perdu l'un et l'autre : car aujourd'huy est leu aux yeux d'un chacun ce qu'elle vouloit cacher à ceux de son amy et serviteur, et, fuyant la moquerie d'un, est tombée en celle de tous ; et si ne peult estre excusée par simplicité d'une amour naïfve, de laquelle chacun doit avoir pitié, mais accusée doublement d'avoir couverte sa malice du manteau d'honneur et de gloire et se faire devant Dieu et les hommes autre qu'elle n'estoit. Mais celuy qui ne donne point sa gloire à autruy, en descouvrant ce manteau, luy en a donné double infamie. — Voilà, dist Oisille, une vilanie inexcusable, car qui peult parler pour elle, quand Dieu, l'honneur et mesmes l'amour l'accusent? — Qui? dist Hircan : le plaisir et la follie, qui sont deux grans advocats pour les dames. — Si nous n'avions d'autres advocats, dist Parlamente, qu'eux avec vous, nostre cause seroit mal soustenuë ; mais celles qui sont vaincuës de plaisir ne se doivent plus nommer femmes, mais hommes, desquels la fureur et concupiscence augmente leur honneur : car un homme qui se venge de son ennemy et le tue pour un dementir en est estimé plus gentil compagnon ; aussi est-il quand il en aime une douzeine avec sa femme. Mais l'honneur des femmes a autre fondement : c'est douceur, patience et chasteté.

— Vous parlez des sages, dist Hircan. — Pource,
dist Parlamente, que je n'en veux point cognoistre
d'autres. — S'il n'y en avoit point de folles, dist
Nomerfide, ceux qui veulent estre creuz de tout
ce qu'ils disent et font pour suborner la simplicité
feminine se trouveroient bien loing de leur espoir. — Je vous prie, Nomerfide, dist Guebron,
que je vous donne ma voix à fin que nous donniez
quelque compte à ce propos. — Je vous en diray
un, dist Nomerfide, autant à la louënge d'un
amant que le vostre a esté au mespris des folles
femmes. »

NOUVELLE QUARANTEQUATRIESME

De deux amans qui ont subtilement jouy de leurs
amours, et de l'heureuse issue d'icelles.

N la ville de Paris y avoit deux citoyens
de mediocre estat, l'un politic, et
l'autre marchand de draps de soye,
lesquels de toute ancienneté se portoient fort bonne affection et se hantoient fami-
lierement. Au moyen de quoy le fils du politic,
nommé Jaques, jeune homme assez mettable en

bonne compagnie, frequentoit souvent, sous la faveur de son pere, au logis du marchand ; mais c'estoit à cause d'une belle fille qu'il avoit, nommée Francoise ; et feit Jaques si bien ses menées envers Françoise qu'il cogneut qu'elle n'estoit moins aimante qu'aimée. Mais, sur ces entrefaictes, se dressa le camp de Provence contre la descente de Charles d'Autriche, et fut force à Jaques de suyvre le camp, pour l'estat auquel il estoit appellé. Durant lequel camp, et dés le commencement, son pere alla de vie à trespas, dont la nouvelle luy apporta double ennuy : l'un pour la perte de son pere, l'autre pour l'incommodité de revoir si souvent sa bien-aimée, comme il esperoit à son retour. Toutesfois, avecques le temps, l'un fut oublié, et l'autre s'augmenta : car, comme la mort est chose naturelle, principalement au pere plustost qu'aux enfans, aussi la tristesse s'en escoule peu à peu ; mais l'amour, au lieu de nous apporter mort, nous rapporte vie en nous communiquant la propagation des enfans, qui nous rendent immortels, et cela est une des principales causes d'augmenter noz desirs. Jaques donc, estant de retour à Paris, n'avoit autre soing ny pensement que de se remettre au train de la frequentation vulgaire du marchand, pour, sous ombre de pure amitié, faire trafic de sa plus chere marchandise. D'autre part, Françoise, pendant son absence, avoit esté fort sollicitée d'ailleurs, tant à cause de sa beauté que de son bon esprit, et aussi qu'elle estoit, long temps y avoit, ma-

riable, combien que le pere ne s'en mist pas fort
en son devoir, fust ou pour son avarice, ou pour
trop grand desir de la bien colloquer, comme fille
unique : ce qui ne faisoit rien à l'honneur de la
fille, pource que les personnes de maintenant se
scandalisent beaucoup plustost que l'occasion ne
leur en est donnée, et principalement quand c'est
en quelque point qui touche la pudicité de belle
fille ou femme. Cela fut cause que le pere ne feit
point le sourd ny l'aveugle au vulgaire caquet,
et ne voulut ressembler beaucoup d'autres qui,
au lieu de censurer les vices, semblent y provo-
quer leurs femmes et enfans : car il la tenoit de
si court que ceux mesmes qui n'y tendoient que
sous voile de mariage n'avoient point ce moyen
de la veoir que bien peu, encores estoit-ce tousjours avecques sa mere.

Il ne fault pas demander si cela fut fort aigre
à supporter à Jaques, ne pouvant resoudre en
son entendement que telle austerité se gardast
sans quelque grande occasion, tellement qu'il
vacilloit fort entre amour et jalousie. Si est-ce
qu'il se resolut d'en avoir la raison, à quelque
peril que ce fust. Mais premierement, pour cognoistre si elle estoit encores de mesme affection
que auparavant, il alla tant et vint qu'un matin à
l'eglise, oyant la messe assez prés d'elle, il apperceut à sa contenance qu'elle n'estoit moins
aise de le veoir que luy elle. Aussi luy, cognoissant la mere n'estre si severe que le pere, print
quelque fois, comme inopinement, la hardiesse,

en les voyant aller de leur logis jusques à l'eglise,
de les acoster avecques une familiere et vulgaire
reverence et sans se trop advantager, le tout ex-
pressement et à fin de mieux parvenir à ses atten-
tes. Bref, en approchant le bout de l'an de son
pere, il se delibera, au changement du dueil, de se
mettre sur le bon bout et faire honneur à ses an-
cestres, et en tint propos à sa mere, qui le trouva
bon, desirant fort de le veoir bien marié, pource
qu'elle n'avoit pour tous enfans que luy et une
fille ja mariée bien et honnestement. Et de faict,
comme damoiselle d'honneur qu'elle estoit, luy
poussoit encor le cueur à la vertu par infinité
d'exemples d'autres jeunes gens de son aage qui
s'advançoient d'eux-mesmes, au moins qui se
monstroient dignes du lieu d'où ils estoient des-
cenduz. Ne restoit plus que d'adviser où ils se
fourniroient; mais la mere dist : « Je suis d'advis, Jaques, d'aller chez le compere sire Pierre
(c'estoit le pere de Françoise). Il est de noz amis,
il ne nous voudroit pas tromper. » Sa mere le
chatouïlloit bien où il se demangeoit; neantmoins
il tint bon, disant : « Nous en prendrons là où
nous trouverons nostre meilleur et à meilleur
marché. Toutesfois, dit-il, à cause de la cognoissance de feu mon pere, je suis bien content que
nous y allions premier qu'ailleurs. » Ainsi fut
prins le complot pour un matin, que la mere et
le fils allerent veoir le sire Pierre, qui les recueil-
lit fort bien, comme vous sçavez que les marchans
ne manquent point de telles drogues. Si feirent

desployer grandes quantitez de draps de soye de
toutes sortes, et choisyrent ce qui leur en failloit.
Mais ils ne peurent tomber d'accord, ce que
Jaques faisoit à propos, pource qu'il ne voyoit
point la mere de s'amye ; et falut, à la fin, qu'ils
s'en allassent, sans rien faire, veoir ailleurs quel
il y faisoit. Mais Jaques n'y trouvoit rien si beau
que chez s'amye, où ils retournerent quelque
temps aprés. Lors s'y trouva la dame, qui leur
feit le meilleur recueil du monde ; et, aprés les
menées qui se font en telles boutiques, la femme
du sire Pierre tenant encor plus roide que son
mary, Jaques luy dist : « Et dea, ma Dame, vous
estes bien rigoureuse ! Voilà que c'est : nous
avons perdu nostre pere, on ne nous cognoist
plus. » Et feit semblant de pleurer et de s'essuyer
les yeux pour la souvenance paternelle ; mais
c'estoit à fin de faire sa menée. La bonne femme
vefve, mere de Jaques, y allant à la bonne foy,
dist aussi : « Depuis sa mort, nous ne nous
sommes non plus frequentez que si jamais ne
nous fussions veuz. Voilà le compte que l'on
tient des pauvres femmes vefves ! » Alors se ra-
cointerent-elles de nouvelles caresses, se promettans de se revisiter plus souvent que jamais. Et,
comme ils estoient en ces termes, vindrent d'autres marchans, que le maistre mena luy-mesme
en son arriere-boutique. Et le jeune homme,
voyant son apoinct, dist à sa mere : « Mais, ma
Damoiselle, j'ay veu que ma Dame venoit bien
souvent, les festes, visiter les saincts lieux qui

sont en noz quartiers, et principalement les reli-
gions. Si quelquesfois elle daignoit en passant
prendre son vin, elle nous feroit plaisir et honneur. » La marchande, qui n'y pensoit en nul
mal, luy respondit qu'il y avoit plus de quinze
jours qu'elle avoit deliberé d'y faire un voyage,
et que, si le prochain dimanche ensuyvant il faisoit beau, elle pourroit bien y aller, qui ne seroit
sans passer par le logis de la damoiselle et la revisiter. Ceste conclusion prinse, aussi feit-elle du
marché des draps de soye, car il ne failloit pas,
pour quelque peu d'argent, laisser fuyr si belle
occasion.

Le complot prins et la marchandise emportée,
Jaques, cognoissant ne pouvoir bien luy seul
faire une telle entreprinse, fut contrainct se declarer à un sien fidele amy. Si se conseillerent si
bien ensemble qu'il ne restoit que l'execution.
Parquoy, le dimanche venu, la marchande et sa
fille ne faillirent, au retour de leurs devotions,
de passer par le logis de la damoiselle vefve, où
elles la trouverent avec une sienne voisine devi-
sans en une gallerie de jardin, et la fille de la
vefve qui se promenoit par les allées du jardin
avec Jaques et Olivier. Luy, aussi tost qu'il veid
s'amye, se forma en sorte qu'il ne changea nullement de contenance. Si alla en ce bon visage recevoir la mere et la fille, et, comme c'est l'ordinaire que les vieux cherchent les vieux, ces trois
dames s'asseirent sur un banc qui leur faisoit
tourner le dos vers le jardin, dans lequel, peu à

peu, les deux amans entrerent, se promenans
jusques au lieu où estoient les deux autres ; et
ainsi de compaignie s'entrecaresserent quelque
peu, puis se remirent au promenoir, où le jeune
homme compta si bien son piteux cas à Françoise
qu'elle ne pouvoit accorder et si n'osoit refuser
ce que son amy demandoit, tellement qu'il cogneut qu'elle estoit bien fort aux alteres. Mais il
fault entendre que, pendant qu'ils tenoient ces
propos, ils passoient et repassoient souvent au
long de l'abry où estoient assises les bonnes
femmes, afin de leur oster tout soupçon, parlans
toutesfois de propos vulgaires et familiers, et
quelquesfois un peu rageans folastrement parmy
le jardin. Et y furent ces bonnes femmes si accoustumées par l'espace d'une demie heure que,
à la fin, Jaques feit le signe à Olivier, qui joua
son personnage envers l'autre fille qu'il tenoit, en
sorte qu'elle ne s'apperceut point que les deux
amans entrerent dans un preau couvert de ceri-
saye et bien cloz de hayes de rosiers et de groise-
liers forts haults, là où ils feirent semblant d'aller
abattre des amendes à un coing du preau ; mais
ce fut pour abattre prunes. Aussi Jaques, au
lieu de bailler la cotte verte à s'amye, luy bailla
la cotte rouge, en sorte que la couleur luy en
vint au visage pour s'estre trouvée surprinse un
peu plustost qu'elle ne pensoit. Si eurent-ils si
habilement cueilly leurs prunes, pource qu'elles
estoient meures, que Olivier mesme ne le pouvoit croire, n'eust esté qu'il veid la fille tirant la

veuë contre bas et monstrant visage honteux, qui
luy donna marque de la verité, pource que au
paravant elle alloit la teste levée, sans craindre
qu'on veist en l'œil la veine qui doibt estre rouge
avoir pris couleur azurée; dequoy Jaques s'ap-
percevant, la remit en son naturel par remonstrances à ce necessaires. Toutesfois, en faisant
encor deux ou trois tours de jardin, ce ne fut
point sans larmes et souspirs, et sans dire main-
tesfois : « Helas! estoit-ce pour cela que vous
m'aimiez? Si je l'eusse pensé! Mon Dieu, que
feray-je? Me voilà perdue pour toute ma vie. En
quelle estime m'aurez-vous d'oresenavant? Je me
tiens asseurée que vous ne tiendrez plus compte
de moy, au moins si vous estes du nombre de
ceux qui n'aiment que pour leur plaisir. Helas!
que ne suis-je plustost morte que de tomber dans
ceste faulte! » Ce n'estoit pas sans verser force
larmes qu'elle tenoit ce propos; mais Jaques la
reconforta si bien, avec tant de promesses et sermens, que, avant qu'ils eussent parfourny trois
autres tours de jardin, et qu'il eust faict le signe à
son compaignon, ils rentrerent encores au preau
par un autre chemin, où elle ne sceut si bien
faire qu'elle ne receust plus de plaisir à la seconde
cotte verte que à le premiere. Voire et si s'en
trouva si bien dés l'heure qu'ils prindrent deliberation pour aviser comment ils se pourroient
reveoir plus souvent et plus à leur aise, en attendant le bon loisir du pere. A quoy leur aida grandement une jeune femme, voisine du sire Pierre,

qui estoit aucunement parente du jeune homme
et bien amye de Françoise. En quoy ils ont con-
tinué sans scandale (à ce que je puis entendre)
jusques à la consommation du mariage, qui s'est
trouvé bien riche pour une fille de marchand, car
elle estoit seule. Vray est que Jaques a attendu
le meilleur du temporel jusques au decés du pere,
qui estoit si serrant qu'il luy sembloit que ce
qu'il tenoit en une main l'autre luy desrobboit.

« Voilà, mes Dames, une amitié bien commencée, bien continuée et mieux finie : car, encores
que ce soit le commun d'entre vous hommes de
desdaigner une fille ou femme depuis qu'elle vous
a esté liberale de ce que vous cherchez le plus en
elles, si est-ce que ce jeune homme, estant poulsé
de bonne et sincere amour, et ayant cogneu en
s'amye ce que tout mary desire en la fille qu'il
espouse, et aussi la cognoissant de bonne lignée
et sage, au reste de la faulte que luy-mesme avoit
commise, ne voulut point adulterer ny estre
cause ailleurs d'un mauvais mariage; en quoy je
le trouve grandement louable. — Si est-ce, dist
Oisille, qu'ils sont tous deux dignes de blasme,
voire le tiers aussi, qui se faisoit ministre ou du
moins adherant à un tel violement. — M'appellez-vous cela violement, dist Saffredent, quand
les deux parties en sont bien d'accord? Est-il
meilleur mariage que cestuy-là qui se faict ainsi
d'amourettes? C'est pourquoy on dict en proverbe
que les mariages se font au Ciel; mais cela ne

s'entend pas des mariages forcez ny qui se font à
pris d'argent, et qui sont tenuz pour tresap-
prouvez depuis que le pere et la mere y ont
donné consentement. — Vous en direz ce que
vous vouldrez, repliqua Oisille, si fault-il que
nous recognoissions l'obeïssance paternelle, et,
par default d'icelle, avoir recours aux autres parens; autrement, s'il estoit permis à tous et
toutes de se marier à volonté, quants mariages
cornuz trouveroit-on? Est-il à presupposer qu'un
jeune homme et une fille de xij ou xv ans sça-
chent ce qui leur est propre? Qui regarderoit
bien le contenement de tous les mariages, on
trouveroit qu'il y en a pour le moins autant de
ceux qui se sont faicts par amourettes dont les
yssues en sont mauvaises que de ceux qui ont
esté faicts forcément, pource que ces jeunes
gens, qui ne sçavent ce qui leur est propre,
se prennent au premier qu'ils trouvent, sans
consideration; puis peu à peu ils descouvrent
leurs erreurs, qui les faict entrer en de plus
grandes; là où, au contraire, la pluspart de ceux
qui se font forcément procedent du discours de
ceux qui ont plus veu et ont plus de jugement
que ceux à qui plus il touche, en sorte que, quand
ils viennent à sentir le bien qu'ils ne cognoissoient, ils le savourent et embrassent beaucoup
plus avidement et de plus grande affection. —
Voire mais, vous ne dictes pas, ma Dame, dist
Hircan, que la fille estoit en hault aage nubile,
cognoissant l'iniquité du pere, qui laissoit moisir

son pucelage de peur de desmoisir ses escuz. Et
ne sçavez-vous pas que nature est cogneuë? Elle
aimoit, elle estoit aimée; elle trouvoit son bien
prest, et si se pouvoit souvenir du proverbe que
tel refuse qui aprés muse. Toutes ces choses,
avecques la prompte execution du poursuivant,
ne luy donnerent pas loisir de se rebeller : aussi
avez-vous oy qu'incontinent aprés on cogneut
bien à sa face qu'il y avoit en elle quelque mutation notable. C'estoit (peult-estre) l'ennuy du peu
de loisir qu'elle avoit eu pour juger si telle chose
estoit bonne ou mauvaise, car elle ne se feit pas
grandement tirer l'aureille pour en faire le second
essay. — Or, de ma part, dist Longarine, je n'y
trouverois point d'excuse si ce n'estoit l'appro-
bation de la foy du jeune homme, qui, se gou-
vernant en homme de bien, ne l'a point abandonnée,
ains l'a bien vouluë telle qu'il l'avoit faicte; en
quoy il me semble grandement loüable, veu la
corruption depravée de la jeunesse du temps present. Non pas que pour cela je vueille excuser la
premiere faulte, qui l'accuse tacitement d'un rapt
pour le regard de la fille, et de subornation en
l'endroit de la mere. — Et point! point! dist
Dagoucin, il n'y a rapt ny subornation; tout s'est
faict de pur consentement, tant du costé des deux
meres pour ne l'avoir empesché, bien qu'elles
ayent esté deceüs, que du costé de la fille, qui
s'en est bien trouvée : aussi ne s'en est-elle jamais
plaincte. — Tout cela n'est procedé, dist Parlamente, que de la grande bonté et simplicité de

la marchande, qui sous tiltre de bonne foy mena,
sans y penser, sa fille à la boucherie. — Mais aux
nopces, dist Simontault; tellement que ceste simplicité ne fut moins profitable à la fille que dommageable à celle qui se laissoit trop aiséement
tromper par son mary. — Puis que vous en sçavez le compte, dist Nomerfide, je vous donne
ma voix pour nous le reciter. — Et je n'y feray
faulte, dist Simontault, mais que vous pro-
mettiez de ne pleurer point. Ceux qui disent,
mes Dames, que vostre malice passe celle des
hommes, auroient bien à faire de mettre un tel
exemple en avant que celuy que maintenant je
vous vay racompter, où je pretends non seulement vous declarer la grande malice d'un mary,
mais aussi la tresgrande simplicité et bonté de sa
femme. »

NOUVELLE QUARANTECINQIESME

*Un mary, baillant les innocens à sa chambriere, trompoit
la simplicité de sa femme.*

EN la ville de Tours y avoit un
homme de fort subtil et bon esprit,
lequel estoit tapissier de feu Monsieur
le Duc d'Orleans, fils du Roy François
Premier; et, combien que ce tapissier par fortune

de maladie fust devenu sourd, si n'avoit-il diminué son bon entendement, car il n'y en avoit
point de plus subtil de son mestier, et d'autres
choses vous verrez comment il s'en sçavoit aider.
Il avoit espousé une honneste et femme de bien,
avec laquelle il vivoit en grand paix et repos. Il
craignoit fort à luy desplaire ; elle aussi ne cherchoit que à luy obeïr en toutes choses. Mais,
avec la bonne amitié qu'il luy portoit, estoit si
charitable que souvent il donnoit à ses voisines
ce qui apartenoit à sa femme, combien que ce
fust le plus secrettement qu'il pouvoit. Ils avoient
en leur maison une chambriere fort en bon point,
de laquelle le tapissier devint amoureux ; toutesfois, craignant que sa femme le sceust, faisoit
souvent semblant de la tancer et reprendre, disant que c'estoit la plus paresseuse garse que
jamais il avoit veuë, et qu'il ne s'en esbahissoit
pas, veu que sa maistresse jamais ne la battoit.
Et, un jour qu'ils parloient de donner les innocens, le tapissier dist à sa femme : « Ce seroit
belle aumosne de les donner à ceste paresseuse
garse que vous avez ; mais il ne faudroit pas que
ce fust de vostre main, car elle est trop foible
et vostre cueur trop piteux. Si est-ce que, si je
voulois employer la mienne, nous serions mieux
serviz d'elle que nous ne sommes. » La pauvre
femme, qui n'y pensoit en nul mal, le pria d'en
vouloir faire l'execution, confessant qu'elle n'a-
voit le cueur ne la force pour la battre. Le mary,
qui accepta volontiers ceste commission, faisant

le rigoureux bourreau, feit acheter des verges des
plus fines qu'il peult trouver; et, pour monstrer
le grand desir qu'il avoit de ne l'espargner point,
les feit tremper dedans de la saumure; en sorte
que la pauvre femme eut plus de pitié de sa chambriere que de doute de son mary. Le jour des
innocens venu, le tapissier se leva de bon matin,
et s'en alla en la chambre haute, où la chambriere
estoit toute seule, et là luy bailla les innocens
d'autre façon qu'il n'avoit dict à sa femme. La
chambriere se print fort à plorer, mais rien ne
luy valut. Toutesfois, de peur que sa femme y
survinst, commença à frapper des verges sur le
bois du lict, tant qu'il les escorcha et rompit, et
ainsi rompuës les apporta à sa femme, luy disant :
« M'amie, je croy qu'il souviendra des innocens
à vostre chambriere. » Aprés que le tapissier s'en
fut allé hors de la maison, la chambriere se vint
jetter à deux genoux devant sa maistresse, luy
disant que son mary luy avoit faict plus grand
tort que jamais on feit à chambriere. Mais la
maistresse, cuidant que ce fust à cause des verges
qu'elle pensoit luy avoir esté données, ne la laissa
pas achever son propos, mais luy dist : « Mon mary
a bien faict, car il y a plus d'un moys que je suis
aprés luy pour l'en prier; et, si vous avez eu du
mal, j'en suis bien aise. Ne vous en prenez qu'à
moy, et encores n'en a-il pas tant faict qu'il
devoit. » La chambriere, voyant que sa maistresse approuvoit un tel cas, pensa que ce n'estoit
pas un si grand peché qu'elle cuidoit, veu que

celle que l'on estimoit tant femme de bien en
estoit l'occasion, et n'en osa plus parler depuis.
Et le maistre, voyant que sa femme estoit aussi
contente d'estre trompée que luy de la tromper,
delibera de la contenter souvent, et gaigna si bien
ceste chambriere qu'elle ne ploroit plus pour
avoir les innocens.

Il continua ceste vie longuement, sans que sa
femme s'en apperceust, tant que les grandes nei-
ges vindrent ; et, tout ainsi que le tapissier avoit
donné les innocens à sa chambriere sur l'herbe
en son jardin, il luy en voulut donner sur la neige,
et un matin, avant que personne fust esveillé en
sa maison, la mena tout en chemise faire le crucifix sur la neige, et, en se joüant tous deux à se
bailler de la neige l'un à l'autre, n'oublierent le
jeu des innocens, ce qu'advisa une de leurs voisines, qui s'estoit mise à la fenestre qui regardoit
tout droict sur le jardin pour veoir quel temps
il faisoit ; et, voyant ceste vilennie, fut si courroucée qu'elle se delibera de le dire à sa bonne
commere, à fin qu'elle ne se laissast plus tromper
d'un si mauvais mary ny servir d'une si meschante garse. Le tapissier, aprés avoir faict tous
ses beaux jeux, regarda à l'entour de luy si personne ne l'avoit veu, et advisa sa voisine à la
fenestre, dont il fut fort marry ; mais luy, qui
sçavoit donner couleur à toute tapisserie, pensa
si bien colorer ce faict que sa commere seroit
aussi bien trompée que sa femme, et, si tost
qu'il fut recouché, feit lever du lict sa femme en

chemise, et la mena au jardin où il avoit mené sa
chambriere, et se joua long temps avec elle de la
neige, comme il avoit faict avec l'autre, et puis
luy bailla des innocens ainsi qu'à sa chambriere;
et aprés s'en allerent tous deux coucher. Quand
ceste bonne femme alla à la messe, sa voisine
et bonne amie ne faillit de s'y trouver, et du
grand zele qu'elle avoit luy pria, sans luy en
vouloir dire davantage, qu'elle voulust chasser
sa chambriere, et que c'estoit une tresmauvaise et
dangereuse garse, ce qu'elle ne voulut faire sans
sçavoir pourquoy sa voisine l'avoit en si mauvaise
estime, qui à la fin luy compta comme elle l'avoit
veuë au matin en son jardin avec son mary. La
bonne femme se print bien fort à rire en luy disant : « Helas! ma commere m'amie, c'estoit
moy. — Comment, ma commere! dist l'autre, elle
estoit toute en chemise au matin, environ les cinq
heures. » La bonne femme luy respondit : « Par
ma foy, ma commere, c'estoit moy. » L'autre,
continuant son propos : « Ils se bailloient, dist-
elle, de la neige l'un à l'autre, puis aux tetins,
puis en autre lieu, aussi privéement qu'il estoit
possible. » La bonne femme luy dist : « Hé! hé!
ma commere, c'estoit moy. — Voire, ma commere! ce dist l'autre; mais je les ay veuz sur la
neige faire telle chose et telle qui me semble
n'estre belle ny honneste. — Ma commere, dist
l'autre, je le vous ay dict, et le dy encores, que
c'estoit moy, et non autre, qui ay faict tout ce
que vous me dictes; mais mon mary et moy

joüons ainsi privéement. Je vous prie, ne vous
en scandalisez point, car vous sçavez que nous
devons complaire à noz mariz. » Ainsi s'en retourna la commere, plus desirante d'avoir un tel
mary qu'elle n'estoit à venir demander celuy de
sa bonne commere. Et, quand le tapissier fut re-
tourné, sa femme luy feit le compte tout au long
de sa commere. « Or regardez, m'amie, respondit le tapissier, si vous n'estiez femme de bien et
de bon entendement, long temps a que nous
fussions separez l'un de l'autre; mais j'espere que
Dieu nous conservera en nostre bonne amitié, à
sa gloire et à nostre contentement. — Amen,
mon amy, dist la bonne femme. J'espere que de
mon costé vous n'y trouverez jamais faulte. »

« Celuy seroit bien incredule, mes Dames, qui,
aprés avoir veu une telle et si veritable histoire,
jugeroit qu'il y eust en vous telle malice que aux
hommes, combien que, sans faire tort à nul, pour
bien louër à la verité l'homme et la femme, l'on
ne peult faillir de dire que l'un et l'autre ne vault
rien. — Cest homme-là, dist Parlamente, estoit
merveilleusement mauvais, car d'un costé il
trompoit sa chambriere, et de l'autre sa femme.
— Vous n'avez pas donc bien entendu le compte,
dist Hircan, pource qu'il est dict qu'il les contenta toutes deux en une matinée, que je trouve
un grand acte de vertu, tant au corps qu'à l'esprit, de sçavoir dire et faire deux contraires con-
tens. — En cela, respondit Parlamente, il est

doublement mauvais de satisfaire à la simplesse
de l'une par mensonge, et à la malice de l'autre
par son vice ; mais j'entends bien que ces pechez-
là, mis devant tel juge que vous, seront tousjours
pardonnez. — Si vous asseuray-je, dist Hircan,
que je ne feray jamais si grande ne si difficile entreprinse : car mais que je vous rende compte, je
n'auray pas mal employé ma journée. — Si l'a-
mour reciproque, dist Parlamente, ne contente
le cueur, toute autre chose ne le peult contenter.
— De vray, dist Simontault, je croy qu'il n'y a
au monde plus grande peine que d'aimer et n'estre
point aimé. — Je vous en croy, dist Oisille, et
si me souvient à ce propos d'un compte que je
n'avois deliberé de mettre au rang des bons ; toutesfois, puis qu'il vient à propos, je suis contente
de m'en acquiter. »

NOUVELLE QUARANTESIXIESME

*D'un cordelier qui faict grand crime envers les mariz de
battre leurs femmes.*

N la ville d'Angoulesme, où se tenoit
souvent le Comte Charles, pere du
Roy François, y avoit un cordelier
nommé Valles, homme sçavant et fort
grand prescheur, en sorte que les advents il pres-

cha en la ville devant le Comte, dont sa reputation augmenta encores davantage. Si advint que, durant les advents, un jeune estourdy de la ville, ayant espousé une assez belle jeune femme, ne laissoit pour cela de courir par tout autant et plus dissolument que les non mariez. Dequoy la jeune femme, advertie, ne se pouvoit taire, tellement que bien souvent en passant elle en recevoit ses gages plustost et d'autre façon qu'elle n'eust voulu ; et toutesfois elle ne laissoit pour cela de continuer en ses lamentations, et quelques fois jusques à injures. Parquoy le jeune homme s'irrita en sorte qu'il la battit à sang et marque, dont elle se print à crier plus que devant ; et pareillement ses voisines, qui sçavoient l'occasion, ne se pouvoient taire, ains crioyent publiquement par les ruës, disans : « Et fy, fy de tels mariz ! Au diable ! au diable ! » De bonne encontre, le cordelier de Valles passoit lors par là, qui en entendit le bruit et l'occasion ; si se delibera d'en toucher un mot le lendemain à sa predication, comme il n'y faillit pas : car, faisant venir à propos le mariage et l'amitié que nous y devons garder, il le collauda grandement, blasmant les infracteurs d'iceluy et faisant comparaison de l'amour conjugale à l'amour paternelle. Et si dist, entre autres choses, qu'il y avoit plus de danger et plus griefve punition à un mary de battre sa femme que de battre son pere ou sa mere : « Car, dist-il, si vous battez vostre pere ou vostre mere, on vous envoyra pour penitence à Rome ; mais, si vous battez vostre

femme, elle et toutes ses voisines vous envoyront
à tous les diables, c'est à dire en enfer. Or regardez quelle difference il y a entre ces deux penitences, car, de Rome, on en revient ordinairement;
mais d'enfer, oh! on n'en revient point, *nulla est
redemptio.* » Depuis ceste predication, il fut adverty que les femmes faisoient leur Achilles de
ce qu'il avoit dict, et que les mariz ne pouvoient
plus chevir d'elles : à quoy il s'advisa de mettre
ordre, comme à l'inconvenient des femmes; et,
pour ce faire, en l'un de ses sermons il accom-
para les femmes aux diables, disant que ce sont
les deux plus grands ennemis de l'homme, et qui
le tente sans cesse, et desquels il ne se peust de-
pestrer, et par especial de la femme : « Car, dist-
il, quant aux diables, en leur monstrant la croix,
ils s'enfuyent; et les femmes, tout au rebours,
c'est cela qui les aprivoise, qui les faict aller et
courir, et qui faict qu'elles donnent à leurs mariz
infinité de passions. Mais sçavez-vous que vous
y ferez, bonnes gens? Quand vous verrez que vos
femmes vous tourmenteront ainsi sans cesse,
comme elles ont accoustumé, demanchez la croix,
et du manche chassez les au loing. Vous n'aurez
point faict trois ou quatre fois ceste experience
vivement que vous ne vous en trouviez bien, et
verrez que, tout ainsi que l'on chasse le diable
en la vertu de la croix, aussi chasserez-vous et ferez taire vos femmes en la vertu du manche de
la dicte croix, pourveu qu'elle n'y soit plus atta-
chée. »

« Voilà une partie des predications de ce venc-
rable de Valles, de la vie duquel je ne vous feray
autre recit, et pour cause ; mais bien vous diray-
je, quelque bonne mine qu'il feit (car je l'ay cogneu), qu'il tenoit beaucoup plus le party des
femmes que celuy des hommes. — Si est-ce, ma
Dame, dist Parlamente, qu'il ne le monstra pas à ce
dernier sermon, donnant instruction aux hommes
de les mal traicter. — Or vous n'entendez pas sa
ruze, dist Hircan : aussi n'estes-vous pas exercitée
à la guerre pour user des stratagemes y requis,
entre lesquels cestuy-cy est un des plus grands,
sçavoir est mettre sedition civile dans le camp de
son ennemy, pour ce que lors il est trop plus aisé
à vaincre. Aussi ce maistre moyne cognoissoit
bien que la hayne et courroux de entre le mary
et la femme sont le plus souvent cause de faire
lascher la bride à l'honnesteté des femmes, laquelle honnesteté, s'emancipant de la garde de la
vertu, se trouve plustost entre les mains des loups
qu'elle ne pense estre esgarée. — Quelque chose
qu'il en soit, dist Parlamente, je ne pourrois
aimer celuy qui auroit mis divorse entre mon
mary et moy, mesmement jusques à venir à coups :
car au battre fault l'amour. Et toutesfois (à ce que
j'en ay ouy dire) ils font si bien les chatemites
quand ils veullent avoir quelque avantage sur
quelqu'une, et sont de si attraiante maniere en
leurs propos, que je croirois bien qu'il y auroit
plus de danger de les escouter en secret que de
recevoir publiquement des coups d'un mary qui,

au reste de cela, seroit bon. — A la verité, dist Dagoucin, ils ont tellement descouvert leurs menées de toutes parts que ce n'est point sans cause que l'on les doit craindre, combien qu'à mon opinion la personne qui n'est point soupçonneuse est digne de louange. — Toutesfois, dist Oisille, on doit soupçonner le mal, qui est à eviter : car il vault mieux soupçonner le mal qui n'est point que de tomber, par sotement croire, en celuy qui est. De ma part, je n'ay jamais veu femme trompée pour estre tardive à croire la parole des hommes, mais ouy bien plusieurs pour trop promptement adjouster foy à leur mensonge. Parquoy je dy que le mal qui peult advenir ne se peult jamais trop soupçonner de ceux qui ont charge d'hommes, femmes, villes et Estats : car, encores quelque bon guet que l'on face, la meschanceté et les trahisons regnent assez, et le pasteur qui n'est vigilant sera tousjours trompé par les finesses du loup. — Si est-ce, dist Dagoucin, que la personne soupçonneuse ne peult entretenir un parfaict amy, et assez sont separez pour un soupçon seulement. — Si vous en sçavez quelque exemple, dist Oisille, je vous donne ma voix pour le dire. — J'en sçay un si veritable, dist Dagoucin, que vous prendrez plaisir à l'ouïr. Je vous diray, mes Dames, ce qui plus facilement rompt une bonne amitié : c'est quand la seureté de l'amitié commence à donner lieu au soupçon, car, ainsi que croire l'amy est le plus grand honneur qu'on luy puisse faire, aussi se douter de luy est

NOUVELLE QUARANTESIXIESME 125

le plus grand deshonneur, pource que par cela
on l'estime autre que l'on ne veult qu'il soit, qui
est cause de rompre beaucoup de bonnes amitiez
et rendre les amis ennemis, comme vous verrez
par le compte que je vous vay faire. »

NOUVELLE QUARANTESEPTIESME

Un gentil-homme du Perche, soupçonnant à tort de
l'amitié de son amy, le provocque à executer contre
luy la cause de son soupçon.

Uprés du païs du Perche y avoit deux
gentils-hommes qui, dés le temps de
leur enfance, avoient vescu en si
grande et parfaicte amitié que ce n'estoit qu'un cueur, une maison, un lict, une table
et une bourse d'eux deux. Ils vesquirent long
temps continuans ceste parfaicte amitié, sans que
jamais il y eust entre eux deux une seule volonté
ou parole où l'on peust veoir difference des personnes, tant que non seulement ils vivoient comme
deux freres, mais comme un homme tout seul.
L'un des deux se maria; toutesfois pour cela ne
laissa-il à continuer sa bonne amitié et de tousjours
vivre avec son bon compagnon comme il avoit

accoustumé. Et, quand ils estoient en quelque
logis estroit, ne laissoit à le faire coucher avec sa
femme et luy : il est bien vray qu'il estoit au millieu. Leurs biens estoient tout en commun, de
sorte que, pour le mariage ne cas qui peust advenir, ne sceut estre empeschée ceste parfaicte
amitié. Mais, au bout de quelque temps, la felicité de ce monde (qui avec soy porte une mutabilité) ne peult durer en la maison, qui estoit trop
heureuse : car le mary, oubliant la seureté qu'il
avoit en son amy, sans nulle occasion print un
tresgrand soupçon de luy et de sa femme, à laquelle il ne peult dissimuler, et luy en tint quelque fascheux propos, dont elle fut fort estonnée,
car il luy avoit commandé de faire en toutes choses,
hors mis une, aussi bonne chere à son compagnon comme à soy, et neantmoins luy deffendoit
de parler à luy si elle n'estoit en grande compagnie : ce qu'elle feit entendre au compagnon de
son mary, lequel ne la creut pas, sçachant tresbien qu'il n'avoit pensé ny faict chose dont son
compagnon deust estre marry; et, ainsi qu'il
avoit accoustumé de ne luy celer rien, luy dist ce
qu'il avoit entendu, le priant de ne luy en celer la
verité : car il ne vouloit en cela ny en autre
chose luy donner occasion de rompre l'amitié
qu'ils avoient longuement entretenuë. Le gentil-homme mary l'asseura qu'il n'y avoit jamais
pensé, et que ceux qui avoient semé ce bruit
avoient meschantement menty. Son compagnon
luy dist : « Je sçay bien que la jalousie est

une passion aussi importable comme l'amour,
et quand vous auriez ceste opinion, et fust-
ce de moy-mesme, je ne vous en donne point
de tort, car vous ne vous en sçauriez garder;
mais d'une chose qui est en vostre puissance
aurois-je occasion de me plaindre, c'est que
me vousissiez celer vostre maladie, veu que
jamais passion ou opinion que vous ayez euë ne
m'a esté cachée. Pareillement de moy, si j'estois
amoureux de vostre femme, vous ne me le de-
vriez point imputer à meschanceté, car c'est un
feu que je ne tiens pas en ma main pour en faire
à mon plaisir; mais, si je le vous celois et cher-
chois de faire cognoistre à vostre femme par de-
monstrance mon amitié, je serois le plus meschant compagnon qui oncques fut. De ma part,
je vous asseure bien que, combien qu'elle soit
honneste et femme de bien, c'est la personne
que je vey oncques (encore qu'elle ne fust vostre
femme) où ma fantasie s'adonneroit aussi peu;
mais, jaçoit qu'il n'y ait point d'occasion, je vous
requiers que si en avez le moindre sentiment de
soupçon qui puisse estre, que vous me le dictes,
à celle fin que j'y donne tel ordre que nostre
amitié, qui a tant duré, ne se rompe pour une
femme : car, quand je l'aymerois plus que toutes
les choses du monde, si ne parlerois-je jamais à
elle, pource que je prefere vostre amour à tout
autre. » Son compagnon luy jura, par les plus
grands sermens qui luy furent possibles, que jamais n'y avoit pensé, et le pria de faire en sa

maison comme il avoit accoustumé. L'autre luy respondit : « Puis que vous le voulez, je le feray; mais je vous prie que si, aprés cela, vous avez opinion de moy et que le me dissimuliez, ou que le trouviez mauvais, je ne demeure jamais en vostre compagnie. »

Au bout de quelque temps qu'ils vivoient tous deux comme ils avoient accoustumé, le gentil-homme marié rentra en son soupçon plus que jamais, et commanda à sa femme qu'elle ne luy feist plus le visage qu'elle avoit accoustumé : ce qu'elle dist au compagnon de son mary, le priant de luy-mesme se vouloir abstenir de parler plus à elle, car elle avoit commandement d'en faire autant de luy. Le gentil-homme entendit par la parole d'elle et par quelques contenances qu'il voioit faire à son compagnon qu'il ne luy avoit pas tenu promesse; parquoy luy dist en grande colere : « Si vous estes jaloux, mon compagnon, c'est chose naturelle; mais, aprés les sermens que vous en avez faicts, je ne me puis contenter de ce que me l'avez tant celé, car j'ay tousjours pensé qu'il n'y eust entre vostre cueur et le mien un seul moyen ny obstacle. Mais, à mon tres-grand regret, et sans qu'il y ait de ma faulte, je voy le contraire, par ce que non seulement vous estes bien fort jaloux de vostre femme et de moy, mais le me voulez couvrir, à fin que vostre ma-ladie dure si longuement qu'elle tourne du tout en haine, et, ainsi que l'amour a esté la plus grande que l'on ait veuë de nostre temps, l'ini-

mitié soit la plus mortelle. J'ay faict ce que j'ay
peu pour eviter cest inconvenient ; mais, puis que
vous me soupçonnez si meschant et le contraire
de ce que je vous ay tousjours esté, je vous jure
et promects ma foy que je suis tel que vous m'estimez, et ne cesseray jamais jusques à ce que
j'aye eu de vostre femme ce que cuidez que j'en
pourchasse ; et d'oresenavant gardez-vous de moy,
car, puis que le soupçon vous a separé de mon
amitié, le despit me separera de la vostre. » Et
combien que son compagnon luy voulust faire
croire le contraire, si est-ce qu'il n'en creut pas
rien, et retira sa part des meubles et biens qui
estoient en commun, et furent avecques leurs
cueurs aussi separez qu'ils avoient esté uniz : en
sorte que le gentil-homme qui n'estoit point
marié ne cessa jamais qu'il n'eust faict son compagnon coqu, comme il luy avoit promis.

« Ainsi en puisse-il prendre, mes Dames, à
ceux qui à tort soupçonnent mal de leurs femmes :
car plusieurs sont cause de les faire telles qu'ils
les soupçonnent, pource qu'une femme de bien
est plustost vaincuë par un desespoir que par tous
les plaisirs du monde. Et qui dict que le soupçon
est amour, je luy nie : car, combien qu'il en
sorte, comme la cendre du feu, ainsi le tue-il.
— Je ne pense point, dist Hircan, qu'il soit un
plus grand desplaisir à homme ou à femme que
d'estre soupçonné du contraire de la verité ; et,
quant à moy, il n'y a chose qui tant me feist

rompre la compagnie de mes amis que ce soupçon-là. — Si n'est-ce pas excuse raisonnable, dist Oisille, à une femme de se venger du soupçon de son mary à la honte de soy-mesme. C'est faict comme celuy qui, ne pouvant tuer son ennemy, se donne un coup d'espée au travers du corps, ou, ne le pouvant esgratigner, se mord les doigts. Mais elle eust faict plus sagement de ne parler jamais à luy, pour monstrer le tort à son mary qu'il avoit de la soupçonner, car le temps les eust tous deux rapaisez. — Si estoit-ce faict en femme de cueur, dist Emarsuitte ; et si beaucoup de femmes faisoient ainsi, leurs mariz ne seroient pas si outrageux qu'ils sont. — Quoy qu'il y ait, dist Longarine, la patience rend en fin la femme victorieuse et la chasteté loüable, et fault que là nous nous arrestions. — Toutesfois, dist Emarsuitte, une femme peult bien estre non chaste sans peché. — Comment l'entendez-vous? dist Oisille. — Quand elle en prend un autre pour son mary, respondit Emarsuitte. — Et qui est la sotte, dist Parlamente, qui ne cognoist bien la différence de son mary ou d'un autre, en quelque habillement qu'il se puisse desguiser? — Il y en a eu, et encores y en a, dist Emarsuitte, qui ont esté trompées, demeurans innocentes et incoupables de peché. — Si vous en sçavez quelqu'une, dist Dagoucin, je vous donne ma voix pour la dire : car je trouve bien estrange que innocence et peché puissent estre ensemble. — Or escoutez doncques, dist Emarsuitte. Si par

les comptes precedens, mes Dames, vous n'estes
assez adverties qu'il faict dangereux loger chez
soy ceux qui nous appellent mondains, et qui
s'estiment estre chose saincte et plus digne que
nous, j'en ay bien voulu encores icy mettre un
exemple, pour vous monstrer qu'ils sont hommes
comme les autres, et autant malicieux qu'eux,
comme vous verrez par ceste histoire. »

NOUVELLE QUARANTEHUICTIESME

*Deux cordeliers, une premiere nuict de nopces, prindrent
l'un aprés l'autre la place de l'espousé, dont ils furent
bien chastiez.*

ANS un village au pays de Perigord,
en une hostellerie, furent faictes unes
nopces d'une fille de leans, où tous
les parens et amis s'efforcerent faire
la meilleure chere qui leur estoit possible. Durant le jour des nopces arriverent leans deux
cordeliers, ausquels on donna à souper en leur
chambre, veu que ce n'estoit point leur estat
d'assister aux nopces. Mais le principal d'eux, qui
avoit plus d'authorité et de malice, pensa, puis
qu'on le separoit de la table, qu'il auroit part au

lict, et qu'il leur jouëroit un tour de son mestier.
Quand le soir fut venu et que les dances commencerent, le cordelier, par une fenestre, regarda
long temps la mariée, qu'il trouva fort belle et
à son gré ; et, s'enquerant songneusement aux
chambrieres de la chambre où elle devoit coucher, trouva que c'estoit prés de la sienne, dont
il fut fort aise, faisant si bien le guet, pour parvenir à son intention, qu'il veid desrobber la
mariée, que les vieilles emmenerent comme elles
ont de coustume. Et pource que c'estoit de fort
bonne heure, le marié ne voulut laisser la dance,
mais y estoit si affectionné qu'il sembloit qu'il
eust oublié sa femme : ce que n'avoit pas faict le
cordelier, car, incontinent qu'il entendit que la
mariée fut couchée, se despouïlla de son habit
gris, et s'en alla tenir la place de son mary ; mais,
de peur d'y estre trouvé, n'y arresta que bien
peu, et s'en alla jusques au bout d'une allée où
estoit son compaignon, qui faisoit le guet pour
luy, lequel feit signe que le marié dançoit encores. Le cordelier, qui n'avoit pas satisfaict à sa
meschante concupiscence, s'en retourna de re-
rechef coucher avec la mariée, jusques à ce que
son compaignon luy feit signe qu'il estoit temps
de s'en aller. Le marié se vint coucher, et sa
femme, qui avoit esté tant tourmentée du cordelier
qu'elle ne demandoit que le repos, ne se peut
tenir de luy dire : « Avez-vous deliberé de ne
dormir jamais, et ne faire que me tourmenter ? »
Le pauvre mary, qui ne faisoit que de venir, fut

bien estonné, et luy demanda quel tourment il
luy avoit faict, veu qu'il n'avoit party de la dance.
« C'est bien dancé, dist la pauvre fille ; voicy la
troisiesme fois que vous vous estes venu coucher.
Il me semble que vous feriez mieux de dormir. »
Le mary, oyant ce propos, fut fort estonné, et
oublia toute chose pour entendre la verité de ce
faict. Mais, quand elle luy eut compté, soupçonna que c'estoient les cordeliers qui estoient
logez leans, et se leva incontinent et alla en leur
chambre, qui estoit tout auprés de la sienne ; et,
quand il ne les trouva point, se print à crier à
l'aide si fort qu'il assembla tous ses amis, lesquels,
aprés avoir entendu le faict, luy aiderent avec
chandelles, lanternes et tous les chiens du village
à chercher les cordeliers. Et, quand ils ne les
trouverent point dans les maisons, feirent si
bonne diligence qu'ils les attraperent dans les
vignes, et là furent traictez comme il leur appartenoit : car, aprés les avoir bien battuz, leur
coupperent les bras et les jambes, et les laisserent
dedans les vignes en la garde du dieu Bacchus et
de Venus, dont ils estoient meilleurs disciples
que de saint François.

« Ne vous esbahissez point, mes Dames, si
telles gens, separez de nostre commune façon de
vivre, font des choses que des avanturiers auroient honte de faire. Vous esmerveillez-vous
qu'ils ne font pis quand Dieu retire sa main
d'eux, car l'habit ne fait pas tousjours le moyne,

mais souvent par orgueil il le defait? — Mon
Dieu, dist Oisille, ne serons-nous jamais hors
des comptes de ces moynes? » Emarsuitte dist :
« Si les dames, princes et gentils-hommes ne sont
point espargnez, il me semble qu'ils ne doivent
tourner à desplaisir de ce qu'on daigne parler
d'eux : car la plus part d'entre eux sont si inu-
tiles que, s'ils ne faisoient quelque mal digne de
memoire, on n'en parleroit jamais. Et on dit vul-
gairement qu'il vault mieux mal faire que ne rien
faire, et nostre boucquet sera plus beau tant plus
il sera remply de differentes choses. — Si vous
me voulez promettre, dist Hircan, de ne vous
courroucer point à moy, je vous en racompteray
un de deux personnes si confites en amour que
vous excuserez le pauvre cordelier d'avoir prins
sa necessité où il la peut trouver, veu que celle
qui avoit assez à manger cherchoit sa friandise
trop indiscretement. — Puis que nous avons juré
de dire la verité, dist Oisille, aussi avons-nous
de l'escouter; parquoy vous pouvez parler en liberté, car les maux que nous disons des hommes
ou des femmes ne sont point pour la honte par-
ticuliere de ceux desquels est faict le compte, mais
pour oster l'estime et la confiance des creatures,
en monstrant les miseres où elles sont subjectes,
afin que nostre espoir s'arreste et s'appuye à celuy
seul qui est parfaict, et sans lequel tout homme
n'est que imperfection. — Or doncques, dist
Hircan, sans crainte je racompteray mon histoire. »

NOUVELLE QUARANTENEUFIESME

Subtilité d'une Comtesse pour tirer secrettement son plaisir des hommes, et comme elle fut decouverte.

N la court d'un Roy de France nommé Charles (je ne diray point le quantiesme pour l'honneur de celle dont je veux parler, laquelle aussi ne nommeray par son nom propre), y avoit une Comtesse de fort bonne maison, mais estrangiere; et, pource que toutes choses nouvelles plaisent, ceste dame, à sa venue, tant pour la nouvelleté de son habillement que pour la richesse dont il estoit plein, estoit regardée d'un chacun; et, combien qu'elle ne fust des plus belles, si avoit-elle une grace avec une audace tant bonne qu'il n'estoit possible de plus, la parole et la gravité de mesme, de sorte qu'il n'y avoit personne qui n'eust crainte à l'aborder, sinon le Roy, qui l'ayma tresfort. Et pour parler à elle plus privement, donna quelque commission au Comte son mary, en laquelle il demeura longuement; et, durant ce temps, le Roy feit grande chere avec sa femme. Plusieurs gentils-hommes du Roy, qui cogneurent que leur maistre en estoit bien traicté, prindrent hardiesse de parler à elle, et entre autres un nommé

Astillon, qui estoit fort audacieux et homme de bonne grace. Au commencement elle luy tint une si grande gravité, le menassant de le dire au Roy son maistre, qu'il en cuida avoir peur ; mais luy, qui n'avoit accoustumé de craindre les menaces d'un bien hardy capitaine, s'asseura des siennes, et la poursuyvit de si prés qu'elle luy accorda de parler à luy seule, luy enseignant la maniere comme il devroit venir en sa chambre, à quoy il ne faillit. Et, affin que le Roy n'en eust nul soupçon, luy demanda congé d'aller en quelque voyage, et s'en partit de la court ; mais dés la premiere journée laissa tout son train, et s'en vint de nuict recevoir les promesses que la comtesse luy avoit faictes, ce qu'elle luy tint : dont il demeura si satisfaict qu'il fut content de demeurer sept ou huict jours enfermé en une garderobe sans saillir dehors, et là ne vivoit que de restaurans. Durant les huict jours qu'il estoit caché, vint un de ses compagnons faire l'amour à la Comtesse, lequel avoit nom Duracier. Elle tint tels termes à ce second qu'elle avoit faict au premier au commencement, en rudes et audacieux propos, qui tous les jours s'adoucissoient. Et, quand c'estoit le jour qu'elle donnoit congé au premier prisonnier, elle en mettoit un second en sa place ; et, durant qu'il y estoit, un autre sien compaignon, nommé Valnebon, feit pareille office que les deux premiers ; et aprés eux en vint deux ou trois autres, qui tous eurent part à la doulce prison.

Ceste vie dura assez longuement, et fut con-
duicte si finement que les uns ne sçavoient rien
des autres; et, combien qu'ils entendissent assez
l'amour que chacun luy portoit, si n'y avoit-il
nul qui ne pensast en avoir eu seul ce qu'il en
demandoit, et se mocquoit chacun de son compagnon, qu'il pensoit avoir failly à un si grand
bien. Un jour que les gentils-hommes dessus
nommez estoient en un bancquet où ils faisoient
fort bonne chere, ils commencerent à parler de
leurs fortunes et prisons qu'ils avoient euës durant les guerres. Mais Valnebon, à qui il faisoit
mal de celer longuement une si bonne fortune
que celle qu'il avoit euë, va dire à ses compagnons : « Je ne sçay quelles prisons vous avez
euës; mais, quant à moy, pour l'amour d'une où
j'ay esté, je diray toute ma vie louënge et bien
des autres, car je pense qu'il n'y a plaisir en ce
monde qui approche de celuy que l'on a d'estre
prisonnier. » Astillon, qui avoit esté le premier
prisonnier, se doubta de la prison qu'il vouloit
dire, et luy respondit : « Valnebon, sous quel
geolier ou geoliere avez-vous esté si bien traicté
que vous aimez tant vostre prison? » Valnebon
luy dist : « Quel que soit le geolier, la prison m'a
esté si aggreable que j'eusse bien voulu qu'elle
eust duré plus longuement, car je ne fus jamais
mieux ne plus content. » Duracier, qui estoit
homme peu parlant, cognoissant tresbien que
l'on se debattoit de la prison où il avoit part
comme les autres, dist à Valnebon : « De quelles

viandes estiez-vous nourry en ceste prison dont
vous vous louëz si fort? — Le Roy n'en a point
de meilleures, dist-il, ne plus nourrissantes. —
Mais encores fault-il que je sçache, dist Duracier,
si celuy qui vous tenoit prisonnier vous faisoit
bien gaigner vostre pain. » Valnebon, qui se
doubta d'estre entendu, ne se peut tenir de
jurer : « Ha! vertu bieu! j'avois bien des compagnons où je pensois estre tout seul! » Astillon,
voyant ce differant, où il avoit part comme les autres, dist en riant : « Nous sommes tous à un
maistre, compagnons et amis de nostre jeunesse;
parquoy, si nous sommes compagnons d'une
mauvaise fortune, nous aurons occasion d'en rire.
Mais, pour sçavoir si ce que je pense est vray,
je vous prie que je vous interrogue, et que vous
tous me confessiez la verité : car, s'il est advenu
ainsi de nous comme je pense, ce seroit une ad-
venture aussi plaisante que l'on en sçauroit trouver en nul lieu. » Ils jurerent tous de dire verité,
s'il estoit ainsi qu'ils ne la peussent denier. Il
leur dist : « Je vous diray ma fortune, et vous
me respondrez ouy ou nenny si la vostre est pareille. » Ils s'y accorderent tous, et à l'heure il
dist : « Premierement, je demanday congé au
Roy d'aller en quelque voyage. » Et ils respondirent : « Et nous aussi. — Quand je fus à deux
lieuës de la court, je laissay mon train et m'en
allay rendre prisonnier. » Ils respondirent :
« Nous en feismes autant. — Je demeuray, dist
Astillon, sept ou huict jours caché en une garde-

robbe, où l'on ne m'a faict manger que restaurans et les meilleures viandes que je mangeay
jamais ; et, au bout des huict jours, ceux qui me
tenoient me laisserent aller beaucoup plus foible
que je n'estois arrivé. » Ils jurerent que ainsi
leur estoit advenu. « Ma prison, dist Astillon,
commença à finir tel jour. — La mienne, dist
Duracier, commença le propre jour que la vostre
finit, et dura jusques à un tel jour. » Valnebon,
qui perdoit patience, commença à jurer et dire :
« Par le sang bieu ! à ce que je voy, je suis le
tiers, qui pensois estre le premier et seul, car
j'entray et en sailly tel jour. » Les autres trois,
qui estoient à table, jurerent qu'ils avoient bien
gardé ce rang. « Or, puis qu'ainsi est, dist
Astillon, je diray l'estat de nostre geoliere. Elle
est mariée, et son mary est bien loing. — C'est
ceste-là propre, respondirent-ils tous. — Or,
pour nous mettre hors de peine, dist Astillon,
moy, qui suis le premier enroollé, la nommeray
le premier. C'est ma dame la Comtesse, qui estoit si audacieuse qu'en gaignant son amitié je
pensois avoir vaincu Cesar. Qu'à tous les diables
soit la vilaine qui nous a faict tant travailler et
nous reputer si heureux de l'avoir acquise ! Il ne
fut onc une telle meschante, car, quand elle en
tenoit un en cage, elle praticquoit l'autre pour
n'estre jamais sans passetemps. Si aimerois-je
mieux estre mort qu'elle demeurast sans punition. » Ils demanderent à Astillon qu'il luy sembloit quelle punition elle devoit avoir, et qu'ils

estoient tous prests à la luy donner. « Il me
semble, dist-il, que nous le devons dire au Roy
nostre maistre, lequel en faict un cas comme
d'une deesse. — Nous ne ferons point ainsi,
dist Astillon; nous avons assez de moyens pour
nous venger d'elle sans appeler nostre maistre.
Trouvons-nous demain quand elle ira à la messe,
et que chacun de nous porte une chaine de fer au
col, et, quand elle entrera en l'eglise, nous la
salurons comme il appartient.

Ce conseil fut trouvé fort bon de toute la
compagnie, et feirent provision chacun d'une
chaine de fer. Le matin venu, tous habillez de
noir, leurs chaines de fer tournées à l'entour de
leur col en façon de collier, vindrent trouver la
Comtesse, qui alloit à l'eglise; et, si tost qu'elle
les veid ainsi habillez, se print à rire et leur dist :
« Où vont ces gens si douloureux? — Ma Dame,
dist Astillon, nous vous venons accompagner,
comme pauvres esclaves prisonniers qui sommes
tenuz à vous faire service. » La Comtesse, faisant
semblant de n'y entendre rien, leur dist : « Vous
n'estes point mes prisonniers, et n'entends point
que vous ayez occasion de me faire service plus
que les autres. » Valnebon s'advança et luy dist :
« Si nous avons mangé vostre pain si longuement, nous serions bien ingrats si nous ne vous
faisions service. » Elle feit si bonne mine, feignant de n'y rien entendre, qu'elle cuidoit par
ceste feinte les estonner; mais ils poursuivirent
si bien leur procés qu'elle entendit que la chose

estoit descouverte. Parquoy trouva incontinent
moyen de les tromper, car, elle, qui avoit perdu
l'honneur et la conscience, ne voulut point recevoir la honte qu'ils luy cuidoient faire ; mais,
comme celle qui prefereroit son plaisir à tout
l'honneur du monde, ne leur en feit pire visage
ny n'en changea de contenance, dont ils furent
tant estonnez qu'ils rapporterent en leur fin la
honte qu'ils luy avoient voulu faire.

« Si vous ne trouvez, mes Dames, ceste histoire
digne de faire cognoistre les femmes aussi mauvaises que les hommes, j'en chercheray d'autres
pour vous compter. Toutesfois il me semble que
ceste-cy suffit pour vous monstrer qu'une femme
qui a perdu la honte est cent fois plus hardie à
faire mal que n'est un homme. » Il n'y eut femme
en la compagnie, oyant racompter ceste histoire,
qui ne feist tant de signes de croix qu'il sembloit
qu'elles voyoient tous les ennemis d'enfer devant
leurs yeux. Mais Oisille leur dist : « Mes Dames,
humilions-nous quand nous oyons cest horrible
cas, d'autant que la personne delaissée de Dieu
se rend pareille à celuy avecques lequel elle est
joincte : car, puis que ceux qui adherent à Dieu
ont son esprit avecques eux, aussi sont ceux qui
adherent à son contraire, et n'est rien si bestial
que la personne destituée de l'esprit de Dieu.
— Quoy. qu'ait faict ceste pauvre dame, dist
Emarsuitte, si ne sçaurois-je louër ceux qui se
vantent de leur prison. — J'ay opinion, dist

Longarine, que la peine n'est moindre à un homme de celer sa bonne fortune que de la pourchasser, car il n'y a veneur qui ne prenne plaisir à corner sa prinse, ny amoureux d'avoir la gloire de sa victoire. — Voilà une opinion, dist Simontault, que devant tous les inquisiteurs de la foy je soustiendray heretique, car il y a plus d'hommes secrets que de femmes ; et sçay bien que l'on en trouveroit qui aimeroient mieux n'en avoir bonne chere s'il falloit que creature vivante l'entendist. Partant l'Eglise, comme bonne mere, a ordonné les prestres confesseurs, et non pas les femmes, parce qu'elles ne peuvent rien celer. — Ce n'est pas pour ceste occasion, dist Oisille, mais c'est pource que les femmes sont tant ennemies du vice qu'elles ne donneroient pas si facilement absolution que les hommes, et seroient trop austeres en leurs penitences. — Si elles l'estoient autant, dist Dagoucin, qu'elles sont en leurs responses, elles feroient plus desesperer de pecheurs qu'elles n'en attireroient à salut. Parquoy l'Eglise en toutes sortes y a bien pourveu. Mais si ne veux-je pas pour cela excuser les gentils-hommes qui se vanterent ainsi de leur prison, car jamais homme n'eut honneur de dire mal des femmes. — Puis que le faict estoit commun, dist Hircan, il me semble qu'ils faisoient bien de se consoler les uns aux autres. — Mais, dist Guebron, ils ne le devoient jamais confesser, pour leur honneur mesme : car les livres de la Table ronde nous apprennent que ce n'est point honneur à un che-

valier d'en abbattre un qui ne vault rien. — Je
m'esbahis, dist Longarine, que ceste pauvre
femme ne mouroit de honte devant ses prisonniers. — Celles qui l'ont perduë, dist Oisille, à
grand peine la peuvent-elles jamais recouvrer,
sinon celles que forte amour a faict oublier, et
de telles en ay veu beaucoup revenir. — Je croy,
dist Hircan, que vous en avez veu revenir celles
qui y sont allées, car forte amour en une femme
est fort malaisée à trouver. — Je ne suis pas de
vostre opinion, dist Longarine, car je sçay qu'il
y en a qui ont aimé jusques à la mort. — J'ay tel
desir d'ouyr ceste nouvelle, dist Hircan, que je
vous donne ma voix pour cognoistre aux femmes
l'amour que je n'ay jamais estimée y estre. —
Mais que vous l'oyez, dist Longarine, vous le
croirez, et qu'il n'est plus forte passion que celle
d'amour. Mais, tout ainsi qu'elle faict entreprendre choses quasi impossibles pour aquerir
quelque contentement en ceste vie, aussi mine-
elle plus que toute autre passion celuy ou celle
qui perd l'esperance de son desir, comme vous
verrez par ceste histoire. »

NOUVELLE CINQUANTIESME

Un amoureux, aprés la saignée, reçoit le don de mercy,
dont il meurt, et sa dame pour l'amour de luy.

N la ville de Cremonne, il n'y a pas
encores un an qu'il y avoit un gentil-
homme nommé messire Jean Pietre,
lequel avoit aimé longuement une
dame qui demeuroit prés de sa maison; mais,
pour pourchas qu'il sceust faire, n'en pouvoit
avoir la response qu'il desiroit, combien qu'elle
l'aimast de tout son cueur : dont le pauvre gentil-
homme fut si ennuyé et fasché qu'il se retira en
son logis, deliberé de ne poursuyvre plus en vain
le bien dont la poursuitte consommoit sa vie. Et,
pour en cuider divertir sa fantasie, fut quelques
jours sans la veoir, dont il tomba en telle tristesse que l'on le mescognoissoit. Ses parens
feirent venir les medecins, et, voyans que le visage luy devenoit jaune, estimerent que c'estoit
une oppilation de foye, et luy ordonnerent la
saignée. Ceste dame, qui avoit tant faict la rigoureuse, sçachant tresbien que la maladie ne luy
venoit que par son reffus, envoya vers luy une
vieille en qui elle se fioit, et luy manda que, puis
qu'elle cognoissoit que son amour estoit verita-

ble et non feincte, elle estoit deliberée luy accorder du tout ce que si longtemps luy avoit reffusé. Elle avoit trouvé moyen de saillir de son logis en un lieu où privément il la pouvoit veoir. Le gentil-homme, qui au matin avoit esté saigné au bras, se trouvant par ceste parole mieux guary qu'il n'avoit sceu estre par medecine ne saignée qu'il sceust prendre, luy manda qu'il n'y auroit point de faulte qu'il ne se trouvast à l'heure qu'elle luy mandoit, et qu'elle avoit faict un miracle evident : car par une seule parole elle avoit guary un homme d'une maladie où tous les medecins ne pouvoient trouver remede. Le soir venu qu'il avoit tant desiré, s'en alla le gentil-homme au lieu qui luy avoit esté ordonné, avec un si extreme contentement qu'il falloit que bien tost il print fin, ne pouvant augmenter, et ne dura gueres aprés qu'il fut arrivé que celle qu'il aimoit plus que son ame le vint trouver. Il ne s'amusa pas à luy faire grande harangue, car le feu qui le brusloit luy faisoit hastivement pourchasser ce qu'à peine pouvoit il croire avoir en sa puissance ; et, plus yvre d'amour et de plaisir qu'il ne luy estoit besoing, cuidant chercher par un costé le remede de sa vie, se donnoit par un autre l'advancement de sa mort : car, ayant pour s'amie mis en oubly soy-mesme, ne s'apperceut de son bras, qui se desbanda, et la playe nouvelle, qui se print à s'ouvrir, rendit tant de sang que le pauvre gentil-homme en estoit tout baigné. Mais, estimant que sa lasseté venoit à cause

de ses excés, cuida retourner en son logis. Lors
amour, qui les avoit trop uniz ensemble, feit en
sorte qu'en departant d'avec s'amie son ame departit d'avec luy, et, par la grande effusion de
sang qu'il avoit perdu, tomba tout mort aux
pieds de s'amie, qui demeura hors de soy-mesme,
par estonnement, en considerant la perte qu'elle
avoit faicte d'un si parfaict amy, de la mort duquel elle estoit la seule cause. Regardant, d'autre
costé, avec le regret la honte en laquelle elle de-
meureroit si on trouvoit ce corps mort en sa maison, à fin de faire ignorer la chose, elle et une
de ses chambrieres en qui elle se fioit porterent
le corps mort dedans la ruë, où elle ne le voulut laisser seul; mais, en prenant l'espée du
trespassé, se voulut joindre à sa fortune, et, en
punissant son cueur, cause de tout le mal, se la
passa tout au travers, et tomba son corps mort
sur celuy de son amy. Le pere et la mere de
ceste fille, en sortant au matin de leur maison,
trouverent ce piteux spectacle, et, aprés en avoir
faict tel dueil que le cas meritoit, les enterrerent
tous deux ensemble.

« Ainsi voit-on, mes Dames, qu'une extremité
d'amour amene un autre malheur. — Voilà qui
me plaist bien, dist Simontault, quand l'amour
est si egale que, l'un mourant, l'aultre ne veult
plus vivre; et, si Dieu m'eust fait la grace d'en
trouver une telle, je croy que jamais homme
n'eust aimé plus parfaictement que moy. — Si

ay-je ceste opinion, dist Parlamente, que amour
ne vous eust pas tant aveuglé que vous n'eussiez
mieux lié vostre bras qu'il ne feist : car le temps
est passé que les hommes oublient leur vie pour
les dames. — Mais il n'est pas passé, dist Simontault, que les dames oublient la vie de leurs serviteurs pour leurs plaisirs. — Je croy, dist Emarsuitte, qu'il n'y a femme au monde qui prenne
plaisir à la mort d'un homme, encor qu'il fust
son ennemy. Toutesfois, si les hommes se veulent tuer d'eux-mesmes, les dames ne les en peuvent pas garder. — Si est-ce, dist Saffredent,
que celle qui refuse pain au pauvre mourant de
faim en est estimée la meurtriere. — Si voz requestes, dist Oisille, estoient aussi raisonnables
que celle du pauvre demandant sa necessité, les
dames seroient trop cruelles de vous refuser.
Mais (Dieu mercy) ceste maladie ne tuë que ceux
qui doivent mourir l'année. — Je ne trouve
point, ma Dame, dist Saffredent, qu'il soit une
plus grande necessité que celle qui faict oublier
toutes les autres : car, quand l'amour est forte,
on ne recognoist autre pain ne autre viande que
le regard et la parole de celle que l'on aime. —
Qui vous laisseroit jeusner, dist Oisille, sans
vous bailler autre viande, on vous feroit bien
changer de propos. — Je vous confesse, dist-il,
que le corps pourroit deffaillir, mais le cueur
et la volonté non. — Doncques, dist Parlamente, Dieu vous a faict grand grace de vous
adresser en lieu où vous avez si peu de conten-

tement qu'il vous fault reconforter à boire et à
manger, et dont il me semble que vous acquitez
si bien que devez louër Dieu de ceste douce
cruauté. — Je suis tant nourry au tourment,
dist-il, que je commence à me louër des maulx
dont les autres se pleignent. — Peult-estre que
c'est, dist Longarine, que vostre pleincte vous
reculle de la compagnie où vostre contentement
vous faict estre bien venu : car il n'y a rien si
fascheux qu'un amoureux importun. — Mettez,
dist Simontault, qu'une dame cruelle. — J'entends bien, dist Oisille. Si nous voulons attendre
la fin des raisons de Simontault, veu que le cas
luy touche, nous pourrions trouver complies au
lieu de vespres. Parquoy allons louër Dieu de
ce que ceste journée est passée sans grand debat. »
Elle commença la premiere à se lever, et tous les
autres la suivirent; mais Simontault et Longarine
ne cesserent de debattre leur querelle si doucement que sans tirer espée Simontault gaigna,
monstrant que de la passion plus forte estoit la
plus grande necessité. Et sur ce mot entrerent en
l'eglise, où les moynes les attendoient. Vespres
ouyes, s'en allerent soupper autant de paroles
que de viandes : car leurs questions durerent tant
qu'ils furent à table, et encores le soir, jusques à
ce que Oisille leur dist qu'ils pouvoient bien aller
reposer leur esprit, et que les cinq journées estoient accomplies de si belles histoires qu'elle
avoit grand peur que la sixiesme ne fust pas pareille : car il n'estoit possible, encores qu'on les

voulust inventer, de dire de meilleurs comptes
que veritablement ils en avoient racompté en leur
compagnie. Mais Guebron leur dist que tant que
le monde dureroit se feroient tous les jours cas
dignes de mémoire, car la malice des hommes
mauvais est tousjours telle qu'elle a esté, comme
la bonté des bons; et, tant que la malice et bonté
regneront sur la terre, ils la rempliront tousjours
de nouveaux actes, combien qu'il soit escrit qu'il
ne se faict rien nouveau sous le soleil. Mais nous,
qui n'avons esté appellez au conseil privé de
Dieu, ignorans les premieres causes, trouvons
toutes choses nouvelles et tant plus admirables
que moins nous les voudrions ou pourrions faire.
Parquoy n'ayez peur que les journées qui vien-
dront ne suivent bien celles qui sont passées, et
pensez de vostre part à bien faire vostre devoir.
Oisille dist qu'elle se recommandoit à Dieu, au
nom duquel elle leur donnoit le bon soir. Ainsi
se retira toute la compagnie, mettant fin à la cinquiesme journée.

FIN DE LA CINQUIESME JOURNÉE

APPENDICE

DE LA

CINQUIÈME JOURNÉE

NOUVELLE QUARANTEQUATRIESME

Pour n'avoir dissimulé la verité, le seigneur de Sedan doubla l'aumosne à un cordelier, qui eut deux pourceaux pour un[1].

N la maison de Sedan arriva ung cordelier pour demander à madame de Sedan, qui estoit de la maison de Crouy, ung pourceau que tous les ans elle leur donnoit pour aulmosne. Monseigneur de Sedan, qui estoit homme saige et parlant plaisamment, feit manger ce beau pere à sa table, et, entre autres propos, luy dist, pour le mectre aux champs : « Beau pere, vous faictes bien de faire vos questes tandis qu'on ne vous congnoist point, car j'ay grand paour que, si une fois vostre ypocrisie est descouverte, vous n'aurez plus le pain des pauvres enfans acquis par la sueur des peres. » Le cor-

---

1. Cette Nouvelle manque dans toutes les éditions. Claude Gruget l'a remplacée par l'histoire de *Deux Amans qui ont subtilement jouy de leurs amours.*

delier ne s'estonna point de ces propos, mais luy dist :
« Monseigneur, nostre religion est si bien fondée que
tant le monde sera monde elle durera, car nostre fondement ne fauldra jamais tant qu'il y aura sur la terre
homme et femme. » Monseigneur de Sedan, desirant
sçavoir sur quel fondement estoit leur vie assignée, le
pria bien fort de luy vouloir dire. Le cordelier, aprés
plusieurs excuses, luy dist : « Puisqu'il vous plaist me
commander de le dire, vous le sçaurez. Sçachez, Monseigneur, que nous sommes fondez sur la follye des
femmes, et, tant qu'il y aura en ce monde de femme
folle ou sotte, ne mourrons point de faim.» Madame
de Sedan, qui estoit fort collere, oyant ceste parolle, se
courroucea si fort que, si son mary n'y eust esté, elle
eust faict faire desplaisir au cordelier, et jura bien fermement qu'il n'auroit ja le pourceau qu'elle luy avoit
promis ; mais monsieur de Sedan, voïant qu'il n'avoit
point dissimullé la verité, jura qu'il en auroit deux et les
feit mener en son convent.

« Voylà, mes Dames, comme le cordelier, estant seur
que le bien des dames ne luy povoit faillir, trouva façon,
pour ne dissimuller point la verité, d'avoir la grace et
aulmosne des hommes. S'il eust esté flatteur et dissimu-
lateur, il eust esté plus plaisant aux dames, mais non profitable à luy et aux siens. » La Nouvelle ne fut pas achevée sans faire rire toute la compaignie, et principallement
ceulx qui congnoissent le seigneur et la dame de Sedan.
Et Hircan dist : « Les cordeliers doncques ne devroient
jamais prescher pour faire les femmes saiges, veu que
leur follye leur sert tant. » Ce dist Parlamente : « Ilz
ne les preschent pas d'être saiges, mais ouy bien
pour le cuyder estre, car celles qui sont du tout
mondaines et folles ne leur donnent pas de grandes

aulmosnes; mais celles qui, pour frequenter leur convent
et porter les patenostres marquées de teste de mort et
leurs cornettes plus basses que les autres, cuydent estre
les plus saiges, sont celles que l'on peult dire folles,
car elles constituent leur salut en la confiance qu'elles
ont en la saincteté des inicques, que pour ung petit
d'apparence elles estiment demy dieux. — Mais qui se
garderoit de croire à eulx, dist Ennasuitte, veu qu'ilz
sont ordonnez de nos prelatz pour nous prescher
l'Evangile et pour nous reprendre de nos vices? —
Ceulx, dist Parlamente, qui ont congneu leur ypocrisie
et qui congnoissent la difference de la doctrine de Dieu
et de celle du diable. — Jhesus! dist Ennasuitte, pense-
rez-vous bien que ces gens-là osassent prescher une
mauvaise doctrine? — Comment penser? dist Parlamente; mais suis-je seure qu'ilz ne croyent riens moins
que l'Evangile, j'entens les mauvais, car je congnois
beaucoup de gens de bien lesquelz preschent purement
et simplement l'Escripture, et vivent de mesme sans
scandale, sans ambition ne convoitise, en chasteté, de
pureté non faincte ne contraincte; mais de ceulx-là
ne sont pas tant les rues pavées que marquées de leurs
contraires; et au fruict congnoist-on le bon arbre. —
En bonne foy, je pensois, dist Ennasuitte, que nous
fussions tenuz, sur peyne de peché mortel, de croire
tout ce qu'ilz nous dient en chaire de verité : c'est
quand ilz ne parlent que de ce qui est en la saincte
Escripture, ou qu'ilz alleguent les expositions des sainctz
docteurs divinement inspirez. — Quant est de moy, dist
Parlamente, je ne puis ignorer qu'il n'y en ait entre eulx
de tresmauvaise foy, car je sçay bien que ung d'entre
eulx, docteur en theologie, nommé Colimant, grand
prescheur et principal de leur ordre, voulut persuader
à plusieurs de ses freres que l'Evangile n'estoit non plus

croyable que les *Commentaires* de Cesar ou autres histoires escriptes par docteurs autenticques; et, depuis
l'heure que l'entendis, ne vouluz croire en parolle de
prescheur, si je ne la trouve conforme à celle de Dieu,
qui est la vraye touche pour sçavoir les parolles vraies
ou mensongeres. — Croiez, dist Oisille, que ceulx qui
humblement souvent la lisent ne seront jamais trompez
par fictions ny inventions humaines : car qui a l'esperit
remply de verité ne peut recevoir le mensonge. — Si me
semble-il, dist Simontault, que une simple personne est
plus aysée à tromper que une autre. — Ouy, dist Longarine, si vous estimez sottise estre simplicité. — Je
vous diz, dist Simontault, que une femme bonne, doulce
et simple est plus aysée à tromper que une fine et mali-
tieuse. — Je pense, dist Nomerfide, que vous en sçavez
quelqu'une trop plaine de telle bonté : parquoy je vous
donne ma voix pour la dire. — Puis que vous avez si
bien deviné, dist Simontault, je ne fauldray à la vous
dire, mais que vous me promectiez de ne pleurer point.
Ceulx qui disent, mes Dames, que vostre malice passe
celle des hommes, auroient bien à faire de mectre ung tel
exemple en avant que celluy que maintenant je vous voys
racompter, où non seullement je pretendz vous declarer
la tresgrande malice d'un mary, mais la simplicité et
bonté de sa femme. »

NOUVELLE QUARANTESIXIESME

De Vale, cordelier, convyé pour disner en la maison du juge des exempts d'Angoulesme, advisa que sa femme, dont il estoit amoureux, montoit toute seulle en son grainier, où, la cuydant surprendre, alla aprés; mais elle luy donna ung si grand coup de pied par le ventre qu'il trebuscha du haut en bas, et s'enfuyt hors la ville chez une damoiselle, qui aymoit si fort les gens de son ordre que, par trop sottement croire plus de bien en eulx qu'il n'y en a, luy commeit la correction de sa fille, qu'il print par force en lieu de la chastier du peché de paresse, comme il avoit promis à sa mere[1].

N la ville d'Angoulesme, où se tenoit souvent le Comte Charles, pere du Roy François, y avoit ung cordelier, nommé De Vale, estimé homme sçavant et grand prescheur, en sorte que ung advent il prescha en la ville devant le Comte : dont il acquist si grand bruict que ceulx qui le congnoissoient le convyoient à grand requeste à disner en leur maison, et entre aultres ung qui estoit juge des exemptz de la comté, lequel avoit espousé une belle et honneste femme, dont le cordelier fut tant amoureux qu'il en moroit; mais il n'avoit la hardiesse de luy dire, dont elle, qui s'en apperceut, se mocquoit tresfort. Aprés qu'il eut faict plusieurs contenances de sa folle

---

1. Cette Nouvelle, tirée des manuscrits, manque dans l'édition de 1558. Cl. Gruget l'a remplacée par le récit de propos facétieux attribués au même cordelier De Vale.

intention, l'advisa ung jour qu'elle montoit en son gre-
nier toute seulle, et, cuydant la surprendre, monta aprés
elle; mais, quand elle ouyt le bruict, elle se retourna et
demanda où il alloit. « Je m'en voys, dist-il, aprés vous,
pour vous dire quelque chose de secret. — N'y venez
point, beau pere, dist la jugesse, car je ne veulx point
parler à telles gens que vous en secret, et, si vous mon-
tez plus avant en ce degré, vous vous en repentirez. »
Luy, qui la voyoit seulle, ne tint compte de ses parolles,
mais se haste de monter. Elle, qui estoit de bon esprit,
le voyant au hault du degré, luy donna ung coup de
pied par le ventre, et, en luy disant : «Devallez, devallez,
Monsieur!» le gecta du hault en bas, dont le pauvre beau
pere fut si honteux qu'il oblia le mal qu'il s'estoit faict à
cheoir, et s'enfuyt le plus tost qu'il peut hors de la ville,
car il pensoit bien qu'elle ne le celeroit pas à son mary :
ce qu'elle ne feit, ne au Comte ne à la Comtesse; par
quoy le cordelier ne se osa plus trouver devant eulx. Et,
pour parfaire sa malice, s'en alla chez une damoiselle
qui aymoit les cordeliers sur toutes gens; et, aprés avoir
presché ung sermon ou deux devant elle, advisa sa fille,
qui estoit fort belle, et, pour ce qu'elle ne se levoit
point au matin pour venir au sermon, la tansoit souvent
devant sa mere, qui luy disoit : «Mon pere, pleust à
Dieu qu'elle eust ung peu tasté des disciplines que entre
vous religieux prenez!» Le beau pere luy jura que, si
elle estoit plus si paresseuse, qu'il luy en bailleroit,
dont la mere le pria bien fort. Au bout d'un jour ou
deux, le beau pere entra dans la chambre de la damoiselle, et, ne voiant point sa fille, luy demanda où elle
estoit. La damoiselle luy dist : « Elle vous crainct si peu
qu'elle est encores au lict. — Sans faulte, dist le cordelier, c'est une tresmauvaise coustume à jeunes filles
d'estre paresseuses. Peu de gens font compte du peché

de paresse; mais, quant à moy, je l'estime ung des plus
dangereux qui soit tant pour le corps que pour l'ame :
parquoy vous l'en debvez bien chastier, et, si vous m'en
donnez la charge, je la garderois bien d'estre au lict à
l'heure qu'il fault prier Dieu. » La pauvre damoiselle,
croyant qu'il fust homme de bien, le pria de la vouloir
corriger, ce qu'il feit incontinant, et, en montant en
hault par ung petit degré de bois, trouva la fille toute
seulle dedans le lict, qui dormoit bien fort, et toute
endormye la print par force. La pauvre fille, en s'esveil-
lant, ne sçavoit si c'estoit homme ou diable, et se print
à crier tant qu'il luy fut possible, appellant sa mere à
l'ayde, laquelle, au bout du degré, cryoit au cordelier :
«N'en ayez point de pitié, Monsieur; donnez-luy
encores, et chastiez ceste mauvaise garse.» Et quand le
cordelier eut parachevé sa mauvaise volunté, descendit
où estoit la damoiselle, et luy dist avecq ung visaige
enflambé : «Je croy, ma Damoiselle, qu'il souviendra à
vostre fille de ma discipline.» La mere, aprés l'avoir
remercié bien fort, monta en la chambre où estoit sa
fille, qui menoit un tel dueil que debvoit faire une
femme de bien à qui ung tel crime estoit advenu. Et,
quand elle sceut la verité, feit chercher le cordelier par-
tout ; mais il estoit desja bien loing, et oncques puis ne
fut trouvé au royaulme de France.

« Vous voiez, mes Dames, quelle seureté il y a à bailler
telles charges à ceulx qui ne sont pour en bien user. La
correction des hommes appartient aux hommes, et des
femmes aux femmes, car les femmes à corriger les hommes
seroient aussi piteuses que les hommes à corriger les
femmes seroient cruelz. — Jesus, ma Dame, dist Parlamente, que voyla ung vilain et meschant cordelier ! —
Mais dictes plustost, dist Hircan, que c'estoit une sotte

et folle mere qui, soubz couleur d'ypocrisie, donnoit
tant de privaulté à ceulx qu'on ne doibt jamais veoir
que en l'eglise. — Vrayement, dist Parlamente, je la
confesse une des sottes meres qui oncques fut, et, si
elle eust esté aussi saige que la jugesse, elle luy eust
plustost faict descendre le degré que de monter. Mais
que voulez-vous ? ce diable demi ange est le plus dangereux de tous, car il se sçaict si bien transfigurer en ange
de lumiere que l'on faict conscience de les soupsonner
telz qu'ils sont, et, me semble, la personne qui n'est
point soupsonneuse doibt estre louée. — Toutesfois,
dist Oisille, l'on doibt soupsonner le mal qui est à eviter,
principalement ceulx qui ont charge : car il vault mieulx
soupsonner le mal qui n'est point que de tumber, par
sottement croire, en icelluy qui est, et n'ay jamais veu
femme trompée pour estre tardive à croire la parolle des
hommes, mais ouy bien plusieurs par trop bien promptement adjouster foy à la mensonge ; par quoy je diz que
le mal qui peut advenir ne se peut trop soupsonner,
voire ceulx qui ont charge d'hommes, de femmes, de
villes et d'Estatz : car, encores quelque bon guet que
l'on face, la meschanceté et les trahisons regnent assez,
et le pasteur qui n'est vigilant sera tousjours trompé par
les finesses du loup. — Si est-ce, dist Dagoucin, que
la personne soupsonneuse ne peut entretenir ung parfaict
amy, et assez sont separez par ung soupçon. — Seullement, si vous en sçavez quelque exemple, dist Oisille,
je vous donne ma voix pour la dire. — J'en sçay ung si
veritable, dist Dagoucin, que vous prendrez plaisir à
l'ouyr. Je vous diray ce que plus facilement rompt une
bonne amitié, mes Dames : c'est quand la seureté de
l'amitié commence à donner lieu au soupson, car, ainsi
que croire en amy est le plus grand honneur que l'on
puisse faire, aussi se doubter de luy est le plus grand

deshonneur : car, par cela, on l'estime aultre que l'on ne veult qu'il soit, qui est cause de rompre beaucoup de bonnes amitiez et rendre les amis ennemis, comme vous verrez par le compte que je vous veulx faire. »

SIXIESME JOURNÉE

E matin, plustost que de coustume, ma dame Oisille alla preparer sa leçon en la salle ; mais tous ceux de la compagnie, aussi tost qu'ils en furent advertiz, pour le desir d'ouyr sa bonne instruction, se diligenterent tant de s'habiller qu'ils ne la feirent gueres attendre. Elle, cognoissant leur cueur, leut l'epistre sainct Jean l'Evangeliste, qui n'est pleine que d'amour. La compaignie trouva ceste viande si douce que, combien qu'ils y fussent plus de demie heure qu'ils n'y avoient demeuré les autres jours, si leur sembloit-il n'y avoir pas demeuré un quart. Au partir de là s'en allerent à la contemplation de la messe, où chacun se recommanda au Sainct Esprit pour satisfaire ce jour-là à leur plaisante audience. Aprés qu'ils eurent disné et un peu prins de repos, s'en allerent continuer le passe-temps accoustumé. Ma dame Oisille demanda qui commenceroit ceste journée, et Longarine respondit : « Ma Dame, je vous donne ma voix, car vous nous avez aujourd'huy faict une si belle leçon qu'il est impossible que ne dissiez quelque histoire digne de parachever la gloire qu'avez meritée ce matin. — Il me desplaist, dist Oisille, que je ne vous puis dire ceste aprés-disnée chose aussi profitable que celle du matin ; mais à tout le moins l'intention de mon histoire ne sortira point hors de la doctrine de la Saincte Escriture, où il est dict : « Ne vous con-« fiez point aux princes, ny aux fils des hommes, « ausquels n'est vostre salut. » Et à fin que, par faulte de exemple, ne mettez en oubly ceste verité, je vous en diray une tresveritable, et dont la memoire est si fresche qu'à peine en sont essuyez les yeux de ceux qui ont veu ce piteux spectacle. »

NOUVELLE CINQUANTEUNIESME

Perfidie et cruauté d'un Duc italien.

N Duc d'Italie (duquel tairay le nom) avoit un fils de l'aage de dixhuict à vingt ans, qui fut fort amoureux d'une fille de bonne et honneste maison ; et, pource qu'il n'avoit pas la liberté de parler à elle comme il vouloit, selon la coustume du païs, s'aida du moyen d'un gentil-homme qui estoit à son service, lequel estoit amoureux d'une jeune damoiselle fort belle et honneste, servant sa mere, par laquelle faisoit declarer à s'amie la grande affection qu'il luy portoit, sans que la pauvre fille pensast en nul mal, mais prenoit plaisir à luy faire service, estimant sa volonté si bonne et honneste qu'il n'avoit intention dont elle ne peust avec honneur en faire le message. Mais le Duc, qui avoit plus de regard au proffit de sa maison qu'à toute honneste amitié, eut si grand peur que ces propos menassent son fils jusques au mariage qu'il y feit mettre un grand guet, et luy fut rapporté que ceste pauvre damoi-

selle s'estoit meslée de bailler quelques lettres de
la part de son fils à celle que plus il aimoit : dont
il fut tant courroucé qu'il se delibera d'y donner
ordre. Mais il ne sceut si bien dissimuler son courroux que la damoiselle n'en fust advertie, laquelle, cognoissant la malice de ce prince, qu'elle
estimoit aussi grande que sa conscience petite,
eut une merveilleuse crainte, et s'en vint à la Duchesse, la suppliant luy donner congé de se retirer en quelque lieu hors de la veuë de luy,
jusques à ce que sa fureur fust passée. Mais sa
maistresse luy dist qu'elle essayeroit d'entendre la
volonté de son mary avant que de luy donner
congé. Toutesfois elle entendit bien tost les mauvais propos que le Duc en tenoit, et, cognoissant
sa complexion, non seulement donna congé, mais
conseilla ceste damoiselle de s'en aller à un monastere jusques à ceque ceste tempeste fust cessée :
ce qu'elle feit le plus secrettement qu'il luy fut
possible, mais non tant que le Duc n'en fust adverty, qui, d'un visage feint et joyeux, demanda
à sa femme où estoit ceste damoiselle, laquelle,
pensant qu'il en sçavoit bien la verité, la luy confessa, dont il feignit estre marry, luy disant qu'il
n'estoit point besoing qu'elle feist ces contenances-
là, et que de sa part il ne luy vouloit point de
mal, et qu'elle la feist retourner : car le bruit de
telle chose n'estoit point bon. La Duchesse luy
dist que, si ceste pauvre fille estoit si malheureuse
d'estre hors de sa bonne grace, il valloit mieux
que pour quelque temps elle ne se trouvast en sa

presence ; mais il ne voulut point recevoir toutes
ces raisons, et luy commanda qu'elle la feist revenir. La Duchesse ne faillit à declarer à la pauvre
damoiselle la volonté du Duc, dont elle ne se
peut asseurer, la suppliant qu'elle ne tentast point
ceste fortune, et qu'elle sçavoit bien que le Duc
n'estoit pas si aisé à pardonner comme il en faisoit
la mine. Toutesfois la Duchesse l'asseura qu'elle
n'auroit nul mal, et le print sur sa vie et honneur.
La fille, qui sçavoit bien que sa maistresse l'aimoit et ne la voudroit tromper pour rien, print
confiance en sa promesse, estimant que le Duc ne
voudroit jamais aller contre telle seureté, où
l'honneur de sa femme estoit en gaige, et ainsi
s'en retourna avec la Duchesse. Mais, si tost que
le Duc le sceut, ne faillit de venir en la chambre
de sa femme, où, si tost qu'il eut apperceu ceste
fille, disant à sa femme : « Voilà une telle qui est
revenuë », se retourna vers ses gentils-hommes,
leur commandant la prendre et mener en prison :
dont la pauvre Duchesse, qui sur sa parole l'a-
voit tirée hors de sa franchise, fut si desesperée
qu'elle se meit à genoux devant luy, le suppliant
que, pour l'honneur de luy et de sa maison, il
luy pleust ne faire un tel acte, veu que pour luy
obeïr l'avoit tirée du lieu où elle estoit en seureté.
Si est-ce que, quelque priere qu'elle sceust faire ny
raison qu'elle sceust alleguer, ne peut amollir son
dur cueur ne vaincre la forte opinion qu'il avoit
prinse de se venger d'elle : car, sans respondre à
sa femme un seul mot, se retira incontinent le

plustost qu'il peut, et, sans forme de justice, oubliant Dieu et l'honneur de sa maison, feit cruellement pendre ceste pauvre damoiselle. Je ne puis entreprendre de vous racompter l'ennuy de la Duchesse, car il estoit tel que doit avoir une dame d'honneur et de cueur qui, sur la foy, voioit mourir celle qu'elle desiroit sauver; mais encores moins se peult dire l'extreme dueil du pauvre gentil-homme qui estoit son serviteur, qui ne faillit de se mettre en tout le devoir qui luy fut possible de sauver la vie de s'amie, offrant mettre la sienne au lieu; mais nulle pitié ne sceut toucher au cueur de ce Duc, qui ne cognoissoit autre felicité que de se venger de ceux qu'il hayoit. Ainsi fut ceste damoiselle innocente mise à mort par le cruel Duc, contre la loy d'honnesteté, au tresgrand regret de tous ceux qui la cognoissoient.

« Regardez, mes Dames, quels sont les effects de la malice quand elle est joincte à la puissance. — J'avois bien ouy dire, dist Longarine, que la plus part des Italiens (je dy la plus part, car il y en a d'autant gens de bien qu'en toutes autres nations) estoient subjects à trois vices par excellence; mais je n'eusse pas pensé que la vengeance et cruauté fust allée si avant que, pour si petite occasion, de donner une si cruelle mort. » Saffredent luy dist en riant : « Longarine, vous nous avez bien dict l'un des trois vices, mais il fault sçavoir qui sont les deux autres. — Si vous ne les sçaviez,

respondit-elle, je les vous les apprendrois ; mais je
suis seure que vous les sçavez tous. — Par ces
paroles, dist Saffredent, vous m'estimez bien vicieux. — Non fais, dist Longarine, mais si bien
cognoissant la laideur du vice que vous le pouvez
mieux qu'un autre eviter. — Ne vous esbahissez,
dist Simontault, de ceste cruauté, car ceux qui
ont passé par l'Italie en dient de si tresincroyables
que ceste-cy n'est au prix d'une petite peccatile.
— Vrayement, dist Guebron, quand Rivole fut
prinse des François, il y avoit un capitaine italien
que l'on estimoit gentil-compagnon , lequel,
voyant mort un qui ne luy estoit ennemy que de
tenir sa part contraire de Guelphe à Gibelin, luy
arrachea le cueur du ventre, et, le rostissant sur les
charbons, à grand haste le mangea, et respondit à
quelques uns qui luy demandoient quel goust il
y pouvoit trouver que jamais il n'avoit mangé si
amoureux ne si plaisant morceau que cestuy-là.
Et, non content de ce bel acte, tua la femme du
mort, et, en arrachant de son ventre le fruict
dont elle estoit grosse, le froissa contre les mu-
railles, et emplit d'avoine les deux corps du mary
et de la femme, dedans lesquels il feit manger
ses chevaux. Pensez si cestuy-là n'eust bien faict
mourir une fille qu'il eust soupçonnée luy faire
quelque desplaisir. — Il fault bien dire, dist
Emarsuitte, que ce Duc avoit plus de peur que
son fils fust marié pauvrement qu'il ne desiroit
luy bailler femme à son gré. — Je croy que vous
ne devez point, respondit Simontault, douter que

le naturel d'entr'eux est d'aimer plus que nature
ce qui est creé seulement pour le service d'icelle.
— Et voilà, dist Longarine, les pechez que je
voulois dire, car on sçait bien qu'aimer l'argent,
sinon pour s'en aider, est servir les idoles. » Parlamente dist que sainct Paul n'avoit point oublié
leurs vices, et de tous ceux qui cuident passer et
surmonter les autres hommes en prudence et
raison humaine, en laquelle ils se fondent si fort
qu'ils ne rendent point à Dieu la gloire qui luy
appartient. Parquoy le Tout-Puissant, jaloux de
son honneur, rend plus insensez que les bestes
enragées ceux qui ont cuidé avoir plus de sens que
tous les autres hommes, leur faisant monstrer par
œuvres contre nature qu'ils sont en sens reprouvé.
Longarine luy rompit la parole pour dire que c'est le
troisiesme peché à quoy la plus part d'eux sont subjects. « Par ma foy, dist Nomerfide, je prens grand
plaisir à ce propos : car, puis que les esprits que
l'on estime les plus subtils et grands discoureurs
ont telle punition de demeurer plus sots que les
bestes, il fault donc conclure que ceux qui sont
humbles et bas, et de petite portée comme le
mien, seront rempliz de la sapience des anges. —
Je vous asseure, luy respondit Oisille, que je ne
suis pas loing de vostre opinion, car nul n'est
plus ignorant que celuy qui cuide sçavoir. — Je
n'ay jamais veu, dist Guebron, mocqueur qui ne
fust mocqué, trompeur qui ne fust trompé, ne
glorieux qui ne fust humilié. — Vous me
faictes souvenir, dist Simontault, d'une tromperie

que, si elle estoit honneste, je l'eusse bien volontiers comptée. — Or, puis que nous sommes icy
pour dire verité, ce dist Oisille, soit de telle qualité que vous voudrez, je vous donne ma voix
pour la dire. — Puis que la place m'est donnée,
dist Simontault, je la vous diray. »

NOUVELLE CINQUANTEDEUXIESME

*Du sale desjeuner preparé par un varlet d'apoticaire à un
advocat et à un gentil-homme.*

EN la ville d'Alençon, au temps du
Duc Charles dernier, y avoit un advocat nommé Anthoine Bacheré, bon
compagnon et bien aymant à des-
jeuner au matin. Un jour, estant assis à sa porte,
veit passer un gentil-homme devant luy, qui se
nommoit monsieur de la Tyreliere, lequel, à cause
du trop grand froid qu'il faisoit, estoit venu à
pied de sa maison en la ville pour quelque affaire,
et n'avoit pas oublié au logis sa grosse robbe
fourrée de regnards ; et quand il veid l'advocat,
qui estoit de sa complexion, luy dist comme il
avoit faict ses affaires, et qu'il ne restoit sinon de
trouver quelque bon desjeuner. L'advocat luy

respondit que de desjeuners il trouveroit assez,
mais qu'il eust un defrayeur ; et, en le prenant
par dessous les bras, luy dist : « Allons, mon compere, nous trouverons possible quelque sot qui
payera l'escot pour nous deux. » Il y avoit de fortune derriere eux le varlet d'un apoticaire, fin et
inventif, auquel cest advocat menoit tousjours la
guerre ; mais le varlet pensa à l'heure qu'il s'en
vengeroit bien. Sans aller plus loing de dix pas,
trouva derriere une maison un bel estronc tout
gelé, lequel il meit dans un papier, et l'enve-
loppa si bien qu'il sembloit un petit pain de succre. Il regarda où estoient les deux comperes, et,
en passant par devant eux fort hastivement, entra
en une maison, et laissa tomber de sa manche le
pain de succre, comme par mesgarde. Ce que
l'advocat leva de terre à grande joye, et dist au
seigneur de la Tyreliere : « Ce fin varlet payera
aujourd'huy nostre escot ; mais allons vistement,
à fin qu'il ne nous trouve sur nostre larcin. » Et,
entrant en une taverne, dist à la chambriere :
« Faictes-nous beau feu, et nous donnez bon pain
et bon vin, et quelque morceau bien friand ;
nous avons bien dequoy payer. » La chambriere
les servit à leur volonté ; mais, en s'eschauffant à
boire et à manger, le pain de succre, que l'advocat
avoit en son sein, commença à degeler, dont la
puanteur estoit si grande que, ne pensans jamais
qu'elle deust saillir d'un tel lieu, dist à la chambriere : « Vous avez le plus puant et le plus ord
mesnage que je vey jamais. Je croy que vous

laissez chier les enfans par la place. » Le seigneur
de la Tyreliere, qui avoit sa part à ce bon perfum,
ne luy en dist pas moins. Mais la chambriere,
courroucée de ce qu'ils l'appelloient ainsi vilaine,
leur dist en colere : « Par sainct Pierre, mon
maistre, la maison est si honneste qu'il n'y a
merde si vous ne l'avez apportée. » Les deux
compagnons se leverent de la table en crachant,
et se vont mettre devant le feu pour se chauffer,
et en se chauffant l'advocat tire son mouchoir de
son sein, qui estoit tout plein du cyrop du pain
de succre fondu, lequel à la fin meit en lumiere.
Vous pouvez penser quelle mocquerie leur feit la
chambriere, à laquelle ils avoient dict tant d'injures, et quelle honte avoit l'advocat de se veoir
surmonté par un varlet d'apoticaire au mestier
de tromperie, dont toute sa vie il s'estoit meslé !
Mais si n'en eut point la chambriere tant de pitié
qu'elle ne les feit aussi bien payer leur escot
comme ils s'estoient bien faict servir, en leur
disant qu'ils devoient estre bien yvres, car ils
avoient beu par la bouche et par le nez. Les pauvres gens s'en allerent avec leur honte et leur
despense ; mais ils ne furent pas plus tost en la
rue qu'ils ne veirent le varlet de l'apoticaire, qui
demandoit à tout le monde s'ils avoient point veu
un pain de succre enveloppé dedans du papier ; et
ne se sceurent si bien destourner de luy qu'il ne
criast à l'advocat : « Monsieur, si vous avez mon
pain de succre, je vous prie, rendez-le moy : car
les larcins ne sont pas bien proffitables à un pau-

vre serviteur. » A ce cry saillirent tout plein de
gens de la ville pour oyr leur debat, et fut la
chose si bien verifiée que le varlet d'apoticaire fut
aussi content d'avoir esté desrobbé que les autres
furent marriz d'avoir faict un si villain larcin.
Mais, esperans de luy rendre une autre fois, s'ap-
paiserent.

« Nous voyons bien communément, mes Dames, cela advenir à ceux qui prennent plaisir
d'user de telles finesses. Si le gentil-homme n'eust
voulu manger aux despens d'autruy, il n'eust pas
beu aux siens un si vilain bruvage. Il est vray
que mon compte n'est pas trop net; mais vous
m'avez baillé congé de dire la verité, laquelle
j'ay dicte pour monstrer que, quand un trompeur
est trompé, il n'y a nul qui en soit marry. — L'on
dit volontiers, dist Hircan, que les paroles ne
sont jamais puantes; mais ceux par qui elles sont
dictes n'en sont quittes à si bon marché qu'ils ne
le sentent bien. — Il est vray, dist Oisille, que
telles paroles ne puent point; mais il en y a d'autres qu'on appelle villaines qui sont de si mauvaise odeur que l'ame en est plus faschée que le
corps n'est de sentir un tel pain de succre qu'avez
dict. — Je vous prie, dist Hircan, dictes-moy
quelles paroles vous sçavez qui sont si ordes
qu'elles font mal au cueur et à l'ame d'une honneste femme. — Il seroit bon, dist Oisille, que
je vous disse ce que je n'ay conseillé à nulle
femme de dire. — Par ce mot-là, dist Saffredent,

j'entens bien quels termes ce sont dont les
femmes se veulent faire reputer sages et n'en
usent point communément; mais je demanderois
volontiers à toutes celles qui sont icy pourquoy
c'est, puis qu'elles n'en osent parler, qu'elles
rient si volontiers quand on en parle devant
elles, car je ne puis entendre qu'une chose qui
desplaist tant face rire. — Nous ne rions pas,
dist Parlamente, pour ouïr dire ces beaux mots;
mais il est vray que toute personne est encline à
rire ou quand elle void quelqu'un tresbucher, ou
quand on dit quelque mot sans propos, comme
souvent advient que la langue fourche en parlant et faict dire un mot pour l'autre, ce qui advient aux plus sages et mieux parlantes. Mais
quand, entre vous hommes, vous parlez vilaine-
ment par vostre malice, sans nulle ignorance, je
ne sçache femme de bien qui n'ayt telle horreur
de telles gens que non seulement ne les veulent
escouter, mais en fuyent la compagnie. — Il est
bien vray, dist Guebron, que j'ay veu des femmes
faire le signe de la croix oyant dire telles paroles,
qui ne cessoient aprés qu'on ne les eust encores
redictes. — Mais, dist Simontault, combien de
fois ont-elles mis leur touret de nez pour rire en
liberté autant qu'elles s'estoient courroucées en
feincte? — Encores valoit-il mieux faire ainsi,
dist Parlamente, que de donner à cognoistre que
l'on trouvast le propos plaisant. — Vous louëz
donc, dist Dagoucin, l'ypocrisie des dames autant que la vertu. — La vertu seroit bien meil-

leure, dist Longarine; mais où elle default se
fault aider de l'hypocrisie, comme nous faisons
de pantoufles pour faire oublier nostre petitesse.
Encores est-ce beaucoup que nous puissions couvrir noz imperfections. — Par ma foy, dist Hircan, il vauldroit mieux quelquefois monstrer
quelque imperfection que la couvrir si fort du
manteau de vertu. — Il est vray, dist Emarsuitte, qu'un accoustrement emprunté deshonore
autant celuy qui est contrainct de le rendre comme
il luy a faict d'honneur en le portant; et y a telle
dame sur la terre qui, pour trop dissimuler une
petite faulte, est tombée en une plus grande. —
Je me doubte, dist Hircan, de qui vous voulez
parler; mais au moins ne la nommez point. —
Or, dist Guebron, je vous donne ma voix, par
tel si qu'aprés avoir faict le compte vous nous direz les noms, et nous jurerons de n'en parler jamais. — Je le vous promets, dist Emarsuitte, car
il n'y a rien qui ne se puisse dire avec honneur. »

NOUVELLE CINQUANTETROISIESME

Diligence personnelle d'un prince pour estranger un importun amoureux.

E Roy François, premier du nom, estant en un chasteau fort plaisant, où il estoit allé avecques petite compaignie, tant pour la chasse que pour y prendre quelque repos, avoit en sa compaignie un seigneur autant honneste, vertueux et sage, et beau prince, qu'il y en eust point en sa court; et avoit espousé une femme qui n'estoit pas de grande beauté, mais si l'aimoit-il et la traictoit autant bien que mary peult faire sa femme; et se fioit tant en elle que, quand il en aimoit quelque une, il ne luy celoit point, sçachant qu'elle n'avoit volonté autre que la sienne. Ce seigneur print fort grande amitié à une dame vefve, qui avoit reputation d'estre la plus belle que l'on eust sceu regarder; et, si ce prince l'aimoit bien, sa femme ne l'aimoit pas moins, et l'envoyoit souvent querir pour boire et manger avec elle, la trouvant si sage et honneste qu'au lieu d'estre marrie que son mary l'aimast, se resjouïssoit de le veoir adresser en si honneste lieu, remply d'honneur et de vertu. Ceste amitié dura lon-

guement, en sorte qu'en toutes les affaires de
ladicte dame ce prince s'employoit comme pour
les siennes propres, et la princesse sa femme n'en
faisoit moins. Mais, à cause de sa beauté, plusieurs grans seigneurs et gentils-hommes cherchoient fort sa bonne grace, les uns pour l'amour
seulement, les autres pour l'anneau, car, outre sa
beauté, elle estoit fort riche.

Entre autres y avoit un jeune gentil-homme
qui la poursuivoit de si prés qu'il ne failloit d'estre à son habiller et deshabiller, et tout le long
du jour, tant qu'il pouvoit estre prés d'elle : ce
qui ne pleut pas audict prince, pour ce qu'il luy
sembloit qu'un homme de si pauvre lieu et de si
mauvaise grace ne meritoit point avoir si honneste et gracieux recueil, dont souvent il faisoit
des remonstrances à ceste dame. Mais elle, qui
estoit fille de Duc, s'excusoit, disant qu'elle parloit à tout le monde generalement, et que pour
cela leur amitié en estoit mieux couverte, voyant
qu'elle ne parloit point plus aux uns qu'aux autres. Mais, au bout de quelque temps, ce gentil-
homme, qui la poursuivoit en mariage, feit telle
diligence, plus par importunité que par amour,
qu'elle luy promist de l'espouser, le priant ne la
presser point de declarer le mariage jusques à ce
que ses filles fussent mariées. A l'heure, sans
crainte de conscience, alloit le gentil-homme en
sa chambre à toutes heures qu'il vouloit, et n'y
avoit qu'une femme de chambre et un homme
qui sceussent leur affaire. Le prince, voyant que

de plus en plus le gentil-homme s'aprivoisoit en
la maison de celle qu'il aimoit tant, le trouva si
mauvais qu'il ne se peut tenir de dire à la dame :
« J'ay tousjours aimé vostre honneur comme celuy de ma propre sœur, et sçavez les propos
honnestes que je vous ay tenuz, et le contentement que j'ay d'aimer une dame tant sage et vertueuse que vous estes ; mais, si je pensois qu'un
autre qui ne le merite pas gaignast par importunité ce que je ne veux demander contre vostre
vouloir, ce me seroit chose importable et non
moins deshonnorable pour vous. Je le vous dy,
pource que vous estes belle et jeune, et que jusques icy avez esté en si bonne reputation, et
vous commencez d'acquerir un tresmauvais bruit :
car, nonobstant qu'il ne soit pareil de maison,
de biens, et moins d'authorité, sçavoir et bonne
grace, si est-ce qu'il vaudroit mieux que vous
l'eussiez espousé que d'en mettre tout le monde
en soupçon. Parquoy, je vous prie, dictes-moy
si estes deliberée de le vouloir aimer, car je ne
le veux point avoir pour compagnon, et le vous
lairray tout entier, et me retireray de la bonne
volonté que je vous ay portée. » La pauvre dame
se print à plorer, craignant de perdre son amitié,
et luy jura qu'elle aimeroit mieux mourir que
d'espouser le gentil-homme dont il luy parloit ;
mais il estoit tant importun qu'elle ne le pouvoit
garder d'entrer en sa chambre à l'heure que tous
les autres y entroient. « De ceste heure-là, dist le
prince, je ne parle point, car j'y puis aussi bien

entrer que luy, et chacun void ce que vous faictes;
mais on m'a dict qu'il y va aprés que vous estes
couchée, chose que je trouve si estrange que, si
vous continuez ceste vie et vous ne le declarez
pour mary, vous estes la plus deshonnorée femme
qui oncques fut. » Elle luy feit tous les sermens
qu'elle peult qu'elle ne le tenoit pour mary ne pour
amy, mais pour un aussi importun gentil-homme
qu'il en fust. « Puis qu'ainsi est, dist le prince,
qu'il vous fasche, je vous asseure que je vous en
defferay. — Comment? dit-elle; le voudriez-vous
bien faire mourir? — Non, non, dit le prince; mais
je luy donneray à cognoistre que ce n'est point
en tel lieu ne en telle maison comme celle du
Roy où il fault faire honte aux dames, et vous
jure, foy de tel amy que je vous suis, que, si
aprés avoir parlé à luy il ne se chastie, je le chas-
tieray si bien que les autres y prendront exemple. »
Sur ces paroles s'en alla, et ne faillit pas, au partir de la chambre, de trouver le seigneur dont
estoit question qui y venoit, auquel il tint tous
les propos que vous avez ouyz, l'asseurant que,
la premiere fois qu'il le trouveroit hors l'heure
que les gentils hommes doivent aller veoir les
dames, il luy feroit une telle peur qu'à jamais luy
en souviendroit, et qu'elle estoit trop bien appa-
rentée pour se jouër ainsi à elle. Le gentil-homme
l'asseura qu'il n'avoit jamais esté sinon comme
les autres, et qu'il luy donnoit congé, s'il l'y
trouvoit, de luy faire du pis qu'il pourroit.

Quelques jours aprés, que le gentil-homme

cuidoit les paroles du prince estre mises en oubly, s'en alla veoir au soir sa dame, et y demeura assez tard. Le prince dist à sa femme comme la dame qu'il aimoit avoit un grand rheume, parquoy sa bonne femme le pria de l'aller visiter pour tous deux et de luy faire ses excuses de ce qu'elle n'y pouvoit aller, car elle avoit quelque affaire necessaire en sa chambre. Le prince attendit que le Roy fust couché, et aprés s'en alla pour donner le bon soir à sa dame; mais, en cuidant monter un degré, trouva un varlet de chambre qui descendoit, auquel il demanda que faisoit sa maistresse, qui luy jura qu'elle estoit couchée et endormie. Le prince descendit le degré, et soupçonna qu'il mentoit; parquoy il regarda derriere luy, et veid le varlet qui retournoit en grande diligence. Il se pourmena en la court devant ceste porte, pour veoir si le varlet retourneroit point; mais un quart d'heure aprés le veid encores descendre et regarder de tous costez pour veoir qui estoit en la court. A l'heure pensa le prince que le gentil-homme estoit en la chambre de sa dame, et que, pour crainte de luy, n'osoit descendre, qui le feit encores pourmener long temps; et, s'advisant qu'en la chambre de la dame y avoit une fenestre qui n'estoit gueres haulte et regardoit dedans un petit jardin, il luy souvint du proverbe qui dit : *Qui ne peult passer par la porte saille par la fenestre.* Dont soudain appella un sien varlet de chambre, et luy dist : « Allez-vous-en en ce jardin là derriere, et, si vous voyez un gentil-homme descendre par la fenestre, si tost qu'il sera à terre, tirez vostre espée, et, en la frottant contre la muraille, criez : « Tuë! tuë! » mais gardez-vous de luy toucher. » Le varlet de chambre s'en alla où son maistre luy avoit commandé, et le prince se pourmena jusques environ trois heures aprés minuict. Quand le gentil-homme entendit que le prince estoit tousjours en la court, delibèra de descendre par la fenestre, et, aprés avoir jetté sa cappe la premiere, avecques l'ayde de ses bons amis, sauta dedans le jardin. Et, si tost que le varlet de chambre l'advisa, ne faillit de faire bruit de son espée, et cria : « Tuë! tuë! » Le pauvre gentil-homme, cuidant que ce fust son maistre, eut si grand peur que, sans adviser à prendre sa cappe, s'en fuit en la plus grande haste qu'il luy fust possible, et trouva les archiers qui faisoient le guet, qui furent fort estonnez de le veoir ainsi courir, mais ne leur osa rien dire, sinon de les prier bien fort de luy vouloir ouvrir la porte ou de le loger avecques eux jusques au matin : ce qu'ils firent, car ils n'avoient pas les clefs.

A ceste heure-là vint le prince pour se coucher, et, trouvant sa femme dormant, la reveilla, luy disant : « Dormez-vous, ma femme? Quelle heure est-il? » Elle luy dist : « Depuis au soir que me couchay, je n'ay point ouy sonner l'horloge. » Il luy dist : « Ils sont trois heures aprés minuict passées. — Jesus! Monsieur, dist sa femme, où avez-vous tant esté? J'ay grand peur que vostre

santé en vaudra pis. — M'amie, dist le prince, je
ne seray jamais malade de veiller quand je garde
de dormir ceux qui me cuident tromper. » Et en
disant ces paroles se print tant à rire qu'elle le
pria bien fort de luy vouloir compter ce que c'estoit : ce qu'il feit tout du long en luy monstrant
la peau de loup que son varlet de chambre avoit
apportée. Et, aprés qu'ils eurent passé leur temps
aux despens des pauvres gens, s'en allerent dormir d'aussi gracieux repos que les deux autres
travaillerent en peur et crainte que leur affaire
fut revelée. Toutesfois le gentil-homme, sçachant
bien qu'il ne pouvoit dissimuler devant le prince,
vint au matin à son lever, et le supplia qu'il ne le
voulust point deceler et qu'il luy feist rendre sa
cappe. Le prince feit semblant d'ignorer tout le
faict, et tint si bonne contenance que le pauvre
gentil-homme ne sçavoit où il en estoit. Si est-ce
qu'à la fin il ouït autre leçon qu'il ne pensoit, car
le prince l'asseura que, si jamais il retournoit,
il le diroit au Roy et le feroit bannir de la court.

« Je vous prie, mes Dames, jugez s'il n'eust pas
mieux valu à ceste pauvre dame d'avoir parlé
franchement à celuy qui luy faisoit tant d'honneur de l'aimer et estimer que de le mettre par
dissimulation jusques à faire une preuve qui luy
fut si honteuse. — Elle sçavoit bien, dist Guebron, que, si elle luy confessoit la verité, elle
perdroit entierement sa bonne grace, qu'elle ne
vouloit perdre pour rien. — Il me semble, dist

Longarine, puis qu'elle avoit choisi un mary à sa fantasie, qu'elle ne devoit craindre de perdre l'amitié de tous les autres. — Je croy bien, dist Parlamente, que, si elle eust osé deceler son mariage, elle se fust contentée de son mary ; mais, puis qu'elle le vouloit dissimuler jusques à ce que ses filles fussent mariées, elle ne vouloit point laisser une si honneste couverture. — Ce n'est pas cela, dist Saffredent ; mais c'est que l'ambition des femmes est si grande qu'elle ne se peult jamais contenter d'en avoir un seul. Mais j'ay ouy dire que celles qui sont les plus sages en ont volontiers trois : un pour l'honneur, un pour le profit, et l'autre pour le plaisir ; et chacun des trois pense estre le mieux aimé, mais les deux premiers servent au dernier. — Vous parlez, ce dist Oisille, de celles qui n'ont amour ni honneur. — Ma Dame, dist Saffredent, il y en a telle de la condition que je peins icy que vous estimez bien des plus honnestes femmes du païs. — Croyez, dist Hircan, qu'une femme fine sçaura bien vivre où toutes les autres mourront de faim. — Aussi, leur dist Longarine, quand leur finesse est cogneuë, c'est bien la mort. — Mais la vie, dist Simontault, car elles n'estiment à petite gloire estre reputées plus fines que leurs compagnes ; et ce nom-là de fines, qu'elles ont appris à leurs despens, faict plus hardiment venir les serviteurs à leur obeïssance que la beauté : car un des plus grands plaisirs qui soit entre ceux qui aiment, c'est de conduire leur amitié finement. — Vous

parlez donc, dist Emarsuitte, d'une amour meschante, car la bonne amour n'a besoing de couverture. — Ha! dist Dagoucin, je vous supplie
d'oster ceste opinion de vostre teste, pource que
tant plus la drogue est precieuse, et moins se doit
esventer, pour la malice de ceux qui ne se prennent qu'aux signes exterieurs, lesquels en bonne
et mauvaise amitié sont tous pareils. Parquoy les
fault aussi bien cacher quand l'amour est vertueuse que si elle estoit au contraire, pour ne
tomber au mauvais jugement de ceux qui ne peuvent croire qu'un homme puisse aimer une dame
par honneur, et leur semble que s'ils sont subjects
jects à leurs plaisirs, que chacun est semblable à
eux. Mais, si nous estions tous de bonne foy, le
regard et la parole ne seroient point dissimulez,
au moins à ceux qui aimeroient mieux mourir
que d'y penser quelque mal. — Je vous asseure,
Dagoucin, dist Hircan, que vous avez une si
haulte philosophie qu'il n'y a homme icy qui
l'entende ne la croye, car vous nous voudriez
faire croire que les hommes sont anges, ou pierres, ou diables. — Je sçay bien, dist Dagoucin,
que les hommes sont hommes et subjects à toutes
passions; mais si est-ce qu'il y en a qui aimeroient
mieux mourir que pour leur plaisir leur dame
feit chose contre leur conscience. — C'est beaucoup de mourir, dist Guebron; je ne croiray ceste
parole, quand elle seroit dicte de la bouche du
plus austere religieux qui soit. — Mais je croy,
dist Hircan, qu'il n'y en a point qui ne desirent

le contraire. Toutesfois ils font semblant de n'aimer point les raisins quand ils sont si haults
qu'ils ne les peuvent cueillir. — Mais, dist Nomerfide, je croy que la femme de ce prince fut
fort joyeuse que son mary apprenoit à cognoistre
les femmes. — Je vous asseure que non, dist
Emarsuitte; mais en fut tresmarrie, pour l'amour
qu'elle luy portoit. — J'aimerois autant, dist
Saffredent, celle qui rioit quand son mary baisoit
sa chambriere. — Vrayement? dist Emarsuitte;
vous nous en ferez le compte : je vous donne ma
place. — Combien que le compte soit court, dist
Saffredent, si le vous diray-je, car j'aime mieux
vous faire rire que parler longuement. »

NOUVELLE CINQUANTEQUATRIESME

D'une damoiselle de si bonne nature que, voyant son mary qui baisoit sa chambriere, ne s'en feit que rire, et, pour n'en dire autre chose, dist qu'elle rioit à son ombre.

NTRE les monts Pyrenées et les Alpes y avoit un gentil-homme nommé Thogas, lequel avoit femme, enfans, une fort belle maison, et tant de biens et de plaisirs qu'il avoit occasion de vivre content, sinon qu'il estoit subject à une grande douleur au dessous de la racine des cheveux, tellement que les medecins luy conseillerent de descoucher d'avec sa femme : à quoy elle se consentit tresvolontiers, n'ayant regard qu'à la vie et à la santé de son mary. Elle feit mettre son lict en l'autre coing de sa chambre, vis à vis de celuy de son mary, en ligne si droicte que l'un ne l'autre n'eust sceu mettre la teste dehors sans se veoir tous deux. Ceste damoiselle tenoit avec elle deux chambrieres, et souvent, que le seigneur et la damoiselle estoient couchez, prenoit chacun d'eux quelque livre de passe-temps pour lire chacun en son lict, et leurs chambrieres tenoient la chandelle, c'est à sçavoir la jeune au seigneur, et l'autre à la damoiselle. Ce gentil-homme, voyant sa chambriere plus jeune et plus belle que sa femme, prenoit si grand plaisir à la regarder qu'il interrompoit sa lecture pour l'entretenir : ce que tresbien oyoit sa femme, et trouvoit bon que ses serviteurs et servantes feissent passer le temps à son mary, pensant qu'il n'eust amitié à autre qu'à elle. Mais, un soir qu'ils eurent leu plus longuement que de coustume, la damoiselle regardant du long du costé du lict de son mary où estoit la jeune chambriere qui tenoit la chandelle, laquelle elle ne voyoit que par derriere, et ne pouvoit veoir son mary, sinon du costé de la cheminée qui retournoit devant son lict, elle le veid contre une muraille blanche où reverberoit la clarté de la chandelle, et recogneut tresbien le portraict du visage de son mary et de celuy de sa chambriere, s'ils s'eslongnoient, s'ils s'approchoient ou s'ils rioient : dont elle en avoit aussi bonne cognoissance comme si elle les eust veuz. Le gentil-homme, qui ne s'en donnoit de garde, se tenant seur que sa femme ne les pouvoit veoir, baisa sa chambriere, ce que, pour une fois, sa femme endura sans dire mot. Mais, quand elle veid que les umbres retournoient souvent à ceste union, elle eut peur que la verité fust couverte dessous. Parquoy elle se print tout hault à rire, en sorte que les umbres eurent peur de son ris et se separerent; et le gentil-homme luy demanda pourquoy elle rioit si fort, et qu'elle luy donnast part de sa joye. Elle luy respondit : « Mon amy, je

suis si sotte que je ris à mon umbre. » Et jamais,
quelque enqueste qu'il peut faire, ne lui en confessa autre chose. Si est-ce qu'il baisa ceste face
umbrageuse.

« Et voilà dequoy il m'est souvenu quand
vous m'avez parlé de la dame qui aimoit l'amie
de son mary. — Par ma foy, dist Emarsuitte, si
ma chambriere m'en eust faict autant, je me feusse
levée et luy eusse tué la chandelle sur le nez.
— Vous estes bien terrible, dist Hircan, mais
c'eust esté bien employé : vostre mary et la chambriere se feussent mis contre vous et vous eussent
tresbien battuë, car pour un baiser ne fault pas
faire si grand cas. Encores eust mieux faict sa
femme de n'en sonner mot et de luy laisser prendre sa recreation, qui l'eust peu guerir de sa maladie. — Mais, dist Parlamente, elle avoit peur
que la fin du passe-temps le feit plus malade. —
Elle n'est pas, dist Oisille, de ceux contre qui
parle nostre Seigneur : « Nous vous avons lamenté,
et vous n'avez point pleuré ; nous avons chanté, et
vous n'avez point dancé » : car quand son mary estoit malade elle pleuroit, et quand il estoit joyeux
elle rioit. Ainsi toutes femmes de bien deussent
avoir la moitié du bien, du mal, de la joye et de
la tristesse de leurs mariz, et les aimer, obeïr et
servir comme l'Eglise à Jesus Christ. — Il faudroit donc, ma Dame, dist Parlamente, que noz
mariz fussent envers nous comme Jesus Christ
envers son Eglise. — Aussi faisons-nous, dist

Saffredent : et si possible estoit nous le passe-
rions. Car Jesus Christ ne mourut qu'une fois
pour son Eglise, et nous mourons tous les jours
pour noz femmes. — Mourir ! dist Longarine :
il me semble que vous et les autres qui sont icy
valez mieux escuz que ne faisiez grands blancs
avant que fussiez mariez. — Je sçay bien
pourquoy, dist Saffredent : c'est pource que souvent nostre valeur est esprouvée ; mais si se sentent bien noz espaules d'avoir longuement porté
la cuirasse. — Si vous aviez esté contrains, dist
Emarsuitte, de porter un mois durant le harnois
et coucher sur la dure, vous auriez grand desir de
recouvrer le lict de vostre bonne femme et porter
la cuirasse, dont maintenant vous vous plaignez.
Mais on dict que toutes choses se peuvent endurer, sinon l'aise, et ne peut-on cognoistre le
repos, sinon quand on l'a perdu. — Ceste bonne
femme, dist Oisille, qui rioit quand son mary
estoit joyeux, avoit bien à faire à trouver son repos par tout. — Je croy, dist Longarine, qu'elle
aimoit mieux son repos que son mary, veu qu'elle
ne prenoit à cueur chose qu'il feist. — Elle prenoit bien à cueur, dist Parlamente, ce qui pouvoit nuire à sa conscience et à sa santé, mais aussi
ne se vouloit point arrester à petite chose. —
Quand vous parlez de la conscience, vous me
faictes rire, dist Simontault ; c'est chose dont ne
voudrois jamais, fors à bon droict, que ma femme
eust soucy. — Il seroit bien employé, dist Nomerfide, que vous eussiez une telle femme que

celle qui monstra bien, aprés la mort de son mary,
d'aimer mieux son argent que sa conscience. —
Je vous prie, dist Saffredent, dictes-nous ceste
nouvelle, et pour ce faire je vous donne ma voix.
— Je n'avois pas deliberé, dist Nomerfide, de
racompter une si courte histoire ; mais, puis qu'elle
vient à propos, je la diray. »

NOUVELLE CINQUANTECINQUIESME

*Finesse d'une Espaignole pour frauder les cordeliers du
laiz testamentaire de son mary.*

EN la ville de Saragosse y avoit un marchand, lequel, voyant sa mort approcher, et qu'il ne pouvoit plus tenir
les biens qu'il avoit, peult estre, acquis
avecques mauvaise foy, pensa de satisfaire à son
peché s'il donnoit tout aux mendians, sans avoir
esgard que sa femme et ses enfans mourroient de
faim aprés son decez. Et quand il eut ordonné
du faict de sa maison, dist qu'il vouloit qu'un
bon cheval d'Espaigne (qui estoit presque tout
ce qu'il avoit de bien) fust vendu le plus que l'on
pourroit, et que l'argent en fust distribué aux
pauvres mendians, priant sa femme qu'elle ne

voulust faillir, incontinent qu'il seroit trespassé,
de vendre son cheval et distribuer cest argent selon
son ordonnance. Quand l'enterrement fut faict
et les premieres larmes jettées, la femme, qui
n'estoit non plus sotte que les Espaignols ont
accoustumé d'estre, s'en vint au serviteur qui
avoit comme elle entendu la volonté de son mary,
et luy dist : « Il me semble que j'ay assez faict de
perte de la personne de mon mary, que j'ay tant
aimé, sans maintenant perdre le reste de mes biens.
Si est-ce que je ne voudrois desobéïr à sa parole,
mais ouy bien faire meilleure son intention : car
le pauvre homme pense faire sacrifice à Dieu de
donner aprés sa mort une somme dont en sa vie
n'eust pas voulu donner un escu en extreme necessité, comme vous sçavez. Parquoy j'ay advisé
que nous ferons ce qu'il a ordonné par sa mort
encores mieux qu'il n'eust faict s'il eust vescu
quinze jours d'avantage car je surviendray à la
necessité de mes enfans. Mais il fault que personne du monde n'en sçache rien. » Et, quand
elle eut promesse du serviteur de le tenir secret,
elle luy dist : « Vous irez vendre son cheval, et
à ceux qui vous diront : « Combien? » vous
leur direz : « Un ducat. » Mais j'ay un fort bon
chat que je veux mettre en vente, que vous ven-
drez quant et quant pour quatre vingts dixneuf
ducats; et ainsi le chat et le cheval feront tous
deux les cent ducats que mon mary vouloit vendre son cheval seul. » Le serviteur accomplit
promptement le commandement de sa maistresse :

car, ainsi qu'il pourmenoit le cheval par la place,
tenant son chat entre ses bras, un gentil-homme,
qui autres fois avoit veu et desiré le cheval, luy
demanda combien il le faisoit en un mot. Il luy
respondit : « Un ducat. — Je te prie, ne te moc-
que point de moy. — Je vous asseure, Monsieur,
dist le serviteur, qu'il ne vous coustera qu'un
ducat. Il est bien vray qu'il fault acheter le chat
quant et quant, duquel il fault que j'aye quatre
vingts dixneuf ducats. » A l'heure le gentil-
homme, qui estimoit avoir raisonnable marché,
luy paya promptement un ducat pour le cheval,
et le demeurant comme il luy avoit demandé, et
emmena sa marchandise; et le serviteur, d'autre costé, emporta son argent, dont sa maistresse
fut fort joyeuse, et ne faillit pas de donner le ducat
que le cheval avoit esté vendu aux pauvres mendians, comme son mary l'avoit ordonné, et re-
tint le demeurant pour survenir à elle et à ses
enfans.

« A vostre advis, si celle-là n'estoit pas bien
plus sage que son mary, et si elle se soucioit tant
de sa conscience que du profit de son mesnage?
— Je pense, dist Parlamente, qu'elle aimoit bien
son mary; mais, voyant qu'à la mort il avoit mal
consideré à ses affaires, elle, qui cognoissoit son
intention, l'avoit voulu interpreter au profit de
ses enfans, dont je l'estime tressage. — Comment! dist Guebron, n'estimez vous pas une
grande faulte de faillir à accomplir les testamens

des amiz trespassez? — Si fais, dist Parlamente,
pourveu que le testateur soit en bon sens. —
Appellez-vous, dist Guebron, s'esgarer donner
son bien à l'Eglise et aux pauvres mendians? —
Je n'appelle point errer, dist Parlamente, quand
l'homme distribue aux pauvres ce que Dieu a
mis en sa puissance; mais de donner tout ce
qu'on a à sa mort, et de faire languir de faim sa
famille puis aprés, je n'approuve pas cela; et
me semble que Dieu auroit aussi acceptable qu'on
eust sollicitude des pauvres orphelins qu'on a
laissez sur terre, lesquels, n'ayans moyen de se
nourrir et accablez de pauvreté, quelquefois, au
lieu de benir leurs peres, les maudissent quand ils
se sentent pressez de faim : car celuy qui cognoist
les cueurs ne peult estre trompé, et ne jugera
pas seulement selon les œuvres, mais selon la
foy et charité qu'on a euë à luy. — Pourquoy
est-ce doncques, dist Guebron, que l'avarice est
au jourd'huy si enracinée en tous les estats du
monde que la pluspart des hommes s'attendent à
faire des biens lors qu'ilz se sentent assailliz de
la mort et qu'il leur fault rendre compte à Dieu?
Je croy qu'ils mettent si bien leurs affections en
leurs richesses que, s'il les pouvoient emporter
avecques eux, ils le feroient volontiers. Mais
c'est l'heure où le Seigneur leur faict sentir plus
griefvement son jugement que à l'heure de la
mort, car tout ce qu'ils ont faict, tout le temps
de leur vie, bien ou mal, en un instant se repre-
sente devant eux. C'est l'heure où les livres de

noz consciences sont ouverts et où chacun peult y veoir le bien et le mal qu'il a faict : car les esprits malings ne laissent rien qu'ils ne proposent au pecheur ou pour l'induire à une presumption d'avoir bien vescu, ou à une deffiance de la misericorde de Dieu, à fin de les faire trebucher du droict chemin. — Il me semble, Hircan, dist Nomerfide, que vous sçavez quelque histoire à ce propos. Je vous prie, si la pensez digne de ceste compagnie, qu'il vous plaise nous la dire. — Je le veux bien, dist Hircan, et, combien qu'il me fasche de compter quelque chose à leur desavantage, si est-ce que, veu que nous n'avons espargné ny Roys, ny Ducs, ny Comtes, ny Barons, ceux icy ne se doivent tenir offensez si nous les mettons au rang de tant de gens de bien, mesmes que nous ne parlons que des vicieux : car nous sçavons qu'il y a des gens de bien en tous estats, et que les bons ne doivent estre interessez pour les mauvais. Laissons doncques ces propos, et donnons commencement à nostre histoire. »

NOUVELLE CINQUANTESIXIESME

Un cordelier marie frauduleusement un autre cordelier,
son compagnon, à une belle jeune damoiselle, dont ils
sont puis après tous deux puniz.

N la ville de Padouë passa une dame Françoise, à laquelle fut rapporté que dedans les prisons de l'Evesché y avoit un cordelier; et, s'enquerant de l'occasion, pource qu'elle voyoit que chacun en parloit par mocquerie, luy fut dict que ce cordelier, homme ancien, estoit confesseur d'une fort honneste dame et devote, demeurée vefve, qui n'avoit que une seule fille, qu'elle aimoit tant qu'il n'y avoit peine qu'elle ne print pour luy amasser du bien et luy trouver un bon party. Or, voyant sa fille devenir grande, estoit continuellement en soucy de luy trouver mary qui peust vivre avecques elles deux en paix et en repos, c'est-à-dire qui fust homme de conscience, comme elle s'estimoit estre. Et pource qu'elle avoit ouy dire à quelque sot prescheur qu'il valoit mieux faire mal par le conseil des docteurs que faire bien contre l'inspiration du sainct Esprit, s'adressa à son beaupere confesseur, homme des-ja ancien, docteur en Theologie, estimé bien vivant de toute la ville, s'asseurant par son conseil et bonnes

prieres ne pouvoir faillir de trouver le repos d'elle
et de sa fille. Et quand elle l'eut bien fort prié de
choisir un mary pour sa fille, tel qu'il cognoissoit qu'une femme aimant Dieu et son honneur
devoit souhaitter, il luy respondit que premierement il falloit implorer la grace du sainct Esprit
par oraisons et jeusnes ; et puis, ainsi que Dieu
conduiroit son entendement, il esperoit de trouver ce qu'elle demandoit. Et ainsi alla le cordelier
d'un costé penser à son affaire.

Et pource qu'il entendit de la dame qu'elle
avoit amassé cinq cens ducats tous prests pour
donner au mary de sa fille, et qu'elle prenoit sur
sa charge la nourriture des deux, les fournissant
de maison, meubles et accoustremens, il s'advisa
qu'il avoit un jeune compagnon de belle taille et
agreable visage, auquel il donneroit la belle fille,
la maison, meubles, sa vie et nourriture asseurée,
et que les cinq cens ducats luy demeureroient
pour un peu soulager son ardente avarice. Et
aprés qu'il eut parlé à son compagnon et se
trouverent tous deux d'accord, il retourna vers la
dame et luy dist : « Je croy, sans faulte, que
Dieu m'a envoyé son ange Raphaël, comme il
feit à Thobie, pour trouver un parfaict espoux à
vostre fille : car je vous asseure que j'ay en main
le plus honneste jeune gentil-homme qui soit en
Italie, lequel a quelque fois veu vostre fille, et
en est si bien prins qu'aujourd'huy, ainsi que
j'estois en oraison, Dieu le m'a envoyé, et m'a
declaré l'affection qu'il avoit à ce mariage. Et

moy qui cognois sa maison et ses parens, et qu'il
est de vie notable, luy ay promis de vous en parler. Vray est qu'il y a un inconvenient, que seul
je cognois en luy, c'est qu'en voulant secourir un
de ses amis qu'un autre vouloit tuer, tira son
espée, pensant les departir, mais la fortune advint
que son amy tua l'autre. Parquoy luy, combien
qu'il n'ait frappé nul coup, est fugitif de sa ville
pource qu'il assista au meurtre ; et par le conseil
de ses parens s'est retiré en ceste ville, en habit
d'escolier, où il demeure incogneu, jusques à ce
que ses parens ayent mis ordre à son affaire, ce
qu'il espere estre faict de bref. Par ce moyen
faudroit le mariage estre faict secrettement, et
que vous fussiez contente que le jour il allast aux
lectures publicques, et tous les soirs vint soupper
et coucher ceans. » A l'heure la bonne femme
luy dist : « Monsieur, je trouve en ce que vous
me dictes grand advantage, car au moins j'auray
prés de moy ce que je desire le plus en ce monde. »
Ce que le cordelier feit, et le luy amena bien en
ordre, avec un beau pourpoinct de satin cramoisi,
dont elle fut bien aise ; et aprés qu'il fut venu,
feirent les fiançailles, et, incontinent que mynuict
fut passé, feirent dire une messe et espouserent,
et puis allerent coucher ensemble, jusques au
point du jour, que le marié dist à sa femme que,
pour n'estre cogneu, il estoit contrainct s'en aller
au college. Ayant prins son pourpoint de satin
cramoisi et sa robbe longue, sans oublier sa coëffe
noire, vint dire à Dieu à sa femme, qui encores

estoit au lict, et l'asseura que tous les soirs il viendroit soupper avec elle, mais que pour le disner il ne se falloit attendre. Et ainsi s'en partit et laissa sa femme, qui s'estimoit la plus heureuse du monde d'avoir trouvé un si bon party. Et ainsi s'en retourne le jeune cordelier marié à son vieil pere, auquel il porta les cinq cens ducats dont ils avoient convenu ensemble par l'accord du mariage; et au soir ne faillit de retourner soupper avec celle qui le cuidoit estre son mary, et s'entretint si bien en l'amour d'elle et de sa belle mere qu'elles ne l'eussent pas voulu changer avec le plus grand prince du monde.

Ceste vie continua quelque temps; mais, ainsi que la bonté de Dieu a pitié de ceux qui sont trompez de bonne foy, par sa grace et bonté advint qu'un matin il print grande devotion à ceste dame et à sa fille d'aller ouïr la messe à saint François et visiter leur bon pere confesseur, par le moyen duquel elles pensoient estre si bien pourveuës, l'une de beau fils, et l'autre de mary. Et de fortune, ne trouvans leur confesseur ne autre de leur cognoissance, furent contentes d'ouïr la grande messe qui se commençoit, attendans s'il viendroit point. Et ainsi que la jeune dame regardoit ententivement au service divin et au mystere d'iceluy, quand le prestre se retourna pour dire *Dominus vobiscum*, ceste jeune mariée fut toute surprinse d'estonnement, car il luy sembloit que c'estoit son mary, ou un pareil de luy; mais pour cela ne voulut sonner mot, et attendit jusques à ce qu'il se retournast encores une fois, où elle l'advisa beaucoup mieux, et ne doubta point que ce ne fust luy. Parquoy elle tira sa mere, qui estoit en une grande contemplation, en luy disant : « Helas! ma Dame, qu'est-ce que je voy! » La mere luy demanda : « Quoy? — C'est, dist elle, mon mary qui dit la messe, ou la personne du monde qui mieux luy ressemble. » La mere, qui ne l'avoit point bien regardé, luy dist : « Je vous prie, ma fille, ne mettez point ceste opinion dedans vostre teste : car c'est une chose totalement impossible que ceux qui sont si sainctes gens feissent une telle tromperie. Vous pecheriez grandement contre Dieu d'adjouster foy à une telle opinion. » Toutesfois ne laissa pas la mere d'y regarder. Et quand ce vint à dire *Ite, missa est,* cogneut veritablement que jamais deux freres d'une ventrée ne furent si semblables. Toutesfois elle estoit si simple qu'elle eust volontiers dict : « Mon Dieu, garde moy de croire ce que je voy. » Mais, pource qu'il touchoit tant à sa fille, ne voulut pas laisser la chose ainsi incognneuë, et se delibera d'en sçavoir la verité. Et quand ce vint au soir, que le mary devoit retourner, lequel ne les avoit aucunement apperceuës, la mere vint dire à sa fille : « Nous sçaurons, si vous voulez, maintenant la verité de vostre mary : car, ainsi qu'il sera dedans le lict, je l'iray trouver, et sans qu'il y pense, par derriere, vous luy arracherez sa coëffe, et nous verrons s'il aura telle coronne que celuy qui a dict la messe.

Ainsi qu'il fut deliberé il fut faict : car, si tost
que le meschant mary fut couché, arriva la vieille
dame, et, en luy prenant les deux mains comme
par jeu, sa fille luy osta sa coëffe, et demeura
avec sa belle coronne, dont mere et fille furent
tant estonnées qu'il n'estoit possible de plus. Et
à l'heure appellerent des serviteurs de leans pour
le faire prendre et lier jusques au matin ; et ne
luy servit nulle excuse ne beau parler. Le jour
venu, la dame envoya querir son confesseur, feignant avoir quelque grand secret à luy dire, lequel y vint hastivement, et elle le feit prendre
comme le jeune, luy reprochant la tromperie
qu'il luy avoit faicte. Et sur cela envoya querir la
justice, entre les mains de laquelle elle les meit
tous deux. Il est à juger que, s'il y avoit des gens
de bien pour juges, ils ne laisserent pas la chose
impunie.

« Voilà, mes Dames, pour vous monstrer que
tous ceux qui vouënt pauvreté ne sont pas exempts
d'estre tentez d'avarice, qui est l'occasion de faire
tant de maux. — Mais tant de biens, dist Saffredent : car de cinq cens ducats, dont la vieille
vouloit faire tresor, en furent faictes beaucoup
de cheres. Et la pauvre fille, qui avoit tant attendu un mary, par ce moyen en pouvoit avoir
deux, et sçavoir mieux parler à la verité de toutes
hierarchies. — Vous avez tousjours les plus faulses
opinions, dist Oisille, que je vey jamais, car il
vous semble que toutes les femmes sont de vostre

complexion. — Ma Dame, sauf vostre grace, dist
Saffredent : car je vouldrois qu'il m'eust cousté
beaucoup et elles fussent aussi aisées à contenter
que nous. — Voilà une mauvaise parole, dist
Oisille : car il n'y a nul icy qui ne sçache bien
tout le contraire de vostre dire. Et qu'il ne soit
vray, le compte qui est faict maintenant monstre
bien l'ignorance des pauvres femmes et la malice
de ceux que nous tenons meilleurs que vous
austres hommes : car elle ne sa fille ne vouloient
rien faire à leur fantasie, mais soubmettoient leur
desir à bon conseil. — Il y a des femmes si diffi-
ciles, dist Longarine, qu'il leur semble qu'elles
doivent avoir des anges. — Et voilà pourquoy,
dist Simontault, elles trouvent souvent des diables,
principalement celles qui, ne se confians en la
grace de Dieu, cuident, par leur bon sens ou
celuy d'autruy, pouvoir trouver en ce monde
quelque felicité, qui n'est donnée ny ne peult
venir que de Dieu. — Comment, Simontault !
dist Oisille ; je ne pensois que vous sceussiez tant
de bien. — Ma Dame, dist Simontault, c'est
grand dommage que je ne suis bien experimenté :
car, par faulte de me cognoistre, je voy que vous
avez mauvais jugement de moy ; mais si puis je
bien faire le mestier d'un cordelier, puis que le
cordelier s'est meslé du mien. — Vous appellez
donc estre mestier, dist Parlamente, de tromper
les femmes, et ainsi de vostre bouche mesme
vous vous jugez. — Quand j'en aurois trompé
cent mil, dist Simontault, je ne serois pas encores

vengé des peines que j'ay euës pour une seule.
— Je sçay, dist Parlamente, combien de fois vous
vous plaignez des dames, et toutesfois nous vous
voyons si joyeux et en bon poinct qu'il n'est pas
à croire que vous ayez eu tous les maux que vous
dictes. Mais la belle dame sans mercy respond
qu'il siet bien que l'on le die pour en tirer quelque confort. — Vous alleguez un notable docteur, dist Simontault, qui seulement n'est fascheux, mais le faict estre toutes celles qui ont leu
et suivy sa doctrine. — Si est-ce que sa doctrine,
dist Parlamente, est autant profitable aux jeunes
dames que nulle que je sçache. — S'il estoit ainsi,
dist Simontault, que les dames fussent sans mercy,
nous pourrions bien faire reposer noz chevaux et
laisser rouïller noz harnois jusques à la premiere
guerre, et ne faire que penser du mesnage. Et,
je vous prie, dictes moy si c'est honnesteté à 'une
dame d'avoir le nom d'estre sans pitié, sans charité, sans amour et sans mercy? — Sans charité et
amour, dist Parlamente, ne fault il pas qu'elle
soit; mais ce mot de mercy sonne si mal entre
les femmes qu'elles n'en peuvent user sans offenser leur honneur : car, proprement, mercy est
accorder la grace qu'on demande, et l'on sçait
bien celle que les hommes desirent. — Ne vous
desplaise, ma Dame, dist Simontault, il y en a de
si raisonnables qui ne demandent que la parole.
— Vous me faictes souvenir, dist Parlamente, de
celuy qui se contentoit d'un gand. — Il fault que
nous sachons qui est ce gracieux serviteur, dist

Hircan, et pour ceste cause je vous donne ma voix.
— Ce me sera plaisir de le dire, dist Parlamente,
car elle est pleine d'honnesteté. »

NOUVELLE CINQUANTESEPTIESME

*Compte ridicule d'un Milhort d'Angleterre qui portoit un
gand de femme, par parade, sur son habillement.*

E roy Loys unziesme envoya en Angleterre le seigneur de Montmorency
pour son ambassadeur, lequel y fut
tant bien venu que le Roy et tous
les autres princes l'aimerent et l'estimerent fort,
et mesmes luy communiquerent plusieurs de leurs
affaires secrets pour avoir son conseil. Un jour,
estant en un banquet que le Roy luy feit, fut
assis auprés de luy un Milhort de grande maison,
lequel avoit sur son saye attaché un petit gand,
comme pour femme, à crochets d'or; et dessus les
joinctures des doigts y avoit force diamans, rubiz,
esmeraudes et perles, tant que ce gand estoit
estimé à grand argent. Le seigneur de Montmorency le regarda si souvent que le Milhort
s'apperceut qu'il avoit envie de luy demander
la raison pourquoy il estoit si bien en ordre. Et

pource qu'il en estimoit le compte estre fort à sa
louënge, il commença à dire : « Je voy bien que
vous trouvez estrange de ce que si gorgiasement
j'ay accoustré un pauvre gand, ce que j'ay encores plus d'envie de vous dire : car je vous tiens
tant homme de bien et cognoissant quelle passion c'est qu'amour que, si j'ay bien faict, vous
me louërez, ou sinon vous excuserez l'amour,
qui commande à tous honnestes cueurs. Il fault
que vous entendiez que j'ay aimé toute ma vie
une dame, aime et aimeray encores après ma mort.
Et parce que mon cueur eut plus de hardiesse de
s'adresser en un bon lieu que ma bouche n'eut de
parler, je demeuray sept ans sans luy en oser faire
semblant, craignant que, si elle s'en appercevoit,
je perdrois le moyen que j'avois de souvent la
frequenter, dont j'avois plus de peur que de ma
mort. Mais un jour, estant dedans un pré et la
regardant, me print un si grand battement de
cueur que je perdy toute couleur et toute contenance, dont elle s'apperceut tresbien, et me demandant que j'avois, je luy dis que c'estoit une
douleur de cueur importable. Et elle, qui pensoit
que ce fust maladie d'autre sorte que d'amour,
me monstra avoir pitié de moy, qui me feit la
supplier mettre la main sur mon cueur pour veoir
comme il se debattoit : ce qu'elle feit, plus par
charité que par autre amytié. Et luy tenant la
main dessus mon cueur, laquelle estoit gantée, il
se print à debattre et tourmenter si fort qu'elle
sentit que je disois verité. Et à l'heure luy serray

la main contre mon estomach, en luy disant :
« Helas! ma Dame, recevez le cueur qui veult
rompre mon estomach pour saillir en la main de
celle dont j'espere grace, vie et misericorde; lequel me contrainct maintenant vous declarer
l'amour que tant long temps vous ay celée : car
luy ne moy ne sommes maistres de ce puissant
dieu. » Quand elle entendit le propos que je luy
tenois, le trouva fort estrange et voulut retirer sa
main; mais je la luy tins si ferme que le gand demeura en la place de sa cruelle main. Et pource
que jamais je n'avois eu, ne ay eu depuis, plus
grande privauté d'elle, je attachay ce gand comme
l'emplastre la plus propre que je puis donner à
mon cueur. Et l'ay aorné de toutes les plus belles
bagues que j'avois, combien que les richesses
viennent du gand, que je ne donnerois pour le
Royaume d'Angleterre. Car je n'ay bien en ce
monde que j'estime tant que de le sentir sur mon
estomach. » Le seigneur de Montmorency, qui
eust mieux aimé la main que le gand d'une dame,
luy loüa fort ceste grande honnesteté, luy disant
qu'il estoit le plus vray amoureux qu'il eust jamais veu, puis que de si peu il faisoit tant de cas,
combien que, veu sa grande amour, s'il eust eu
mieux que le gand, peult estre qu'il fust mort de
joye. Ce qu'il accorda au seigneur de Montmorency, ne soupçonnant point qu'il le dist par
mocquerie.

« Si tous les hommes du monde estoient de

telle honnesteté, les dames s'y pourroient bien
fier, quand il ne leur en cousteroit que le gand.
— J'ai si bien cogneu le seigneur de Montmorency dont vous parlez, dist Guebron, que je
suis seur qu'il n'eust point voulu vivre en telle
angoisse, et, s'il se fust contenté de si peu, il
n'eust pas eu les bonnes fortunes qu'il a euës en
amour : car la vieille chanson dict : « Jamais
« d'amoureux coüart n'oyez bien dire. » — Pensez, dist Saffredent, que ceste pauvre dame retira
sa main bien hastivement quand elle sentit que le
cueur luy debattoit ainsi, car elle cuydoit qu'il
deust trespasser, et l'on dist qu'il n'y a rien que
les femmes hayent plus que de toucher les morts.
— Si vous aviez autant hanté les hospitaux que
les tavernes, dist Emarsuitte, vous ne tiendriez
pas ce langage, car vous verriez celles qui ense-
velissent les trespassez, que souvent les hommes,
quelques hardiz qu'ils soient, craignent approcher. — Il est vray, dist Simontault, qu'il n'y a
nul à qui l'on donne penitence qui n'ayt faict le
rebours de ce à quoy il a prins plaisir : comme
une damoiselle que je vis en une bonne maison,
qui, pour satisfaire au plaisir qu'elle avoit eu à
baiser quelqu'un qu'elle aimoit, fut trouvée au
matin à quatre heures baisant le corps mort d'un
gentil-homme qui avoit esté tué le jour de devant, lequel elle n'avoit pas moins aimé que
l'autre ; et à l'heure chacun cogneut que c'estoit
penitence des plaisirs passez. — Voilà, dist Oisille, comme toutes bonnes œuvres que les femmes

font sont estimées mal entre les hommes. Je ne
suis d'opinion que morts ne vifs on doive baiser,
si ce n'est ainsi que Dieu le commande. — Quant
à moy, dist Hircan, je me soucie si peu de baiser
les femmes, hors mis la mienne, que je m'accorde
à toutes les loix que l'on voudra : mais j'ay pitié
des jeunes gens, à qui vous voulez oster un si
petit contentement, et faire nul le commandement
de sainct Paul, qui veult que l'on baise *in osculo
sancto.* — Si sainct Paul eust esté tel homme que
vous, dist Nomerfide, nous eussions demandé
l'experience de l'esprit de Dieu, qui parloit en
luy. — A la fin, dist Guebron, vous aimerez
mieux douter de la Sainte Escriture que de faillir
à l'une de voz petites ceremomies. — Ja à Dieu
ne plaise, dist Oisille, que nous doutons de la
Saincte Escriture, veu que si peu nous croyons en
voz mensonges : car il n'y a nulle qui ne sçache
bien ce qu'elle doit croire, c'est de jamais ne
mettre en doute la parole de Dieu, et moins adjouster foy à celle des hommes, se destournans
de la verité. — Si croy-je, dist Simontault, qu'il
y a eu plus d'hommes trompez par les femmes
que de femmes par les hommes : car la petite
amour qu'elles ont à nous les garde de croire la
verité, et la tresgrande amour que nous leur por-
tons nous faict tellement fier en leurs mensonges
que plustost nous sommes trompez que soupçonnez de le pouvoir estre. — Il semble, dist Parlamente, que vous ayez ouy la plaincte de quelque
sot deceu par une folle, car vostre propos est de

si petite authorité qu'il a besoing d'estre fortifié
d'exemple. Parquoy, si vous en sçavez quelqu'un,
je vous donne ma place pour le racompter. Et
n'entends pas que pour un mot soyons subjects
de vous croire; mais, pour vous escouter dire
mal de nous, noz nouvelles n'en sentiront point
de douleur, car nous sçavons ce qui en est. —
Or, puis que j'ay lieu, dist Simontault, je le vous
diray. »

NOUVELLE CINQUANTEHUICTIESME

*Une dame de court se venge plaisamment d'un sien
serviteur d'amourettes.*

E N la court du Roy François premier,
y avoit une dame de fort bon esprit,
laquelle, par sa bonne grace, honnesteté et parole aggreable, avoit gaigné
le cueur de plusieurs serviteurs, dont elle sçavoit
fort bien passer son temps, l'honneur sauve, les
entretenant si plaisamment qu'ils ne sçavoient à
quoy se tenir d'elle : car les plus asseurez estoient
desesperez, et les plus desesperez en prenoient
asseurance. Toutesfois, en se mocquant de la plus
grande partie, ne se peult tenir d'en aimer fort

bien un, qu'elle nommoit son cousin, lequel nom
donnoit couleur à plus long entretenement. Mais,
comme nulle chose n'est stable, souvent leur amitié tournoit en courroux, et puis se renouvelloit
plus fort que jamais, en sorte que toute la court
ne le pouvoit ignorer. Un jour, la dame, tant
pour donner à cognoistre qu'elle n'avoit affection
en rien que pour donner un peu de peine à celuy
pour l'amour duquel elle en avoit beaucoup
porté, luy va faire meilleur semblant qu'elle
n'avoit jamais faict. Parquoy luy, qui n'avoit ny
en armes ny en amours nulle faulte de hardiesse,
commença à pourchasser vivement celle que
maintes fois avoit priée; laquelle, feignant ne
pouvoir plus soustenir tant de pitié, luy accorda
sa demande et luy dist que, pour ceste occasion,
elle s'en alloit en sa chambre, qui estoit en un
galetas, où elle sçavoit bien qu'il n'y avoit personne, et, si tost qu'il la verroit partir, qu'il ne
faillit point d'aller aprés, car il la trouveroit seule,
de la bonne volonté qu'elle luy portoit. Le gentil-homme, qui creut à sa parole, fut si content
qu'il se meit à jouër avecques les autres dames,
attendant qu'il la veid partir pour bien tost aller
aprés. Et elle, qui n'avoit faulte de nulle finesse
de femme, s'en alla à deux grandes princesses
desquelles elle estoit familiere, et leur dist : « Si
vous voulez, je vous monstreray le plus beau
passetemps que vous vistes oncques. » Elles, qui
ne cherchoient point de melencolie, la prierent
de leur dire que c'estoit. « C'est, ce dist elle, un

tel, que vous cognoissez autant homme de bien
qu'il en soit point, et non moins audacieux. Vous
sçavez combien de mauvais tours il m'a faict, et
qu'à l'heure que je l'aimois plus fort il en a aimé
d'autres, dont j'en ay porté plus d'ennuy que je
n'en ay monstré de semblant. Or, maintenant
Dieu m'a donné le moyen de m'en venger : c'est
que je m'en vay en ma chambre, qui est sur ceste
cy, et incontinent, s'il vous plaist y faire le guet,
vous le verrez venir aprés moy, et, quand il aura
passé les galleries et qu'il voudra monter le degré,
je vous prie vous mettre toutes deux à la fenestre
pour m'aider à crier au larron, et vous verrez sa
colere. A quoy je croy qu'il n'aura point mauvaise grace, et, s'il ne me dit des injures tout
hault, je m'attens bien qu'il n'en pensera pas
moins en son cueur. »

Ceste conclusion ne se feit pas sans rire, car il
n'y avoit gentil-homme en la court qui menast
plus la guerre aux dames que cestuy-là ; et estoit
tant aimé et estimé d'un chacun que l'on n'eust
voulu pour rien se trouver au danger de sa moquerie ; et sembla bien aux dames qu'elles avoient
bonne part à la gloire qu'une seule esperoit d'emporter sur le gentil-homme. Parquoy, si tost
qu'elles veirent partir celle qui avoit faict l'entreprinse, commencerent à regarder la contenance
du gentil-homme, qui ne demeura gueres sans
changer de place. Et quand il eut passé la porte,
les dames sortirent à la gallerie pour ne le perdre
point de veuë, et luy, qui ne s'en doutoit pas, va

mettre sa cappe à l'entour de son col pour se
cacher le visage, et descendit le degré jusques à
la court, puis remonta. Mais, trouvant quelqu'un
qu'il ne vouloit pour tesmoing, redescendit encores en la court et retourna par un autre costé;
ce que tout entierement les dames voyoient, dont
ne s'apperceut oncques. Et quand il parvint au
degré où il pouvoit seurement aller en la chambre
de sa dame, les deux dames se vont mettre à la
fenestre, et incontinent elles apperceurent la dame
qui estoit en hault, qui commença à crier au larron tant que sa teste en pouvoit porter, et les
deux dames d'enbas luy respondirent si fort que
leurs voix furent ouyes de tout le chasteau. Je
vous laisse à penser en quel despit le gentil-
homme s'enfuit en son logis, non si bien couvert
qu'il ne fust cogneu de celles qui sçavoient le
mistere. Lesquelles, depuis, le luy ont souvent
reproché, mesme celle qui luy avoit faict ce mauvais tour, luy disant qu'elle s'estoit bien vengée
de luy. Mais il avoit ses responses et deffenses
si propres qu'il leur feit à croire qu'il se doutoit
bien de leur entreprinse, et qu'il avoit accordé à
la dame de l'aller veoir pour luy donner quelque
passetemps : car pour l'amour d'elle n'eust-il
prins ceste peine, pource qu'il y avoit trop long
temps que l'amour en estoit dehors. Mais les
dames ne vouloient recevoir ceste verité, dont encores en est la matiere en doute.

« Mais, si ainsi estoit qu'il eust creu ceste

dame, comme il n'est vray semblable, veu qu'il
estoit tant sage et hardy que de son aage et son
temps a eu peu de pareils, ou point qui le passast,
comme le nous a faict veoir sa treshardie et che-
valeureuse mort, il me semble qu'il fault que vous
confessiez que l'amour des hommes vertueux est
telle que, par trop croire de verité aux dames,
sont souvent trompez. — En bonne foy, dist
Emarsuitte, j'advouë ceste dame du tour qu'elle
a faict : car, puis qu'un homme est aimé d'une
dame et la laisse pour une autre, elle ne s'en
peult trop venger. — Voire, dist Parlamente, si
elle en est aimée ; mais il y en a qui aiment des
hommes sans estre asseurées de leur amitié, et,
quand elles cognoissent qu'ils aiment ailleurs,
elles dient qu'ils sont muables. Parquoy celles
qui sont sages ne sont jamais trompées de ces
propos, car elles ne s'arrestent ny ne croyent jamais qu'à ceux qui sont veritables, à fin de ne
tomber au danger des menteurs, pource que le
vray et le faux n'ont qu'un mesme langage. —
Si toutes estoient de vostre opinion, dist Simontault, les gentils-hommes pourroient bien mettre
leurs oraisons dedans leurs coffres. Mais, quoy
que vous ne voz semblables en sceussiez dire,
nous ne croyrions jamais que les femmes ne
soient aussi incredules comme elles sont belles.
Et ceste opinion nous fera vivre aussi contans que
vous voudriez par voz oraisons nous mettre en
peine. — Vrayement, dist Longarine, sçachant
tresbien qui est la dame qui a faict ce bon tour

au gentil-homme, je ne trouve impossible nulle finesse à croire d'elle : car, puis qu'elle n'a pas espargné son mary, elle ne devoit pas espargner son serviteur. — Vous en sçavez doncques plus que moy, dist Simontault : parquoy je vous donne ma place pour en dire vostre opinion. — Puis que le voulez, et moy aussi, dist Longarine. »

NOUVELLE CINQUANTENEUFIESME

Un gentil-homme, pensant acoler en secret une des damoiselles de sa femme, est par elle surprins.

A dame de qui vous avez faict le compte avoit espousé un mary de bonne et ancienne maison, et riche gentil-homme, et par grande amitié de l'un et de l'austre se feit ce mariage. Elle, qui estoit l'une des femmes du monde parlant aussi plaisamment, ne dissimuloit point à son mary qu'elle n'eust des serviteurs, desquels elle se mocquoit et passoit son temps, dont son mary avoit sa part du plaisir; mais à la longue ceste vie luy fascha : car d'un costé il trouvoit mauvais qu'elle entretenoit longuement ceux qu'il ne tenoit pour ses parens et amis; d'autre costé luy

faschoit fort la despense qu'il estoit contrainct de
faire pour entretenir sa gorgiaseté et suivre la
court. Parquoy le plus souvent qu'il pouvoit se
retiroit en sa maison, où tant de compagnie l'alloit veoir que sa despense n'amoindrissoit gueres
en son mesnage : car sa femme, en quelque lieu
qu'elle fust, trouvoit tousjours moyen de passer
son temps à quelques jeux, dances, et à toutes
choses ausquelles honnestement les jeunes dames
se peuvent exercer. Et quelquefois que son mary
luy disoit en riant que leur despense estoit trop
grande, elle luy faisoit response qu'il s'asseurast
qu'elle ne le feroit jamais cocqu, mais ouy bien
coquin. Car elle aimoit si tresfort les accoustre-
ments qu'il falloit qu'elle en eust des plus beaux
et riches qui fussent en la court, où son mary la
menoit le moins qu'il pouvoit, et où elle faisoit
tout son possible d'aller. Et pour ceste occasion
se rendit toute complaisante à son mary, qui de
chose plus difficile ne la vouloit pas reffuser.

Or, un jour, voyant que toutes ses inventions
ne le pouvoient gaigner à faire ce voyage de la
court, s'apperceut qu'il faisoit fort bonne chere à
une femme de chambre à chapperon qu'elle avoit,
dont elle esperoit bien faire son proffit. Et un soir
elle retira à part ceste fille de chambre, et l'in-
terrogea si finement, tant par promesses que par
menaces, que la fille luy confessa que, depuis
qu'elle estoit en sa maison il n'estoit jour que son
maistre ne la sollicitast de l'aimer, mais qu'elle
aimeroit mieux mourir que faire rien contre Dieu

et son honneur, et encor veu l'honneur qu'elle
luy avoit faict de la retirer à son service, qui seroit
double meschanceté. Ceste dame, entendant la
desloyauté de son mary, fut soudain emeuë de
despit et de joye, voyant que son mary, qui faisoit tant semblant de l'aimer, luy pourchassoit
secrettement telle honte en sa compagnie, combien qu'elle s'estimoit plus belle et de trop meilleure grace que celle pour laquelle il la vouloit
changer. Mais la joye estoit qu'elle esperoit prendre son mary en telle et si grande faulte qu'il ne
luy reprocheroit plus ses serviteurs ne la demeure
de la court. Et, pour y parvenir, pria ceste fille
d'accorder petit à petit à son mary ce qu'il demandoit, avec les conditions qu'elle luy dist. La
fille en cuida faire difficulté, mais, asseurée par
sa maistresse de sa vie et de son honneur, s'accorda de faire tout ce qu'il luy plairoit.

Le gentil-homme, continuant sa poursuitte,
trouva ceste fille d'œil et de contenance toute
changée, parquoy la pressa plus vivement qu'il
n'avoit accoustumé. Mais elle, qui sçavoit son
roolle par cueur, luy remonstra sa pauvreté, et
qu'en luy obeïssant perdroit le service de sa maistresse, auquel elle s'attendoit bien gaigner un bon
mary ; à quoy luy fut respondu par le gentil-homme
qu'elle n'eust soucy de toutes ces choses : car il
la marieroit mieux et plus richement que sa maistresse ne sçauroit faire, et qu'il conduiroit son
affaire si secrettement que nul n'en pourroit mal
parler. Sur ces propos, feirent leur accord, et,

en regardant le lieu plus propre pour accomplir
ceste belle œuvre, elle va dire qu'elle n'en sçavoit
point de meilleur ne plus loing de tout soupçon
qu'une petite maison qui estoit dedans le parc,
où il y avoit chambre et lict tout à propos. Le
gentil-homme, qui n'eust trouvé nul lieu mauvais,
se contenta fort de cestuy-là, et luy tarda bien
que le jour et l'heure n'estoient venuz. Ceste fille
ne faillit pas de promesse à sa maistresse, et luy
compta tout le discours de son entreprinse bien
au long, comme ce devoit estre le lendemain aprés
disner, et qu'elle n'y faudroit point, à l'heure qu'il
y falloit aller, de luy faire signe. A quoy elle
supplioit bien fort de prendre garde, et ne faillir
point de s'y trouver à l'heure, pour la garder du
danger où elle se mettoit en luy obeïssant. Ce
que la maistresse luy jura, la priant n'avoir nulle
crainte, et que jamais ne l'abandonneroit, et si la
deffendroit de la fureur de son mary. Le lendemain venu, aprés que l'on eut disné, le gentil-
homme faisoit meilleure chere à sa femme qu'il
n'avoit encore faict : ce qu'elle n'avoit pas trop
aggreable ; mais elle feignoit si bien qu'il ne s'en
apperceut point. Aprés le disner, elle luy demanda
à quoy il passeroit le temps. Il luy dist qu'il n'en
sçavoit point de meilleur que de jouër au cent.
A l'heure feirent dresser le jeu; mais elle feignit
qu'elle ne vouloit point jouër et qu'elle auroit
assez de plaisir à les regarder. Et ainsi qu'il se
vouloit mettre au jeu, ne faillit pas de dire à ceste
fille qu'elle n'oubliast pas sa promesse. Et quand

il fut au jeu, elle passa par la salle, faisant signe
à sa maistresse du pelerinage qu'elle avoit à faire,
qui l'advisa tresbien, mais le gentil-homme n'y
cogneut rien. Toutesfois, au bout d'une heure
qu'un de ses varlets luy feit signe de loing, dist à
sa femme que la teste luy faisoit un peu mal, et
qu'il estoit contrainct de s'aller reposer et prendre
l'air. Elle, qui sçavoit aussi bien sa maladie que
luy, demanda s'il vouloit qu'elle joüast son jeu :
il luy dit qu'ouy, et qu'il reviendroit bien tost.
Toutesfois elle l'asseura que pour deux heures
elle ne s'ennuyeroit point de tenir sa place. Ainsi
s'en alla le gentil-homme en sa chambre, et de là,
par une allée en son parc. La damoiselle, qui
sçavoit un autre chemin plus court, attendit un
petit, puis soudain feit semblant d'avoir une tran-
chée, et bailla son jeu à un autre ; et si tost qu'elle
fut saillie de la salle, laissa ses haults patins, et
s'en courut le plus tost qu'elle peult au lieu où
elle ne vouloit que le marché se feist sans elle, et
y arriva à si bonne heure qu'elle entra par une
porte en la chambre où son mary ne faisoit que
d'arriver, et se cacha derriere l'huys, escoutant les
beaux et honnestes propos que son mary tenoit
à sa chambriere. Mais, quand elle veid qu'il s'approchoit du criminel, le print par derriere en luy
disant : « Je suis trop prés de vous pour en prendre une autre. » Si le gentil-homme fut lors courroucé jusques à l'extremité, il ne le fault demander,
tant pour estre frustré de la joye qu'il esperoit
recevoir que pour veoir sa femme le cognoistre

plus qu'il ne vouloit, de laquelle il avoit grand
peur de perdre pour jamais l'amitié. Mais, pensant que ceste menée.vint de la fille, sans parler
à sa femme, courut aprés elle de telle fureur que,
si sa femme ne luy eust ostée des mains, il l'eust
tuée, disant que c'estoit la plus meschante garse
qu'il eust jamais veuë, et que, si sa femme eust
attendu la fin, elle eust bien cogneu que ce n'estoit que mocquerie : car, en lieu de luy faire ce
qu'elle pensoit, il luy eust baillé des verges pour
la chastier. Mais elle, qui se cognoissoit en tel
metal, ne le print pas pour bon, et luy feit là de
si bonnes remonstrances qu'il eut grand peur
qu'elle ne le voulust abandonner. Parquoy il luy
feit toutes les promesses qu'elle voulut, et confessa, voyant les bonnes remonstrances de sa femme, qu'il avoit tort de trouver mauvais qu'elle
eust des serviteurs. Car une femme belle et honneste n'est point moins vertueuse pour estre aimée,
pourveu qu'elle ne face ny ne die chose qui soit
contre son honneur ; mais un homme merite bien
grande punition qui prend peine de pourchasser
une qui ne l'aime point, pour faire tort à sa femme
et à sa conscience. Parquoy luy promist qu'il ne
l'empescheroit jamais d'aller à la court, ny ne
trouveroit mauvais qu'elle eust des serviteurs, car
il sçavoit bien qu'elle parloit plus à eux par mocquerie que par affection. Ces propos là ne des-
pleurent pas à la dame, car il luy sembloit bien
avoir gaigné un grand point. Si est-ce qu'elle dist
tout au contraire, feignant de prendre desplaisir

d'aller à la court, et qu'elle estimoit plus son
amitié que toute autre chose, sans laquelle toutes
compagnies luy faschoient, disant qu'une femme
bien aimée de son mary, et l'aimant de son costé,
comme elle faisoit, portoit avec elle un saufcon-
duict de parler à tout le monde et n'estre moc-
quée de nul. Le pauvre gentil-homme meit si
grande peine de l'asseurer de l'amitié qu'il luy
portoit qu'en la fin ils partirent de ce lieu-là bons
amis. Mais, pour ne retourner plus à tel inconvenient, il la pria de chasser ceste fille, à l'occasion de laquelle il avoit eu tant d'ennuiz. Ce
qu'elle feit; mais ce fut en la mariant bien et honorablement aux despens de son mary. Et pour
faire entierement oublier à la damoiselle ceste
follie, la mena bien tost à la court, en tel ordre
et si gorgiase qu'elle avoit occasion de se contenter.

« Voilà, mes Dames, qui me faict dire que je
ne trouve point estrange le tour qu'elle avoit faict
à l'un de ses serviteurs, veu celuy que nous sçavons de son mary. — Vous nous avez peint, dist
Hircan, une femme bien fine et un mary bien
sot : car, puis qu'il en estoit venu jusques là, il
ne se devoit pas arrester en si beau chemin. —
Et qu'eust-il faict? dist Longarine. — Ce qu'il
avoit entreprins, dist Hircan : car autant estoit
courroucée sa femme contre luy pour sçavoir qu'il
vouloit mal faire comme s'il eust mis le mal à
execution; et peult estre que sa femme l'eust

mieux estimé si elle l'eust cogneu plus hardy et
gentil compagnon. — C'est bien dict, dist Emarsuitte; mais où trouverez vous des hommes qui
forcent deux femmes à la fois? Car sa femme eust
deffendu son droict, et la fille sa virginité. — Il
est vray, dist Hircan; mais un homme fort et
hardy ne craint point d'en assaillir deux foibles,
et ne fault point d'en venir à bout. — J'entends
bien, dist Emarsuitte, que, s'il eust tiré son espée,
il les eust bien tuées toutes deux; mais autrement
ne voy-je pas qu'il en eust peu eschapper. Parquoy je vous prie nous dire que vous en eussiez
faict. — J'eusse embrassé ma femme, dist Hircan,
et l'eusse emportée dehors, et puis eusse faict de
sa chambriere ce qu'il m'eust pleu, par amour ou
par force. — Hircan, dist Parlamente, il suffit assez
que vous sçachez faire mal. — Je suis seur, Parlamente, dist Hircan, que je ne scandalise point
l'innocent devant qui je parle. Et si ne veux par
cela soustenir un mauvais faict, mais je ne louë
l'entreprinse, qui de soy ne vault rien, et l'entre-
preneur qui ne l'a mise à fin plus par crainte de
sa femme que par amour. Je loue qu'un homme
aime sa femme, comme Dieu le commande; mais,
quand il ne l'aime point, je ne l'estime gueres de
la craindre. — A la verité, luy respondit Parlamente, si l'amour ne vous rendoit bon mary,
j'estimerois bien peu ce que vous feriez par crainte.
— Vous n'auriez garde, Parlamente, dist Hircan :
car l'amour que je vous porte me rend plus obeïssant à vous que la crainte de la mort ny d'enfer.

— Vous en direz ce qu'il vous plaira, dist Parlamente, mais j'ay occasion de me contenter de ce
que j'ay veu et cogneu de vous; et de ce que je
n'ay point sceu n'en ay point voulu douter, et
encores moins m'en enquerir. — Je trouve une
grande follie, dist Nomerfide, à celles qui s'en-
quierent de si prés de leurs mariz, et les mariz
aussi des femmes : car il suffist au jour de sa malice, sans avoir tant de soucy du lendemain. —
Si est-il aucunesfois necessaire, dist Oisille, de
s'enquerir des choses qui peuvent toucher l'honneur d'une maison, pour y donner ordre, mais
non pour faire mauvais jugement des personnes :
car il n'y a nul qui ne faille aucunesfois. — Il est
advenu, dist Guebron, des inconveniens à plusieurs par faulte de bien et songneusement s'enquerir de la faulte de leurs femmes. —Je vous prie,
dist Longarine, si vous en sçavez quelque exemple, ne le nous vouloir celer. — J'en sçay bien
un, dist Guebron, et, puis que vous le voulez, je
le vous diray. »

NOUVELLE SOIXANTIESME

*Une Parisienne abandonne son mary pour suivre un
chantre, puis, contrefaisant la morte, se feit enterrer.*

N la ville de Paris y avoit un homme
de si bonne nature qu'il eust faict
conscience de croire un homme estre
couché avec sa femme, quand encores
il l'eust veu. Ce pauvre homme espousa une
femme de si mauvais gouvernement qu'il n'estoit
possible de plus, dont jamais ne s'apperceut, ains
la traictoit comme la plus femme de bien du
monde. Un jour que le Roy Loys douziesme alla
à Paris, ceste femme s'alla abandonner à un des
chantres dudict seigneur. Et quand elle veid que
le Roy s'en alloit de la ville de Paris et qu'elle
ne pouvoit plus veoir le chantre, se delibera
d'abandonner son mary et de le suivre. A quoy
le chantre s'accorda, et la mena en une maison
qu'il avoit prés de Bloys, où ils vesquirent ensemble long temps. Le pauvre mary, trouvant sa
femme à dire, la chercha de tous costez, mais en
fin luy fut dict qu'elle s'en estoit allée avec le
chantre. Luy, qui vouloit recouvrer sa brebis
perduë, dont il avoit faict mauvaise garde, luy
escrivit force lettres, la priant de retourner à luy,

et qu'il la reprendroit si elle vouloit estre femme de bien; mais elle, qui prenoit si grand plaisir à ouïr le chant du chantre avec qui elle estoit qu'elle avoit oublié la voix de son mary, ne tint compte de toutes ses bonnes paroles et s'en mocqua. Dont le mary courroucé luy feit sçavoir qu'il la demanderoit par justice à l'Eglise, puis qu'elle ne vouloit autrement retourner avecques luy. Ceste femme, craignant que, si la justice y mettoit la main, son chantre et elle en pourroient avoir affaire, pensa une cautelle digne d'une telle main, et, feignant d'estre malade, envoya querir quelques femmes de bien de la ville pour la venir visiter, ce que volontiers elles feirent, esperans par ceste maladie la retirer de sa mauvaise vie. Et, à ceste fin, chacune luy faisoit les plus belles remonstrances qu'elle pouvoit. Lors elle, qui faignoit d'estre griefvement malade, feit semblant de plorer et de recognoistre son peché, en sorte qu'elle faisoit pitié à toute la compagnie, qui cuidoient fermement qu'elle parlast du fond de son cueur. Et, la voyans ainsi reduicte et repentante, se meirent à la consoler, en luy disant que Dieu n'estoit pas si terrible que beaucoup de prescheurs indiscrets le peignoient, et que jamais il ne luy refuseroit sa misericorde; et, sur ce bon propos, envoyerent querir un homme de bien pour la confesser. Et le lendemain vint le curé du lieu pour luy administrer le sainct Sacrement, qu'elle receut avec tant de bonnes mines que toutes les femmes de bien de la ville qui estoient presentes

ploroient de veoir sa devotion, loüans Dieu, qui,
par sa bonté, avoit eu pitié de ceste pauvre creature. Et aprés, feignant ne pouvoir plus manger,
l'extreme unction luy fut apportée par le curé, et
par elle receuë avec plusieurs bons signes : car
à peine pouvoit elle avoir sa parole, comme l'on
estimoit, et demeura ainsi bien long temps; et
sembloit que peu à peu elle perdist la veuë,
l'ouye et tous les autres sens, dont chacun se
print à crier Jesus. Et à cause que la nuict estoit
prochaine, et que les dames estoient de loing, se
retirerent toutes. Et ainsi qu'elles sortoient de la
maison on leur dist qu'elle estoit trespassée, et,
en disant leur *de profundis* pour elle, s'en retournerent en leurs maisons. Le curé demanda au
chantre où il vouloit qu'elle fust enterrée, lequel
luy dist qu'elle avoit ordonné d'estre enterrée au
cymitiere, et qu'il seroit bon de l'y porter de
nuict. Ainsi fut ensevelie ceste pauvre malheureuse, par une chambriere qui se gardoit bien de
luy faire mal, et puis, avecques belles torches,
fut portée jusques à la fosse que le chantre avoit
faict faire. Et quand le corps passa par devant
celles qui avoient assisté à la veoir mettre à l'unction, elles saillirent toutes de leurs maisons, et
l'accompagnerent jusques à la terre, où bien tost
la laisserent femmes et prestres. Mais le chantre
ne s'en alla pas : car, incontinent qu'il veid la
compagnie assez loing, luy et son autre chambriere deffeirent la fosse, d'où il retira s'amie
plus vive que jamais, et l'emmena secrettement

en sa maison, où il la tint longuement cachée.

Le mary, qui la poursuyvoit, vint jusques à
Bloys demander justice, et trouva qu'elle estoit
morte et enterrée, par l'attestation de toutes les
dames de Bloys, qui luy compterent la belle fin
qu'elle avoit faicte, dont le bon homme fut bien
joyeux, croyant que l'ame de sa femme estoit en
paradis. Et luy, depesché d'un si meschant corps,
et avec ce contentement, retourna à Paris, où il
se maria avec une belle et honneste jeune femme
de bien et bonne mesnagere, de laquelle il eut
plusieurs enfans, et demeurerent ensemble quatorze ou quinze ans. Mais à la fin la renommée,
qui ne peult rien celer, le vint advertir que sa
femme n'estoit point morte, ains demeuroit avec
ce meschant prestre : chose que le pauvre homme
dissimula tant qu'il peult, feignant de n'en rien
sçavoir, et desirant que ce fust une mensonge.
Mais sa femme, qui estoit sage, en fut advertie ;
dont elle portoit une si grande angoisse qu'elle
en cuida mourir d'ennuy. Et s'il eust esté possible, sa conscience sauve, eust volontiers dissimulé sa fortune, mais il luy fut impossible. Car
incontinent l'Eglise y voulut mettre la main, et
pour le premier les separa tous deux, jusques à
ce que l'on sceust la verité du faict. Alors fut
contrainct ce pauvre homme de laisser la bonne
pour chercher la mauvaise, et vint à Bloys un peu
aprés que le Roy François premier fut Roy, auquel lieu trouva la Royne Claude et ma dame la
Regente, devant lesquelles vint faire sa plaincte,

demandant celle qu'il eust bien voulu ne trouver
point; mais force luy estoit, dont il faisoit pitié
à toute la compagnie. Et quand sa femme luy fut
presentée, elle voulut longuement soustenir qu'il
n'estoit point son mary, mais que c'estoit chose
apostée, ce qu'il eust volontiers creu s'il eust peu.
Elle, plus marrie que honteuse, luy dist qu'elle
aimoit mieux mourir que retourner avecques luy,
dont il estoit trescontent. Mais les dames devant
lesquelles elle parloit si deshonnestement la con-
damnerent qu'elle y retourneroit, et prescherent
si bien ce chantre, avecques forces reprehensions
et menaces, qu'il fut contrainct de dire à sa laide
amie qu'elle s'en allast avecques son mary et qu'il
ne la vouloit plus veoir. Ainsi chassée de tous
costez, se retira la pauvre malheureuse, où elle
fut mieux traictée de son mary qu'elle n'avoit
merité.

« Voilà, mes Dames, pourquoy je dy que, si le
pauvre mary eust esté bien vigilant aprés sa femme,
il ne l'eust pas ainsi perdue : car la chose bien
gardée est difficilement perdue, et l'abandon faict
le larron. — C'est chose estrange, dist Hircan,
comme l'amour est si fort où il semble moins
raisonnable. — J'ai ouy dire, dist Simontault,
que l'on aura plutost faict rompre cent mariages
que separer l'amour d'un prestre et de sa chambriere. — Je croy bien, dist Emarsuitte : car ceux
qui lient les autres par mariages sçavent si bien
faire le nœud que la mort seule y peult mettre

fin. Et tiennent les docteurs que le langage spirituel est plus grand que nul autre ; par consequent aussi l'amour spirituel passe les autres. — C'est chose, dist Dagoucin, que je ne sçaurois pardonner aux dames, d'abandonner un mary honneste, ou un amy, pour un prestre, quelque beau et honneste qu'il sceust estre. — Je vous prie, dist Hircan, ne vous meslez point de parler de nostre mere saincte Eglise, mais croyez que c'est grand plaisir aux pauvres femmes craintives et secrettes de pecher avecques ceux qui les peuvent absouldre : car il y en a qui ont plus de honte de confesser une chose que de la faire. — Vous parlez, dist Oisille, de celles qui n'ont point de cognoissance de Dieu, et qui cuident que les choses secrettes ne soient pas une fois revelées devant la compagnie celeste. Mais je croy que ce n'est pas pour chercher la confession qu'elles cherchent les confesseurs : car l'ennemy les a si bien aveuglées qu'elles regardent plus à s'arrester au lieu qui leur semble le plus couvert et le plus seur que de soy soucier d'avoir absolution du mal dont elles ne se repentent point. — Comment, repentir ? dist Saffredent ; mais s'estiment plus sainctes que les autres femmes. Et suis seur qu'il y en a qui se tiennent honorées de perseverer en telles amitiez. — Vous en parlez de sorte, dist Oisille à Saffredent, que vous en sçachiez quelque chose. Parquoy je vous prie que demain, pour commencer la journée, vous nous en vueillez dire ce que vous en sçavez : car voilà des-ja le dernier coup de vespres qui sonne, pource que noz religieux sont partiz incontinent qu'ils ont ouy la dixiesme nouvelle, et nous ont laissé parachever noz debats. » Et, ce disant, se leva la compagnie, qui s'en alla à l'eglise, où elle trouva que l'on l'avoit attendue; et, aprés avoir ouy leurs vespres, soupa la compagnie toute ensemble, parlant de plusieurs beaux comptes. Aprés souper, chacun, selon sa coustume, s'en alla un peu esbattre au pré, puis reposer, pour avoir le lendemain meilleure memoire.

FIN DE LA SIXIESME JOURNÉE

SEPTIESME JOURNÉE

Au matin ne faillit ma dame Oisille de leur administrer la salutaire pasture qu'elle print en la lecture des actes et vertueux faicts des glorieux chevaliers et apostres de Jesus Christ, selon sainct Luc, leur disant que ces comptes-là devoient estre suffisans pour desirer veoir un tel temps et plorer la fortune de cestuy-cy. Et quand elle eut suffisamment leu et exposé le commencement de ce digne livre, les pria d'aller à l'eglise, en l'union que les Apostres faisoient leur oraison, et demander à Dieu sa grace, laquelle n'est jamais refusée à ceux qui en foy la requierent. Ceste opinion fut trouvée de chacun tresbonne, et arriverent à l'eglise ainsi que l'on commençoit la messe du Sainct Esprit, qui leur sembloit chose venir à leur propos, qui leur feit ouyr le service en grande devotion; et aprés, à leur disner, ramanteverent ceste heureuse vie apostolique, à quoy ils prindrent tel plaisir

que quasi leur entreprinse estoit oubliée. Dequoy
s'advisa Nomerfide, comme la plus jeune, et leur
dist : « Ma dame Oisille nous a tant roulées en
devotion que nous passons l'heure accoustumée
de nous retirer pour nous preparer à racompter
noz nouvelles. » Sa parole fut occasion de faire
lever toute la compagnie ; et, aprés avoir bien
peu demeuré en leurs chambres, ne faillirent à se
trouver, comme ils avoient faict le jour de devant.
Et quand ils furent bien à leurs aises, ma dame
Oisille dist à Saffredent : « Encor que je sois asseurée que vous ne direz rien à l'avantage des
femmes, si est-ce qu'il fault que je vous advise de
dire la nouvelle que dés hier au soir vous avez
promise. — Je proteste, ma dame, dist Saffredent, que je n'acquerray point le deshonneur de
mesdisant pour dire verité, ny ne perdray la grace
des dames vertueuses pour racompter ce que les
folles font. Car j'ay bien experimenté que c'est
d'estre seulement eslongné de leur veuë ; et, si je
l'eusse esté autant de leur bonne grace, je ne
fusse pas à ceste heure en vie. » Et, en ce disant,
tourna les yeux au contraire de celle qui estoit
cause de son bien et de son mal. Mais, en regardant Emarsuitte, la feit aussi bien rougir, comme
si c'eust esté celle à qui le propos s'adressoit : si
est-ce qu'il n'en fut moins entendu de celle dont
il desiroit estre ouy. Et ma dame Oisille l'asseura
qu'il pouvoit dire verité librement aux despens de
qui il appartiendroit. Parquoy Saffredent commença, et dist :

NOUVELLE SOIXANTEUNIESME

Merveilleuse pertinacité d'amour effrontée d'une Bour-guignonne envers un chanoine d'Authun.

UPRÉS de la ville d'Authun y avoit une fort belle femme, grande, blanche, et d'autant belle façon de visage que j'en aye point veu. Elle avoit espousé un honneste homme, qui sembloit estre plus jeune qu'elle, lequel l'aimoit et la traictoit tant bien qu'elle avoit cause de s'en contenter. Peu de temps aprés qu'ils furent mariez, la mena en la ville d'Authun pour quelques affaires. Et durant que le mary pourchassoit la justice, sa femme alloit à l'eglise prier Dieu pour luy. Et tant frequenta le lieu sainct qu'un chanoine fort riche fut amoureux d'elle et la poursuivit si fort qu'en fin la pauvre malheureuse luy accorda, dont le mary n'avoit nul soupçon, et pensoit plus à garder son bien que sa femme. Et quand ce vint au departir et qu'il falloit retourner en la maison, qui estoit loing de la ville de sept grandes lieuës, ce ne fut pas sans un grand regret ; mais le chanoine luy pro-mist de l'aller souvent visiter : ce qu'il feit, fei-

gnant aller en quelque voyage où son chemin
s'adressoit tousjours par la maison de cest homme,
qui ne fut pas si sot qu'il ne s'en apperceust, et y
donna si bon ordre que, quand le chanoine y venoit, il n'y trouvoit plus sa femme, mais la faisoit
si bien cacher qu'il ne pouvoit parler à elle. La
femme, cognoissant la jalousie de son mary, ne
feit semblant qu'il luy despleust; toutesfois si
pensa elle qu'elle y donneroit bien ordre, car elle
estimoit un enfer de perdre la vision de son Dieu.
Un jour que son mary estoit hors de sa maison,
empescha si bien les chambrieres et varlets qu'elle
y demeura seule; incontinent print ce qui luy
estoit necessaire, et, sans nulle compagnie que
de la folle amour, s'en alla de son pied à Authun,
où elle n'arriva pas si tard qu'elle ne fust bien re-
cogneuë de son chanoine, qui la tint enfermée et
cachée plus d'un an, quelques monitions et excom-
munications qu'en feist jetter son mary; lequel,
ne trouvant meilleur remede, en feit la plaincte à
l'Evesque, qui avoit un Archediacre autant homme
de bien qu'il y en eust en France. Et luy mesmes
chercha si diligemment toutes les maisons des
chanoines qu'il trouva celle que l'on tenoit perduë, laquelle il meit en prison, et condamna le
chanoine en grosse penitence. Le mary, sçachant
que sa femme estoit retrouvée par la monition du
bon Archediacre et de plusieurs gens de bien, fut
content de la reprendre avec les serments qu'elle
luy feist de vivre le temps advenir en femme de
bien. Ce que le bon homme creut volontiers, pour

la grande amour qu'il lui portoit; et la mena en
sa maison, la traictant aussi honnestement qu'au
paravant, sinon qu'il luy bailla deux vieilles chambrieres, qui jamais ne la laissoient seule que l'une
des deux ne fust avec elle.

Mais, quelque bonne chere que luy feist son
mary, la meschante amour qu'elle portoit au chanoine luy faisoit estimer tout son repos tourment.
Et combien qu'elle fust tresbelle femme, et luy
homme de bonne complexion, fort et puissant,
si est-ce que jamais elle n'eut enfans de luy, car
son cueur estoit tousjours à sept lieuës de son
corps. Ce qu'elle dissimuloit si bien qu'il sembloit à son mary qu'elle eust oublié tout le passé,
comme il avoit faict de son costé. Mais la malice
d'elle n'avoit pas ceste opinion : car, à l'heure
qu'elle veid son mary mieux l'aymant et moins la
soupçonnant, va feindre d'estre malade, et continua si bien ceste feincte que son pauvre mary
estoit en merveilleuse peine, n'y espargnant bien
ny chose qu'il eust pour la secourir. Toutesfois
elle joüa si bien son roole que luy et tous ceux
de la maison la penserent malade jusques à l'extremité, et que peu à peu elle s'afoiblissoit; et,
voyant que son mary en estoit autant marry qu'il
en devoit estre joyeux, luy pria qu'il luy pleust
l'auctoriser de faire son testament : ce qu'il feit
volontiers en plorant. Et elle, ayant puissance
de tester, combien qu'elle n'eust enfans, donna
à son mary ce qu'elle luy pouvoit donner, luy
requerant pardon des fautes qu'elle luy avoit

faictes. Aprés envoya querir le curé, se confessa, receut le saint sacrement de l'autel tant devotement que chacun ploroit de veoir une si glorieuse fin. Et quand ce vint le soir, pria son mary de luy faire porter l'extreme unction, et qu'elle s'affoiblissoit tant qu'elle avoit peur de ne la pouvoir recevoir vive. Son mary luy feit apporter en grande diligence, et elle, qui la recevoit en grande humilité, incitoit chacun à la loüer. Quand elle eut faict tous ses beaux misteres, elle dist à son mary que, puis que Dieu luy avoit faict tant de grace d'avoir prins tout ce que l'eglise commande, elle sentoit sa conscience en si grande paix qu'il luy prenoit envie de se reposer un petit, priant son mary de faire le semblable, et qu'il en avoit bien besoing pour avoir tant ploré et veillé avec elle. Quand son mary fut endormy, et tous les varlets avecques luy, les deux vieilles, qui en sa santé l'avoient si longuement gardée, ne se doutans plus de la perdre, sinon par mort, se vont tresbien coucher à leur aise. Et quand elle les ouyt dormir et ronfler bien hault, se leva en sa chemise, et saillit hors de sa chambre, escoutant si personne de leans faisoit point de bruit. Mais, quand elle fut asseurée de son baston, sceut tresbien saillir par un petit huys du jardin qui ne fermoit point, et, tant que la nuict dura, toute en chemise et nuds pieds, feit son voyage à Authun devers le sainct qui l'avoit gardée de mourir. Mais, pource que le chemin estoit long, n'y peut aller toute d'une traicte que le jour ne la surprint. A l'heure regarda par tout le chemin, et advisa deux chevaucheurs qui couroient bien fort, et, se doutant que ce fust son mary qui la cherchast, se cacha tout le corps dans un maraiz et la teste entre les joncs ; et son mary, passant par auprés d'elle, disoit à un sien serviteur, comme tout desesperé : « O la meschante! Qui eust pensé que sous le manteau des saincts sacremens de l'Église on eust pu couvrir un si vilain et abominable cas? » Le serviteur luy respondit : « Puis que Judas, prenant un tel morceau, ne craignit à trahir son maistre, ne trouvez point estrange la trahison d'une femme. » En ce disant, passa outre le mary, et la femme demeura plus joyeuse entre les joncs de l'avoir trompé qu'elle n'estoit en sa maison dans un bon lict en servitude. Le pauvre mary chercha par toute la ville d'Authun, mais il sceut certainement qu'elle n'y estoit point entrée. Parquoy s'en retourna sur ses brisées, et ne faisoit que se plaindre d'elle sur le chemin et de sa grande perte, ne la menaçant point moins, quant au reste, que de la mort, s'il la trouvoit, dont elle n'avoit peur en son esprit, non plus qu'elle sentoit de froid en son corps, combien que la saison et le lieu meritoient de la faire repentir de son damnable voyage. Et qui ne sçauroit comme le feu d'enfer eschauffe ceux qui en sont rempliz, l'on devroit estimer à merveilles comme ceste pauvre femme, saillant d'un lict bien chauld, peut demeurer tout un jour en si extreme froidure. Si ne perdit-elle point le

cueur ny l'aller, car incontinent que la nuict fut
venuë reprint son chemin. Et ainsi que l'on vouloit fermer la porte d'Authun arriva ceste pauvre
pelerine, et ne faillit d'aller tout droict où demeuroit son corps sainct, qui fut tant esmerveillé
de sa venuë qu'à peine pouvoit-il croire que ce
fust elle; mais, quand il l'eut bien regardée et
visitée de tous costez, trouva qu'elle avoit oz et
chair, ce qu'un esprit n'a point. Et ainsi s'asseura
que ce n'estoit fantosme, et dés l'heure furent si
bien d'accord qu'elle demeura quatorze ou quinze
ans avec luy. Et si quelque temps elle fut cachée,
à la fin perdit toute crainte, et, qui pis est, print.
une telle gloire d'avoir un tel amy qu'elle se mettoit à l'eglise devant la plus part des plus femmes
de bien de la ville, tant femmes d'officiers que
autres, et eut des enfans du chanoine, et entre
autres une fille, qui fut mariée à un riche marchand, et si gorgiase à ses nopces que toutes les
femmes de la ville en murmuroient tresfort, mais
n'avoient pas la puissance d'y mettre ordre.

Or advint qu'en ce temps-là la Royne Claude,
femme du Roy François, passa par la ville d'Authun, ayant en sa compagnie Madame la Regente,
mere du Roy, et la Duchesse d'Alençon, sa fille.
Vint alors une femme de chambre nommée Perrette, qui trouva ladicte Duchesse et luy dist :
« Ma Dame, je vous supplie, escoutez-moy, et
vous ferez œuvre aussi ou plus grande que d'aller
ouyr tout le service du jour. » La Duchesse s'arresta volontiers, sçachant que d'elle ne pouvoit

II   3o

venir que bon conseil. Perrette luy alla compter
incontinent comme elle avoit prins une petite fille
pour luy aider à savonner le linge de la Royne,
et, en luy demandant des nouvelles de la ville,
luy compta la peine qu'avoient les femmes de
bien de veoir ainsi aller devant elles la femme de
ce chanoine, laquelle luy compta une partie de sa
vie. Tout soudain s'en alla ladicte Duchesse à la
Royne et à Madame la Regente, et leur racompta
ceste histoire, qui, sans autre forme de procés,
envoyerent querir ceste pauvre malheureuse, laquelle ne se cachoit point, car elle avoit changé
sa honte en gloire d'estre dame de maison d'un si
riche homme, et, sans estre estonnée et honteuse,
se vint presenter devant lesdictes dames, qui
avoient si grand honte de sa hardiesse que soudain elles ne luy sceurent que dire. Mais aprés
Madame la Regente luy feit de telles remonstrances qu'elles deussent avoir faict plorer une
femme de bon entendement, ce que ne feit ceste
pauvre femme, mais d'une audace tresgrande
leur dist : « Je vous supplie, mes Dames, que
vous vouliez garder que l'on ne touche point à
mon honneur : car, Dieu mercy, j'ay vescu avec
monsieur le chanoine si bien et vertueusement
qu'il n'y a personne vivant qui m'en sceust reprendre. Et si ne fault point que l'on pense que
je vive contre la volonté de Dieu, car il y a trois
ans qu'il ne me fut rien, et vivons aussi chaste-
ment et en aussi grande amour que deux beaux
petits anges, sans que jamais entre nous deux il y

ayt eu parole ne volonté au contraire; et qui
nous separera fera grand peché, car le bon
homme, qui a bien prés de quatre vingts ans, ne
vivra plus gueres sans moy, qui en ay quarante-
cinq. » Vous pouvez penser comme ces dames
se peurent tenir, et les remonstrances que chacune luy feit, voyant l'obstination, qui à l'heure
n'estoit amollie par paroles que l'on luy dist,
pour aage qu'elle eust ne pour l'honorable compagnie! Et, pour l'humilier plus fort, envoyerent
querir le bon Archediacre d'Authun, qui la con-
demna d'estre en prison un an au pain et à l'eau.
Et les dames envoyerent querir son mary, lequel,
pour leur bon enhortement, fut content la reprendre aprés qu'elle auroit faict sa penitence.
Mais, se voyant prisonniere et le chanoine deliberé de jamais plus la reprendre, remerciant les
dames de ce qu'elles luy avoyent jecté un diable
hors de dessus les espaules, eut une si grande et
parfaicte contrition que son mary, au lieu d'attendre le bout de l'année à la reprendre, n'attendit pas quinze jours qu'il ne la vinst demander à
l'Archediacre. Et depuis ont vescu en bonne paix
et amytié.

« Voylà, mes Dames, comme les chaisnes sainct
Pierre sont converties par les mauvais ministres
en celles de Sathan, et si fortes à rompre que les
sacremens, qui chassent les diables du corps,
sont à ceux-cy les moyens de les faire plus longuement demeurer en leurs consciences : car les

meilleures choses sont celles, quand on en abuse,
dont l'on faict plus de maulx. — Vrayement, dist
Oisille, ceste femme estoit bien mal-heureuse;
mais aussi fut-elle bien punie de venir devant tels
juges comme les dames que vous avez nommées,
car le regard seul de Madame la Regente estoit
de telle vertu qu'il n'y avoit si femme de bien qui
ne craignist de se trouver devant ses yeux et qui
ne s'estimast indigne de sa veuë : car, la regardant doulcement, s'estimoit meriter grand honneur, sçachant que femmes autres que vertueuses
ne pouvoit ceste dame regarder de bon cueur. —
Si est-il meilleur, dist Hircan, que l'on ayt plus
de craincte du sainct sacrement (lequel n'estant
receu en foy et charité est en damnation eternelle)
que des yeux d'une femme. — Je vous promets,
dist Parlamente, que ceux qui ne sont point inspirez craignent plus les puissances temporelles
que les spirituelles. Encores je croy que ceste
pauvre creature se chastia plus par la prison et
pour l'opinion de ne veoir plus son chanoine
qu'elle ne feit pour remonstrance que l'on luy
eust sceu faire. — Mais, dist Simontault, vous
avez oublié la principale chose qui la feit retourner à son mary : c'est que le chanoine avoit quatre
vingts ans, et son mary estoit plus jeune qu'elle.
Ainsi gaigna ceste bonne dame en tous ses marchez. Mais, si le chanoine eust esté jeune, elle ne
l'eust point voulu abandonner; les enseignemens
des dames n'eussent pas eu plus de valeur que les
sacremens qu'elle avoit prins. — Encore me

semble-il, dist Nomerfide, qu'elle faisoit bien de ne confesser point son peché si aisément : car ceste offense-là se doit dire à Dieu seulement, et la renier fort et ferme devant les hommes. Car, encores qu'il fust vray, à force de mentir et jurer, on engendre quelque doute à la verité. — Si est-ce, dist Longarine, qu'un peché à grand peine peult-il estre si secret qu'il ne soit revelé, sinon quand Dieu le couvre en ceux qui pour l'amour de luy en ont vraye repentance. — Et que diriez-vous, dist Hircan, de celles qui n'ont pas plus-tost faict une folie qu'elles ne la racomptent à quelque une? — Je le trouve bien estrange, dist Longarine, et est signe que le peché ne leur des-plaist pas. Et, comme je vous ay dict, celuy qui n'est couvert par la grace de Dieu ne se sçauroit nier devant les hommes, et y en a maintes qui prennent plaisir de parler de tels propos et font gloire de publier leurs vices, et autres qui en se couppant s'acusent. — Si est-ce coupper bien lourdement, dist Saffredent; mais je vous prie, si vous en sçavez quelqu'une, que je vous donne ma place et que vous la nous disiez. — Or escou-tez donc, » dist Longarine.

NOUVELLE SOIXANTEDEUXIESME

Une damoiselle faisant un compte de l'amour d'elle-
mesme, parlant en tierce personne, se declara par
megarde.

Au temps du Roy François premier, y
avoit une dame de sang royal accompagnée d'honneur, de vertu et de
beauté, et qui sçavoit bien dire un
compte, et de bonne grace, et en rire aussi quand
on luy en disoit quelqu'un. Ceste dame estant en
une de ses maisons, tous ses subjects et voisins
la vindrent veoir, pource qu'elle estoit autant aimée que femme pouvoit estre. Entre autres la
vint veoir une damoiselle qui escoutoit que chacun luy disoit tous les comptes qu'ils pensoient
pour luy faire passer le temps. Elle s'advisa qu'elle
ne feroit moins que les autres, et luy dist : « Ma
Dame, j'ay à vous faire un beau compte ; mais vous
me promettrez de n'en parler point. » A l'heure
luy dist : « Ma Dame, le compte que je vous feray est tresveritable, je le prens sur ma conscience.
C'est qu'il y avoit une damoiselle maryée qui vivoit avec son mary treshonnestement, combien
qu'il fust vieil et elle jeune. Un gentil-homme,
son voisin, voyant qu'elle avoit espousé ce vieil-
lard, fut amoureux d'elle et la pressa par plu-

sieurs années; mais jamais il n'eut response d'elle,
sinon telle qu'une femme de bien doit faire. Un
jour pensa le gentil-homme que s'il la pouvoit
trouver à son avantage, que par aventure elle ne
luy seroit si rigoureuse. Et, aprés avoir long temps
debatu avec la crainte du danger où il se mettoit,
l'amour qu'il avoit à la damoiselle luy osta tellement la crainte qu'il se delibera chercher le lieu
et l'occasion ; et feit si bon guet qu'un matin,
ainsi que le gentil-homme mary de ceste damoiselle s'en alloit en quelque autre de ses maisons,
et partoit dés le poinct du jour pour la chaleur,
le jeune folastre vint en la maison de ceste jeune
damoiselle, laquelle il trouva dormant en son lict,
et advisa que ses chambrieres s'en estoient allées
hors de la chambre, et, sans avoir le sens de fermer la porte, se vint coucher tout houzé et espe-
ronné dedans le lict de la damoiselle. Et, quand
elle s'esveilla, fut autant marrie qu'il estoit possible ; mais, quelques remonstrances qu'elle luy
sceust faire, il la print par force, luy disant que,
si elle reveloit cest affaire, il le diroit à tout le
monde, et qu'elle l'avoit envoyé querir : dont la
damoiselle eut si grand peur qu'elle n'osa crier.
Aprés arriva une des chambrieres dedans la chambre, parquoy le gentil-homme se leva bien hastivement, et ne s'en fust personne aperceu, sinon
que l'esperon, qui s'estoit attaché au linceul de
dessus, l'emporta tout entier, en sorte que la damoiselle demeura toute nuë sur son lict. » Et
combien qu'elle feist le compte d'une autre, si ne

se peut-elle garder de dire à la fin : « Jamais
femme ne fut plus estonnée que moy quand je me
trouvay toute nuë. » A l'heure la dame, qui avoit
escouté tout le compte sans rire, ne s'en peut tenir à ce dernier mot, luy disant : « A ce que je
voy, vous en pouvez bien racompter l'histoire. »
La pauvre damoiselle chercha ce qu'elle peut
pour cuider reparer son honneur ; mais il estoit
desja volé si loing qu'elle ne le pouvoit rap-
peller.

« Je vous asseure, mes Dames, que, si elle eust
eu grand desplaisir à faire un tel acte, elle en
eust voulu avoir perdu la memoire ; mais, comme
je vous ay dit, le peché seroit plus tost descouvert par soy-mesme qu'il ne pourroit estre sceu
quand il n'est point couvert de la couverture que
David dit rendre l'homme bien heureux. — En
bonne foy, dist Emarsuitte, voylà la plus grande
sotte dont j'ouys jamais parler, qui faisoit rire les
autres à ses despens. — Je ne trouve point estrange, dist Parlamente, dequoy la parole ensuit
le faict, car il est plus aisé à dire que à faire. —
Dea, dist Guebron, quel peché avoit-elle faict?
Elle estoit endormie en son lict, et il la menas-
soit de mort et de honte. Lucresse, qui est tant
louée, en feit bien autant. — Il est vray, dist
Parlamente, je confesse qu'il n'y a si juste à qui
il ne puisse meschoir ; mais, quand on a prins
grand desplaisir à l'œuvre, l'on en prend aussi
en la memoire, pour laquelle effacer Lucresse se

tua. Et ceste sotte en voulut faire rire les autres.
— Si semble-il, dist Nomerfide, qu'elle fust
femme de bien, veu que par plusieurs fois elle
avoit esté priée sans jamais y avoir voulu consentir : de sorte que le gentil-homme fut contrainct
de s'aider de tromperie et de force pour la dece-
voir. — Comment! dist Parlamente, tenez-vous
une femme quitte de son honneur quand elle se
laisse aller aprés avoir usé de deux ou trois refus?
Il y auroit doncques beaucoup de femmes de bien
qui sont estimées le contraire, car l'on en a assez
veu qui ont longuement refusé celuy où leur cueur
s'estoit desja accordé, les unes pour crainte de
leur honneur, les autres pour plus ardemment se
faire aimer et estimer. Parquoy l'on ne doit point
faire cas d'une femme si elle ne tient ferme jusques au bout. — Et si un jeune homme refusoit
une fois une belle fille, dist Dagoucin, estimeriez-
vous pas cela grande vertu? — Vrayement, dist
Oisille, si un jeune homme et sain usoit de ce
refus, je le trouverois fort loüable, mais non
moins difficile à croire. — Si en cognois-je, dist
Dagoucin, qui ont refusés des avantures que
tous leurs compagnons cherchoient. — Je vous
prie, dist Longarine, que vous preniez ma place
pour nous en dire des nouvelles; mais souvienne-
vous que nous sommes icy tenuz de dire verité.
— Je vous promets, dist Dagoucin, que je la
vous diray si purement qu'il n'y aura nulle couleur pour la desguiser. »

NOUVELLE SOIXANTETROISIESME

Notable chasteté d'un seigneur françois.

En la ville de Paris se trouverent quatre filles, dont les deux estoient sœurs, de si grande beauté, jeunesse et frescheur, qu'elles avoient la presse de tous les amoureux. Mais un gentil-homme que le Roy qui lors regnoit avoit faict prevost de Paris, voyant son maistre jeune et de l'aage pour desirer telle compagnie, praticqua si bien toutes les quatre que, pensant chacune d'elles estre pour le Roy, s'accorderent à ce que ledict prevost voulut, qui estoit de se trouver ensemble en un festin où il convia son maistre, auquel il racompta l'entreprinse, qui fut trouvée bonne dudict seigneur et de deux autres grands personnages de la court, qui s'accorderent d'avoir part au marché. Et, en cherchant un quatriesme compagnon, arriva un jeune seigneur, beau et honneste, plus jeune de dix ans que les trois autres, lequel fut convié à ce banquet, qu'il accepta de bon visage, combien qu'en son cueur il n'en eust aucune volonté : car, d'un costé, il avoit une femme qui luy portoit de beaux enfans, dont il se contentoit tresfort, et vivoient en telle paix que pour rien il n'eust voulu qu'elle eust prins

mauvais soupçon de luy; d'autre part, il estoit
serviteur de l'une des plus belles dames qui fust
de son temps en France, laquelle il aimoit et estimoit tant que toutes les autres luy sembloient
laides au pris d'elle : en sorte qu'au commencement de sa jeunesse, et avant qu'il fust marié, il
n'estoit possible de luy faire veoir et hanter autre femme, quelque beauté qu'elle eust, et prenoit plus de plaisir à veoir s'amie et à l'aimer
parfaictement que de tout ce qu'il eust sceu
avoir d'une autre. Ce seigneur s'en vint à sa
femme et luy dist l'entreprinse que le Roy avoit
faicte, et que, de luy, il aimoit autant mourir que
d'accomplir ce qu'il avoit promis : car, tout ainsi
que par colere n'y a homme vivant qu'il n'osast
bien assaillir, aussi sans occasion par un guet à
pens aimeroit mieux mourir que de faire un
meurdre, si l'honneur ne l'y contraignoit; et
pareillement sans une extreme force d'amour,
qui est l'aveuglement des hommes vertueux, il
aimeroit mieux mourir que rompre son mariage
à l'appetit d'autruy. Dont sa femme l'aima et es-
tima plus que jamais, voyant en si grande jeunesse habiter tant d'honnesteté, en luy demandant comme il se pourroit excuser, veu que les
princes trouvent souvent mauvais ceux qui ne
louënt ce qu'ils aiment; mais il luy respondit :
« J'ay ouy dire que le sage a tousjours une maladie ou un voyage en sa manche, pour s'en aider
à sa necessité. Parquoy j'ay deliberé de feindre,
quatre ou cinq jours devant, estre bien fort ma-

lade : à quoy vostre contenance me pourra bien
fort servir. — Voilà, dist la femme, une bonne
et saincte hypocrisie, et ne faudray vous y servir
de myne la plus triste dont je me pourray adviser :
car qui peult eviter l'offense de Dieu et l'ire du
prince est bien heureux. » Ainsi qu'ils delibererent ils feirent, et fut le Roy bien marry d'entendre par la femme la maladie de son mary,
laquelle ne dura gueres : car, pour quelques affaires qui survindrent, le Roy oublia son plaisir
pour penser de son devoir, et partit de Paris. Et
un jour, ayant memoire de son entreprinse, qui
n'avoit esté mise à fin, dist à ce jeune prince :
« Nous sommes bien sots d'estre ainsi partiz soudain sans avoir veu les quatre filles que l'on nous
avoit promises estre les plus belles de mon
royaume. » Le jeune prince luy respondit : « Je
suis bien aise que vous y avez failly, car j'avois
grand peur, durant ma maladie, de perdre moy
seul une si bonne aventure. » A ces paroles ne
s'apperceut jamais le Roy de la dissimulation de
ce jeune seigneur, lequel depuis fut plus aimé de
sa femme qu'il n'avoit jamais esté.

Parlamente à l'heure se print à rire, et ne se
peut tenir de dire : « Encores l'eust-elle mieux
aimé si c'eust esté pour l'amour d'elle seule;
mais, en quelque sorte que ce soit, il est tres-
loüable. — Il me semble, dist Hircan, que ce
n'est pas grande louënge à un homme de garder
chasteté pour l'amour de sa femme, car il y a

tant de raisons que quasi il y est contrainct. Premierement, Dieu luy commande, son serment l'y
oblige, et puis la nature qui est saoule n'est point
subjette à tentation ou desir comme est la necessité. Mais l'amour libre que l'on porte à s'amie
de laquelle l'on n'a point la jouïssance ny autre
contentement que le veoir et le parler, et bien
souvent mauvaise response, quand elle est si
loyale et ferme que pour nulle aventure qui
puisse avenir on ne la veult changer, je dy que
c'est une chasteté non seulement loüable, mais
miraculeuse. — Ce n'est point miracle, dist Oisille, car où le cueur s'adonne il n'est rien impossible au corps. — Non aux corps, dist Hircan,
qui sont desja angelisez. — Je n'entends point,
dist Oisille, seulement parler de ceux qui par la
grace de Dieu sont tous transmuez en luy, mais
des plus grossiers esprits que l'on voye çà bas
entre les hommes ; et, si vous y prenez garde, vous
trouverez ceux qui ont mis leur cueur et affection
à chercher la perfection des sciences non seulement avoir oublié la volupté de la chair, mais les
choses qui luy sont les plus necessaires, comme
le boire et le manger : car, tant que l'ame est par
affection dedans son corps, la chair demeure
comme insensible ; et de là vient que ceux qui aiment femmes belles, honnestes et vertueuses, ont
tel contentement d'esprit à les veoir ou à les
ouyr parler que la chair est appaisée de tous ses
desirs. Et ceux qui ne peuvent experimenter ces
contentemens sont les charnels, qui, trop enve-

lopez de leur gresse, ne peuvent cognoistre s'ils ont ame ou non ; mais, quand le corps est subject à l'esprit, il est quasi insensible aux imperfections de la chair, tellement que leur forte opinion les peult rendre insensibles. Et j'ay cogneu un gentil-homme qui, pour monstrer avoir plus fort aimé sa dame que nul autre, avoit faict preuve à tenir une chandelle les doigts tous nuds contre tous ses compagnons, et, regardant sadicte dame, tint si ferme qu'il se brusla jusques à l'os : encores disoit-il n'avoir point senty de mal. — Il me semble, dist Guebron, que le diable, dont il estoit martyré, en devoit faire un sainct Laurens, car il y en a peu de qui le feu d'amour soit si grand qu'il ne craigne celuy de la moindre bougie; et, si une damoiselle m'avoit laissé tant endurer pour elle, j'en demanderois grande recompense, ou j'en retirerois ma fantasie. — Vous voudriez donc, dist Parlamente, avoir vostre heure aprés que vostre dame auroit eu la sienne, comme feit un gentil-homme d'auprés de Valence en Espaigne, duquel un commandeur fort homme de bien m'a faict le compte. — Je vous prie, ma Dame, dist Dagoucin, que prenez ma place et le nous dictes, car je croy qu'il doit estre bon. — Par ce compte, mes Dames, dist Parlamente, vous regarderez deux fois ce que vous voudrez refuser, et ne vous fierez que le temps present soit tousjours un. Parquoy, cognoissant sa mutation, donnerez ordre à l'advenir. »

NOUVELLE SOIXANTEQUATRIESME

Un gentil-homme, desdaigné pour mary, se rend cordelier,
dequoy s'amie porte pareille penitence.

N la cité de Valence y avoit un gentil-
homme qui par l'espace de cinq ou
six ans avoit aimé une dame si parfaictement que l'honneur et la con-
science de l'un et de l'autre n'y estoit point bles-
sée, car son intention estoit de l'avoir pour
femme, qui estoit chose fort raisonnable : car il
estoit beau, riche et de bonne maison, et si ne
s'estoit point mis en son service sans premierement avoir sceu son intention, qui estoit de s'accorder à mariage par la volonté de ses amis, lesquels, estans assemblez pour cest effect, trouverent le mariage fort raisonnable, pourveu que la
fille y eust bonne volonté. Mais elle, ou cuidant
trouver mieux, ou voulant dissimuler l'amour
qu'elle luy avoit portée, y trouva quelque difficulté, tellement que la compagnie assemblée se
departit, non sans regret qu'elle n'y avoit peu
mettre quelque bonne conclusion, cognoissant le
party d'un costé et d'autre fort raisonnable. Mais
sur tout fut courroucé le pauvre gentil-homme,
qui eust porté son mal patiemment s'il eust pensé
que la faulte fust venue des parens, et non d'elle ;

et, cognoissant la verité, dont la creance luy cau-
soit plus de mal que la mort, sans parler à s'amie
ne à autre, se retira en sa maison, et, aprés avoir
donné quelque ordre à ses affaires, s'en alla en un
lieu solitaire, où il meist peine d'oublier ceste
amitié, et la convertit entierement en celle de
Nostre Seigneur, à laquelle sans comparaison il
estoit plus obligé. Et durant ce temps-là n'eut
aucunes nouvelles de sa dame ne de ses parens.
Parquoy print resolution, puis qu'il avoit failly à
la vie la plus heureuse qu'il eust peu esperer, de
prendre et choisir la plus austere et desagreable
qu'il pourroit imaginer, et avecques ceste triste
pensée, qui se pouvoit nommer desespoir, s'en
alla rendre religieux en un monastere de sainct
François, non loing de plusieurs de ses parens,
lesquels, entendans son desespoir, feirent tout
leur effort d'empescher sa deliberation ; mais elle
estoit si fermement fondée en son cueur qu'il n'y
eut ordre de l'en divertir. Toutesfois, cognoissant dont le mal estoit venu, penserent de chercher la medecine, et allerent vers celle qui estoit
cause de ceste soudaine devotion, laquelle, fort
estonnée et marrie de cest inconvenient, pensant
que son refus pour quelque temps luy serviroit
seulement d'experimenter sa bonne volonté, et
non de la perdre pour jamais, dont elle voyoit le
danger evident, luy envoya une epistre, laquelle,
mal traduicte, dict ainsi :

Pource qu'amour, s'il n'est bien esprouvé,

Ferme et loyal ne peust estre approuvé,
J'ay bien voulu par le temps esprouver
Ce que j'ay tant desiré de trouver :
C'est un mary remply d'amour parfaict,
Qui par le temps ne peust estre deffaict.
Cela me feit requerir mes parens
De retarder, pour un ou pour deux ans,
Ce grand lien, qui jusqu'à la mort dure,
Qui à plusieurs engendre peine dure.
De vous avoir je ne feis pas refus,
Certes jamais de tel vouloir ne fus :
Car oncques nul que vous ne sceu aimer,
Ny pour mary et seigneur estimer.
O quel malheur, amy, ay-je entendu,
Que sans parler à nully t'es rendu
En un convent et vie trop austere,
Dont le regret faict que ne m'en puis taire
Et me contrainct de changer mon office,
Faisant celuy dont as usé sans vice !
C'est requerir celuy dont fus requise,
Et d'acquerir celuy dont fus acquise.
Or donc, amy, la vie de ma vie,
Lequel perdant, n'ay plus de vivre envie,
Las ! plaise toy vers moy tes yeux tourner,
Et du chemin où tu es retourner.
Laisse le gris et son austerité,
Vien recevoir ceste felicité
Qui tant de fois fut par toy desirée.
Le temps ne l'a deffaicte ou empirée :
C'est pour toy seul que gardée me suis,
Et sans lequel plus vivre je ne puis.
Retourne donc, vueille t'amie croire,
Refraichissant la plaisante memoire
Du temps passé par un sainct mariage.

Croy moy, amy, et non point ton courage,
Et sois certain qu'oncques je n'ay pensé
De faire rien où tu fusse offensé ;
Mais esperois te rendre contenté
Aprés t'avoir bien experimenté.
Or ay-je faict de toy experience :
Ta fermeté, ta foy, ta patience
Et ton amour sont cogneuz clairement,
Qui m'ont acquise à toy entierement.
Vien donc, amy, prendre ce qui est tien :
Je suis à toy, sois doncques du tout mien.

Ceste epistre, portée par un sien amy, avec toutes les remonstrances qu'il fut possible de faire, fut receuë et leuë du gentil-homme cordelier avec une contenance tant triste, accompagnée de souspirs et de larmes, qu'il sembloit qu'il vousist noyer et brusler ceste pauvre epistre, à laquelle ne feit autre response sinon dire au messager que la mortification de sa passion extreme luy avoit cousté si cher qu'elle luy avoit osté la volonté de vivre et la crainte de mourir. Parquoy requeroit celle qui en estoit l'occasion, puis qu'elle ne l'avoit voulu contenter en la passion de ses grands desirs, ne le vouloir tourmenter à l'heure qu'il en estoit hors, mais se contenter du mal passé, auquel il ne peut trouver autre remede que de choisir vie si aspre que la continuelle penitence qui luy faisoit oublier sa douleur, et à force de jeusnes et disciplines affoiblir tant son corps que la memoire de la mort luy estoit pour souveraine consolation, et que sur tout il la prioit qu'il n'eust

jamais nouvelle d'elle : car la memoire de son
nom seulement luy estoit importable purgatoire.
Le gentil-homme s'en retourna avec ceste triste
response, et en feit le rapport à celle qui ne la
peut entendre sans incroyable regret. Mais amour,
qui ne veult permettre l'esprit faillir jusques à l'extremité, luy meit en fantasie, si elle le pouvoit
veoir, que la veuë et la parole auroient plus de
force que n'avoit eu l'escriture. Parquoy, avec
son pere et ses plus proches parens, s'en alla au
monastere où il demeuroit, n'ayant rien laissé en
sa boëte qui peust servir à sa beauté, se confiant que,
s'il la pouvoit une fois regarder et ouïr parler,
impossible estoit que le feu si longuement conti-
nué en leurs cueurs ne se ralumast plus fort que
devant. Ainsi, entrant au monastere sur la fin de
vespres, le feit appeller en une chapelle dans le
cloistre. Luy, qui ne sçavoit qui le demandoit,
s'en alla à la plus forte bataille où il eust jamais
esté. Et à l'heure qu'elle le veid tant palle et def-
fait qu'à peine le peut-elle recognoistre, neantmoins remply d'une grace non moins amiable
qu'au paravant, amour la contraignit avancer ses
bras pour le cuider embrasser; mais la pitié de le
veoir en tel estat luy feit tellement affoiblir le
cueur qu'elle tomba esvanouye. Lors le pauvre
religieux, qui n'estoit destitué de charité frater-
nelle, la releva et assist dedans un siege de la chapelle. Et luy, qui n'avoit moins besoing de secours, faignit ignorer sa passion, fortifiant son
cueur en l'amour de son Dieu contre les occa-

sions qu'il voyoit se presenter, tellement qu'il
sembloit à sa contenance ignorer ce qu'il voyoit.
Elle, revenant de sa foiblesse, tournant vers luy
ses yeux, tant beaux et piteux qu'ils estoient suffisans de faire amollir un rocher, commença à luy
dire tous les propos qu'elle pensoit dignes de le
retirer du lieu où il estoit. A quoy il respondit le
plus vertueusement qu'il luy fut possible ; mais à
la fin, sentant le pauvre religieux que son cueur
s'amollissoit par l'abondance des larmes de s'amie,
comme celuy qui voyoit amour, ce dur archer,
dont si longuement il avoit porté la douleur,
ayant sa flesche dorée preste à luy faire nouvelle
et mortelle playe, s'en fuyt de devant l'amour et
l'amie, comme n'ayant autre pouvoir que par
fuyr. Et quand il fut enfermé en sa chambre, ne la
voulant laisser aller sans quelque resolution, luy
va escrire trois mots en espagnol, que j'ay trouvé
de si bonne susbtance que je ne les ay voulu tra-
duire pour ne diminuer leur grace, lesquels luy
envoya par un petit novice qui la trouva encores
en la chapelle, si desesperée que, s'il luy eust
esté licité de se rendre cordeliere, elle y fust
demeurée. Mais en voyant l'escriture, qui disoit :
*Volvete don venesti, anima mi, que en las tristas
vides es la mia,* elle, pensant bien par cela que
toute esperance luy estoit faillie, se delibera
croire le conseil de luy et de ses amis, et s'en
retourna en sa maison mener une vie aussi melancolique que son amy la mena austere en la religion.

« Vous voyez, mes Dames, quelle vengeance print le gentil-homme de sa rude amye, qui, en le pensant experimenter, le desespera de sorte que, quand elle voulut, elle ne le peut recouvrer. — J'ay regret, dist Nomerfide, qu'il ne laissa son habit pour l'aller espouser : je croy que c'eust esté un parfaict mariage. — En bonne foy, dist Simontault, je l'estime bien sage : car qui a bien poisé le faix de mariage, il ne l'estimera moins fascheux qu'une austere religion. Et luy, qui estoit tant affoibly de jeusnes et d'abstinences, craignoit de prendre une telle charge qui durast toute la vie. — Il me semble, dist Hircan, qu'elle faisoit tort à un homme si foible de le tenter de mariage, car c'est trop pour le plus fort homme du monde. Mais, si elle luy eust tenu propos d'amitié, sans autre obligation que de volonté, il n'y a corde qui n'eust esté deschirée ny nœud qui n'eust esté denoüé. Et, veu que pour l'oster de purgatoire elle luy offroit un enfer, je dy qu'il eut grand'raison de la refuser et luy faire sentir l'ennuy qu'il avoit porté de son refus. — Par ma foy, dist Emarsuitte, il y en a beaucoup qui, pour cuider mieux faire que les autres, font pis ou bien le rebours de ce qu'ils veulent. — Vrayement, dist Guebron, vous me faictes souvenir, encores que ne soit à propos, d'une qui faisoit le contraire de ce qu'elle vouloit, dont il vint grand tumulte en l'eglise Sainct Jean de Lyon. — Je vous prie, dist Parlamente, prenez ma place et nous la comptez. — Mon compte, dist Guebron, ne sera pas long ne si piteux que celuy de Parlamente. »

NOUVELLE SOIXANTECINQIESME

*Simplicité d'une vieille qui presenta une chandelle ardante
à Sainct Jean de Lyon, et l'attacha contre le front d'un
soldat qui dormoit sur un sepulchre; et de ce qui en
advint.*

N l'eglise Sainct Jean de Lyon y avoit
une chapelle fort obscure, et dedans
un sepulchre faict de pierres, à grands
personnages eslevez comme le vif, et
sont à l'entour du sepulchre plusieurs hommes
d'armes couchez. Un soldat se promenant un
jour dans l'eglise, au temps d'esté qu'il faict
grand chauld, luy print envie de dormir, et, regardant ceste chapelle obscure et fresche, pensa
d'aller au sepulchre dormir comme les autres,
auprès desquels il se coucha. Or advint qu'une
bonne vieille fort devote arriva au plus fort de
son sommeil, et, aprés qu'elle eut dict ses devotions, tenant une chandelle en sa main, la voulut
attacher au sepulchre, et, là trouvant le plus prés

d'icelle cest homme endormy, la luy voulut mettre au front, pensant qu'il fust de pierre ; mais la cire ne peut tenir contre ceste pierre. La bonne dame, qui pensoit que ce fust à cause de la froideur de l'image, luy va mettre le feu contre le front pour y faire tenir sa bougie ; mais l'image, qui n'estoit insensible, commença à s'escrier, dont la femme eut peur, et, comme toute hors du sens, se print à crier : « Miracle ! miracle ! » tant que tous ceux qui estoient dans l'eglise coururent, les uns à sonner les cloches, les autres à venir veoir le miracle. Et la bonne femme les mena veoir l'image qui s'estoit remuée, qui donna occasion à plusieurs de rire ; mais quelques prestres ne s'en pouvoient contenter, car ils avoient bien deliberé de faire valoir ce sepulchre et en tirer argent.

« Regardez doncques, mes Dames, à quels saincts vous donnerez voz chandelles. — C'est grande chose, dist Hircan, qu'en quelque sorte que ce soit, il fault tousjours que les femmes facent mal. — Est-ce mal faict, dist Nomerfide, de porter des chandelles aux sepulchres ? — Ouy, dist Hircan, quand on mect le feu au front des hommes : car nul bien ne se doit dire bien s'il est faict avec mal. Pensez que la pauvre femme cuidoit avoir faict un beau present à Dieu d'une petite chandelle ! — Je ne regarde point, dist Oisille, la valeur du present, mais le cueur qui le presente Peult-estre que ceste bonne femme avoit plus d'amour à Dieu que ceux qui donnent leurs grandes torches, car (comme dist l'Evangile) elle donnoit de sa necessité. — Si ne croy-je pas, dist Saffredent, que Dieu, qui est souveraine sapience, sceust avoir aggreable la sottise des femmes : car, combien que la simplicité luy plaise, je voy par l'Escriture qu'il desprise l'ignorant, et, s'il commande d'estre simples comme colombes, il ne commande moins d'estre prudens comme serpens. — Quant est de moy, dist Oisille, je n'estime point estre ignorante celle qui porte devant Dieu sa chandelle ou cierge ardent, comme faisant amende honorable, les genoux en terre et la torche au poing, devant son souverain Seigneur, auquel, confessant sa damnation, demande en ferme esperance misericorde et salut. — Pleust à Dieu, dist Dagoucin, que chacun l'entendist aussi bien que vous ! Mais je croy que les pauvres sottes ne le font pas à ceste intention. » Oisille luy respondit : « Celles qui moins en sçavent parler sont celles qui souvent ont le plus de sentiment de l'amour et volonté de Dieu ; parquoy ne fault juger que de soy-mesme. » Emarsuitte, en riant, luy dist : « Ce n'est pas chose estrange d'avoir faict peur à un varlet qui dormoit, car aussi basses femmes qu'elle ont bien faict peur à de bien grands princes sans leur mettre le feu au front. — Je suis seur, dist Dagoucin, que vous en sçavez quelque histoire que vous voulez racompter ; parquoy vous tiendrez mon lieu, s'il vous plaist. — Le compte ne sera pas long, dist Emarsuitte ;

mais, si je le pouvois representer tel qu'il avint,
vous n'auriez point envie de plorer. »

NOUVELLE SOIXANTESIXIESME

Compte risible advenu au Roy et Royne de Navarre.

'ANNÉE que monsieur de Vendosme
espousa la princesse de Navarre, aprés
avoir festoyé à Vendosme, le Roy et
la Royne, leurs pere et mere, s'en allerent en Guyenne avecques eux; et, passans par
la maison d'un gentil-homme où il y avoit beaucoup de belles et jeunes dames, il y fut dancé si
longuement que les deux nouveaux mariez se
trouverent lassez, qui les feit retirer en leur
chambre, et tout vestuz se meirent sur le lict, où
ils s'endormirent, les portes et fenestres fermées,
sans que nul demeurast avec eux. Mais au plus
fort de leur sommeil ouyrent ouvrir leur porte
par dehors, et en tirant le rideau regarda ledict
seigneur qui ce pouvoit estre, doutant que ce
fust quelqu'un de ses amis qui le voulust surprendre; et lors il veid entrer une grande vieille
chambriere qui alla tout droict à leur lict, mais,
pour l'obscurité de la chambre, ne les pouvoit

cognoistre; parquoy, les entrevoyant bien prés
l'un de l'autre, se print à crier : « O meschante
vilaine infâme que tu es ! il y a long temps que je
t'ay soupçonnée telle; mais, ne le pouvant prouver, je ne l'ay osé dire à ma dame. A ceste heure
ta vilanie est si cogneuë que je ne suis deliberée
de la dissimuler. Et toy, vilain apostat, qui as
pourchassé en ceste maison une telle honte de
mettre à mal ceste pauvre garse, si n'estoit pour
la crainte de Dieu, je t'assommerois de coups là
où tu es! Sus, debout, de par tous les diables!
sus, debout! Encores semble-il que tu n'en ayes
point de honte. » Monsieur de Vendosme et ma
dame la princesse, pour faire durer le propos
plus longuement, se cachoient le visage l'un
contre l'autre, rians si fort qu'ils ne pouvoient
parler; parquoy la chambriere, voyant que pour
ses menaces ils ne faisoient semblant de s'en
emouvoir ny se lever du lict, s'en approcha de
plus prés, pour les tirer de là par les bras ou par
les jambes. Mais alors elle cogneut, tant aux vi-
sages qu'aux habillemens, que ce n'estoit point
ce qu'elle pensoit, et, en les recognoissant, se
jetta de genoux devant eux, les suppliant de luy
vouloir pardonner la faulte qu'elle avoit faicte de
les oster de leur repos. Mais monsieur de Vendosme, non content d'en sçavoir si peu, se leva
incontinent et pria la bonne vieille de luy dire
pour qui elle les avoit prins : ce qu'elle refusoit
de dire; mais en fin, aprés avoir prins son serment de jamais ne le reveler, luy declara que

c'estoit une damoiselle de leans dont un protonotaire estoit amoureux, et que de long temps
elle luy avoit faict le guet, pource qu'il luy deplaisoit que sa maistresse se confiast en un homme
qui luy pourchassast ce deshonneur. Et ainsi
laissa les prince et princesse enfermez, comme
elle les avoit trouvez, où ils furent long temps à
rire de leur aventure; et, combien qu'ils en ayent
racompté l'histoire, si est-ce que jamais n'ont
voulu nommer personne à qui elle touchast.

« Voilà, mes Dames, comme la bonne vieille,
cuidant faire une belle justice, declara aux princes
estrangers ce que les domestiques mesmes n'a-
voient oncques entendu. — Je me doute bien, dist
Parlamente, en quelle maison c'est et qui est le
protonotaire : car il a gouverné des-ja assez de
maisons de dames, où, quand il ne peut avoir la
grace de la maistresse, il ne fault point de l'avoir
de l'une des damoiselles; mais, au demeurant, il
est honneste et homme de bien. — Pourquoy
dictes-vous au demeurant, dist Hircan, veu que
c'est l'acte duquel il s'estime autant homme de
bien? » Parlamente luy respondit : « Je voy
bien que vous cognoissez la maladie et le pa-
tient, et que, s'il avoit besoing d'excuses, ne
lui faudriez d'advocat. Mais si est-ce que je ne
me voudrois point fier en la menée d'un homme
qui n'a sceu conduire la sienne, mesmes sans que
les chambrieres en eussent cognoissance. — Et
pensez-vous, dist Nomerfide, que les hommes se

soucyent qui le sçache, mais qu'ils viennent à
leur fin? Croyez que, quand nul n'en parleroit,
encore fauldroit-il qu'il fust sceu par eux-mesmes. »
Hircan leur dist en colere : « Il n'est pas besoing
que les hommes dient tout ce qu'ils sçavent. »
Mais elle, rougissant, luy respondit : « Peut-
estre qu'ils ne diroient chose à leur advantage.
— Il semble, à vous ouïr parler, dist Simontault,
que les hommes prennent plaisir à ouïr mal dire
des femmes, et suis seur que vous me tenez de ce
nombre-là; parquoy j'ay grande envie de dire bien
d'une, à fin de n'estre tenu de tous les autres
pour mesdisant. — Je vous donne ma place, dist
Emarsuitte, vous priant de contraindre vostre naturel pour faire vostre devoir en nostre honneur. » A l'heure Simontault commença : « Ce
n'est chose si nouvelle, mes Dames, d'ouïr de
vous quelque acte vertueux, que, s'il s'en offre
quelqu'un, il me semble ne devoir estre celé,
mais plustost escrit en lettres d'or, à fin de servir
aux femmes d'exemple et aux hommes d'admira-
tion, voyant en sexe fragile ce que fragilité refuse. C'est l'occasion qui me fera racompter ce
que j'ay ouy dire au capitaine Roberval et à plusieurs de sa compagnie. »

NOUVELLE SOIXANTESEPTIESME

Extreme amour et austerité de femme en terre estrange.

ROBERVAL, faisant un voyage sur la mer (duquel il estoit chef, par le commandement du roy son maistre) en l'isle de Canadas, auquel lieu avoit deliberé, si l'air du pays eust esté commode, de demeurer et y faire villes et chasteaux, en quoy il feit tel commencement que chacun peult sçavoir, et pour habituer le païs de Chrestiens, y mena avec luy toutes sortes d'artisans, entre lesquels y avoit un homme qui fut si malheureux qu'il trahit son maistre et le meit en danger d'estre prins des gens du pays. Mais Dieu voulut que son entreprinse fut si tost cogneuë qu'elle ne peut nuire au capitaine Roberval, lequel feit prendre ce meschant trahistre, le voulant punir comme il avoit merité : ce qui eust esté faict sans sa femme, laquelle, ayant suivy son mary par les perils de la mer, ne le voulut abandonner à la mort, mais avec force larmes feit tant envers le capitaine et toute la compagnie que, tant par la pitié d'icelle que pour les services qu'elle leur avoit faicts, luy accorda sa requeste, qui fut telle que le mary et la femme seroient laissez en une petite isle sur la

mer, où n'habitoient que bestes sauvages, et leur
fut permis de porter avec eux ce dont ils avoient
necessité. Les pauvres gens, se trouvans tout seuls
en la compagnie des bestes sauvages et cruelles,
n'eurent recours qu'à Dieu seul, qui avoit tousjours esté le ferme espoir de ceste pauvre femme,
laquelle, comme celle qui avoit toute sa consolation en luy, porta pour sa sauve-garde, nourriture et consolation, le Nouveau Testament, qu'elle
lisoit incessamment, et au demeurant avecques
son mary mettoit peine d'accoustrer un petit logis
le mieux qui leur estoit possible; et, quand les
lions et autres bestes en approchoient pour les
devorer, le mary avec sa harquebuze, et elle avec
des pierres, se deffendoient si bien que non seulement les bestes ny les oyseaux ne les osoient
approcher, mais bien souvent en tuerent de bonnes
à manger. Ainsi, avec telles chairs et les herbes
du païs, y vesquirent quelque temps quand le
pain leur fut failly. Toutesfois, à la longue, le
mary ne peut porter telle nourriture, et, à cause
des eaux qu'ils beuvoient, devint si enflé qu'en
peu de temps il mourut, n'ayant service ne consolation que de sa femme, laquelle luy servoit de
medecin et confesseur : en sorte qu'il passa joyeusement de ce desert en la celeste patrie. Et la
pauvre femme, demeurée seule, l'enterra le plus
profond en terre qu'il luy fut possible. Si est-ce
que les bestes en eurent incontinent le sentiment,
qui vindrent manger la charongne; mais la pauvre
femme, de sa petite maisonnette, defendoit à

coups de harquebuze que la chair de son mary
n'eust tel sepulchre. Ainsi vivant, quant au corps,
de vie bestiale, et, quant à l'esprit, de vie ange-
lique, passoit son temps en lectures, contempla-
tions, prieres et oraisons, ayant un esprit joyeux
et contant dedans un corps amaigry et demy
mort. Mais celuy qui n'abandonne jamais les
siens au besoing, et qui, au desespoir des autres,
monstre sa puissance, ne permeit que la vertu
qu'il avoit mise en ceste femme fust ignorée des
hommes, mais voulut qu'elle fust cogneuë à sa
gloire, et feit qu'au bout de quelque temps, un
des navires de ceste armée passant devant ceste
isle, les gens qui estoient dedans aviserent quelque femme qui leur feit souvenir de ceux qu'ils
y avoient laissez, et delibererent d'aller veoir ce
que Dieu en avoit faict. La pauvre femme, voyant
approcher le navire, se tira au bort de la mer,
auquel lieu la trouverent à leur arrivée, et, aprés
en avoir rendu louënge à Dieu, les mena en sa
pauvre maisonnette, et leur monstra dequoy elle
vivoit durant sa miserable demeure : ce qui leur
eust esté incroyable sans la cognoissance qu'ils
avoient que Dieu est autant puissant de nourrir
en un desert ses serviteurs comme aux plus grands
festins du monde ; et, quand ils eurent faict entendre aux habitans la fidelité et perseverance de
ceste femme, elle fut receuë à grand honneur de
toutes les dames, qui volontiers luy baillerent
leurs filles pour aprendre à lire et à escrire. Et à
cest honneste mestier-là gaigna le surplus de sa

vie, n'ayant autre desir que d'exhorter un chacun
à l'amour et confiance de Nostre Seigneur, le pro-
posant pour exemple, pour la grande misericorde
dont il avoit usé envers elle.

« A ceste heure, mes Dames, ne pouvez-vous
pas dire que je ne louë bien les vertuz que Dieu
a mises en vous, lesquelles se monstrent d'autant
plus grandes que le subject est plus infime. —
Nous ne sommes pas marries, dist Oisille, de ce
que vous louëz les graces de Nostre Seigneur en
nous, car, à dire vray, toute vertu vient de luy ;
mais il fault passer condamnation que aussi peu
favorise l'homme à l'ouvrage de Dieu que la
femme, car l'un et l'autre, par son courir ny par
son vouloir, ne faict rien que planter, et Dieu
donne l'accroissement. — Si vous avez bien leu
l'Escriture, dist Saffredent, sainct Paul dit qu'A-
pollo a planté et qu'il a arrousé ; mais il ne parle
point que les femmes ayent mis les mains à l'ouvrage de Dieu. — Vous voudriez suyvre, dist
Parlamente, l'opinion des mauvais hommes, qui
prennent un passage de l'Escriture pour eux, et
laissent celuy qui leur est contraire. Si vous avez
leu sainct Paul jusques au bout, vous trouverez
qu'il se recommande aux dames qui ont beaucoup labouré avecques luy en l'Evangile. — Quoy
qu'il y ayt, dist Longarine, ceste femme est digne
de bien grande louënge, tant pour l'amour qu'elle
a portée à son mary, pour lequel elle a hazardé
sa vie, que pour la foy qu'elle a euë en Dieu, le-

quel (comme nous voyons) ne l'a pas abandonnée.
— Je croy, dist Emarsuitte, quant au premier,
qu'il n'y a femme icy qui n'en vousist faire autant pour sauver la vie de son mary. — Je croy,
dist Parlamente, qu'il y a des mariz qui sont si
bestes que celles qui vivent avec eux ne doivent
point trouver estrange de vivre avec leurs semblables. » Emarsuitte ne se peult tenir de dire,
comme prenant le propos pour elle : « Mais que
les bestes ne mordent point, leur compagnie est
plus plaisante que celle des hommes, qui sont
coleres et insupportables. Mais je suyvray mon
propos, et diray que, si mon mary estoit en tel
danger, je ne l'abandonnerois pour mourir. —
Gardez vous, dist Nomerfide, de l'aimer tant que
trop d'amour ne trompe et luy et vous : car il y
a par tout moyen, et, par faulte d'estre bien entendu, souvent s'engendre haine pour amour. —
Il me semble, dist Simontault, que vous n'avez
point mené ce propos si avant sans envie de le
confirmer par quelque exemple. Parquoy, si vous
en sçavez, je vous donne ma place pour le dire.
— Or donc, dist Nomerfide, selon ma coustume,
je le vous feray court et joyeux. »

NOUVELLE SOIXANTEHUICTIESME

Une femme faict manger des cantarrides à son mary pour avoir un traict de l'amour, et il en cuida mourir.

N la ville de Pau en Bear, y eut un apoticaire que l'on nommoit maistre Estienne, lequel avoit espousé une femme de bien, bonne mesnagere et assez belle pour le contenter. Mais, ainsi qu'il goustoit de differentes drogues, aussi faisoit-il souvent de differentes femmes, pour sçavoir mieux parler de toutes complexions : dont sa femme estoit si fort tourmentée qu'elle perdoit toute patience, car il ne tenoit compte d'elle, sinon la semaine saincte, par penitence. Estant un jour l'apoticaire en sa boutique, et sa femme cachée derriere l'huys escoutant ce qu'il disoit, vint une femme de la ville, commere dudict apoticaire, frappée de mesme maladie que l'autre, et en souspirant dist à l'apoticaire : « Helas ! mon compere, mon amy, je suis la plus malheureuse femme du monde, car j'aime mon mary comme moy-mesme, et ne fais que penser à le servir et obeïr ; mais tout mon labeur est perdu, parce qu'il aime mieux la plus meschante, plus orde et salle de la ville que moy. Et je vous prie, mon

compere, si vous sçavez point quelque drogue
qui luy puisse servir à changer sa complexion,
m'en vouloir bailler : car, si je suis bien traictée
de luy, je vous asseure de le vous rendre de tout
mon pouvoir. » L'apoticaire, pour la consoler,
luy dist qu'il sçavoit une pouldre laquelle, si elle
donnoit avec un bouillon ou une rostie, comme
de pouldre de duc, à son mary, il luy feroit la
plus grande chere du monde. La pauvre femme,
desirant veoir ce miracle, luy demanda que c'estoit et si elle en pouvoit recouvrer. Il luy declara qu'il n'y avoit rien sinon que de prendre
de la pouldre de cantarides, dont il avoit bonne
provision, et, avant que partir d'ensemble, le
contraignit d'accoustrer ceste pouldre, et en
print ce qu'il luy faisoit de mestier, dont depuis
elle le mercia plusieurs fois : car son mary, qui
estoit fort et puissant, et qui n'en print pas trop,
ne s'en trouva point pis, et elle mieux. La femme
de cest apoticaire, qui entendit tout ce discours,
pensa en elle-mesmes qu'elle avoit necessité de
ceste recepte aussi bien que sa commere, et, regardant au lieu où son mary mettoit le demeurant de la pouldre, pensa qu'elle en useroit quand
elle verroit l'occasion : ce qu'elle feit avant trois
ou quatre jours, que son mary sentit une froideur
d'estomach, la priant luy faire quelque bon po-
tage. Mais elle luy dist qu'une rostie à la pouldre
de duc luy seroit plus profitable, et luy commanda de luy en aller tost faire une et prendre
de la cynamome et du succre en la boutique : ce

qu'elle feist, et n'oublia le demeurant de la pouldre qu'il avoit baillée à sa commere, sans y garder doze, poix ne mesure. Le mary mangea la
rostie et la trouva tresbonne ; mais bien tost s'apperceut de l'effect, qu'il cuida appaiser avec sa
femme, ce qui ne fut possible, car le feu le brusloit si fort qu'il ne sçavoit de quel costé se tourner, et dist à sa femme qu'elle l'avoit empoisonné, et qu'il vouloit sçavoir qu'elle avoit mis
en sa rostie. Elle luy confessa la verité, et qu'elle
avoit aussi bon besoing de ceste recepte que sa
commere. Le pauvre apoticaire ne la sceut battre
que d'injures, pour le mal en quoy il estoit, mais
la chassa de devant luy, et envoya prier l'apoticaire de la Royne de Navarre de le venir visiter, lequel luy bailla tous les remedes propres
pour le guerir : ce qu'il feit en peu de temps, le
reprenant tresaprement de ce qu'il estoit si fol
de conseiller à autruy d'user des drogues qu'il ne
vouloit prendre pour luy, et que sa femme avoit
faict ce qu'elle devoit faire, veu le desir qu'elle
avoit de se faire aimer à luy. Ainsi fallut que le
pauvre homme print patience de sa follie, et qu'il
recogneust que Dieu l'avoit justement puny, de
faire tomber sur luy la moquerie qu'il preparoit à
autruy.

« Il me semble, mes Dames, que l'amour de
ceste femme n'estoit moins indiscrette que grande.
— Appellez-vous aimer son mary, dist Hircan, de
luy faire sentir du mal pour le plaisir qu'elle en
esperoit avoir ? — Je croy, dist Longarine, qu'elle

n'avoit intention que de recouvrer l'amour de
son mary, qu'elle pensoit bien esgarée. Pour un
tel bien, il n'y a rien que les femmes ne facent.
— Si est-ce, dist Guebron, qu'une femme ne doit
donner à boire ny à manger à son mary, pour
quelque occasion que ce soit, qu'elle ne sçache,
tant par experience que par gens sçavans, qu'il
ne luy puisse nuire ; mais il fault excuser l'ignorance. Celle-là est excusable, car la passion plus
aveuglante, c'est l'amour, et la personne plus
aveuglée, c'est la femme qui n'a pas la force de
conduire sagement un si grand fais. — Guebron,
dist Oisille, vous saillez hors de vostre bonne
coustume pour vous rendre à l'opinion de vos
compagnons ; mais si a-il des femmes qui ont
porté l'amour et la jalousie patiemment. — Ouy,
dist Hircan, et plaisamment : car les plus sages
sont celles qui prennent autant de passetemps à
se mocquer et rire des œuvres de leurs mariz
comme les mariz de les tromper secrettement.
Et, si vous me voulez donner le rang, avant que
ma dame Oisille ferme le pas à tous ces discours,
je vous en diray une dont toute la compagnie
a cogneu la femme et le mary. — Or commencez donc, dist Nomerfide. » Hircan, en riant,
leur dist :

NOUVELLE SOIXANTENEUFIESME

Un Italien se laisse affiner par sa chambriere, qui faict que la femme trouve son mary blutant au lieu de sa servante.

Au chasteau de Doz en Bigorre de-meuroit un escuyer d'escuyerie du Roy, nommé Charles, Italien, lequel avoit espousé une damoiselle fort femme de bien et honneste; mais estoit devenuë vieille aprés luy avoir porté plusieurs enfans. Luy aussi n'estoit pas jeune, et vivoit avec elle en bonne paix et amitié. Il est vray qu'il parloit quelquefois à ses chambrieres, dont sa bonne femme ne faisoit nul semblant, mais doucement leur donnoit congé quand elle les cognoissoit trop privées en la maison. Elle en print un jour une qui estoit sage et bonne fille, à laquelle elle dist les complexions de son mary et les siennes, qu'il les chassoit aussi tost qu'il les cognoissoit salles. Ceste chambriere, pour demeurer au service de sa maistresse en bonne estime, se delibera d'estre femme de bien, et, combien que son maistre luy tinst souvent quelques propos au contraire, n'en voulut tenir compte, et racomptoit tout à sa mais-tresse, et toutes deux passoient le temps de la fol-

lie de luy. Un jour que la chambriere blutoit en
la chambre de derriere, ayant son surcot sur sa
teste, à la mode du païs, qui est faict comme un
cresmeau, mais il couvre tout le corps et les
espaules par derriere, son maistre, la trouvant en
cest habit, la vint bien fort presser. Elle, qui pour
mourir n'eust faict un tel tour, feit semblant de
s'accorder à luy; toutesfois luy demanda congé
d'aller veoir premier si sa maistresse estoit point
amusée à quelque chose, à fin de n'estre tous deux
surprins: ce qu'il accorda. Alors elle le pria de
mettre son surcot en sa teste et de bluter en son
absence, à fin que sa maistresse ouïst tousjours le
bruit du bluteau : ce qu'il feit joyeusement, ayant
esperance d'avoir ce qu'il demandoit. La chambriere, qui n'estoit pas melancolique, s'en courut à
sa maistresse, luy disant : « Venez veoir vostre bon
mary, auquel j'ay apprins à bluter pour me deffaire
de luy. » La femme feit bonne diligence pour
trouver ceste nouvelle chambriere, et, en voyant
son mary le surcot en la teste et le bluteau entre
ses mains, se print si fort à rire, en frappant des
mains, qu'à peine luy peut-elle dire : « Gouïatte,
combien veux-tu par mois de ton labeur? » Le
mary, oyant ceste voix et cognoissant qu'il estoit
trompé, getta par terre ce qu'il portoit et tenoit
pour courir sus à sa chambriere, l'appellant mille
fois meschante; et, si sa femme ne se fust mise
entre deux, il l'eust payée de son quartier. Toutesfois le tout s'appaisa au contentement des parties, et puis vesquirent ensemble sans querelle.

« Que dictes-vous, mes Dames, de ceste femme ?
— N'estoit-elle pas bien sage de passer tout son
temps du passetemps de son mary ? — Ce n'est
pas passetemps, dist Saffredent, pour le mary,
d'avoir failly à son entreprinse. — Je croy, dist
Emarsuitte, qu'il eut plus de plaisir de rire avec
sa femme que de s'aller tuer, en l'aage où il
estoit, avec sa chambriere. — Si me fascheroit-il
bien fort, dist Simontault, que l'on me trouvast
avec ce beau cresmeau. — J'ay ouy dire, dist
Parlamente, qu'il n'a pas tenu à vostre femme
qu'elle ne vous ayt trouvé bien près de cest habillement, quelque finesse que vous ayez, dont oncques puis elle n'eut repos. — Contentez-vous des
fortunes de vostre maison, dist Simontault, sans
venir chercher les miennes, combien que ma
femme n'a cause de se plaindre de moy ; et,
encores que je fusse tel que vous dictes, elle ne
s'en appercevroit pour necessité de chose dont elle
ait besoing. — Les femmes de bien, dist Longarine, n'ont besoing d'autre chose que de l'amour
de leurs mariz, qui seuls les peuvent contenter ;
mais celles qui cherchent un contentement bestial
ne le trouveront jamais où honnesteté le commande. — Appellez-vous contentement bestial si
une femme veult avoir de son mary ce qu'il luy
appartient ? » Longarine luy respondit : « Je dy que
la femme chaste, qui a le cueur remply de vraye
amour, est plus satisfaicte d'estre aimée parfaictement que de tous les plaisirs que le corps peult desirer. — Je suis de vostre opinion, dist Dagoucin ;

mais ces seigneurs icy ne le veulent entendre ne
confesser. Je pense que, si l'amour reciproque ne
contente une femme, un mary seul ne la contentera
pas : car, ne vivant selon l'honneste amour des femmes, fault qu'elle soit oultrée d'insatiable cupidité
des bestes. — Vrayement, dist Oisille, vous me
faictes souvenir d'une dame belle et bien mariée,
qui, par faulte de vivre de ceste honneste amitié,
devint plus charnelle que les pourceaux et plus
cruelle que les lyons. — Je vous requiers, ma
Dame, luy dist Simontault, pour mettre fin à ceste
journée, la nous vouloir compter. — Je ne puis,
dist Oisille, pour deux raisons : l'une, pour sa
grande longueur ; l'autre, pource que ce n'est
pas de nostre temps ; et si a esté escrite par un
autheur bien croyable. Et nous avons juré de ne
rien mettre icy qui ait esté escrit. — Il est vray,
dist Parlamente ; mais, me doutant du compte
que c'est, il a esté escrit en si vieux langage que
je croy que, hors mis nous deux, il n'y a icy
homme ne femme qui en ait ouy parler : parquoy
il sera tenu pour nouveau. » A ceste parole,
toute la compagnie la pria de le vouloir dire, sans
craindre la longueur, pource qu'encor pouvoient-
ils demeurer une bonne heure en ce lieu avant
vespres. Oisille donc, à leur requeste, commença
ainsi.

NOUVELLE SEPTANTIESME

*L'incontinence furieuse d'une Duchesse fut cause de sa
mort et de celle de deux parfaicts amans.*

N la duché de Bourgongne y avoit un
Duc treshonneste et beau prince, ayant
espousé une femme dont la beauté le
contentoit si fort qu'elle luy faisoit
passer et ignorer ses conditions, tant qu'il ne regardoit qu'à luy complaire, ce qu'elle feignoit
tresbien luy rendre. Or avoit le Duc en sa maison
un jeune gentil-homme tant accomply de toutes
les perfections que l'on peult demander à l'homme
qu'il estoit de tous aimé, et principalement du
Duc, qui de son enfance l'avoit nourry prés de sa
personne, et, le voyant si bien conditionné, l'aimoit parfaictement, et se confioit en luy de toutes les affaires que, selon son aage, il pouvoit
entendre. La Duchesse, qui n'avoit pas cueur de
femme et de princesse vertueuse, ne se contentant
de l'amour que son mary luy portoit et du bon
traictement qu'elle avoit de luy, regardoit souvent ce gentil-homme, qu'elle trouva tant à son
gré qu'elle l'aimoit outre raison, ce que à toute
heure mettoit peine de luy faire entendre, tant
par regards piteux et doux que par souspirs et

contenances passionnées ; mais le gentil-homme,
qui n'avoit jamais estudié qu'à la vertu, ne pouvoit cognoistre le vice en une dame qui en avoit
si peu d'occasion, tellement que les œillades et
mines de ceste pauvre folle n'apportoient autre
fruict qu'un furieux desespoir, lequel un jour la
pressa tant que, oubliant qu'elle estoit femme
qui devoit estre priée et refuser, princesse qui
devoit estre adorée et desdaigner tels serviteurs,
print le cueur d'un homme transporté pour des-
charger ce qui estoit en elle importable ; et, ainsi
que son mary s'en alloit au conseil, où le gentil-
homme, pour sa jeunesse, n'entroit point, luy feit
signe qu'il vinst vers elle, ce qu'il feit, pensant
qu'elle eust quelque chose à luy commander ;
mais en souspirant sus son bras, comme femme
lasse de trop de repos, le mena promener en une
gallerie, où elle luy dist : « Je m'eshahis de vous,
qui estes tant beau, jeune et plein de toutes bonnes graces, comme vous avez vescu en ceste compagnie, où il y a si grand nombre de belles
dames, sans que jamais vous ayez esté amoureux
ou serviteur d'aucune. » Et, en le regardant du
meilleur œil qu'elle pouvoit, se teut pour luy
donner lieu de dire. « Ma Dame, dist-il, si j'estois digne que vostre hautesse se peust abbaisser
en moy, ce vous seroit plus d'occasion d'esbahissement de veoir un homme si indigne que moy
presenter son service pour en rapporter refus ou
mocquerie. » La Duchesse, oyant ceste sage response, l'aima plus fort que paravant, et luy jura

qu'il n'y avoit dame en sa court qui ne fust trop
heureuse d'avoir un tel serviteur, et qu'il se pouvoit bien essayer à telle avanture, car sans peril
il en sortiroit à son honneur. Le gentil-homme
tenoit tousjours les yeux baissez, n'osant regarder
ses contenances, qui estoient assez ardentes pour
faire brusler une glace ; et, ainsi qu'il vouloit s'excuser, le Duc manda la Duchesse au conseil pour
quelque affaire qui luy touchoit, où avec un grand
regret elle alla. Mais le gentil-homme ne feit jamais semblant d'avoir entendu un seul mot qu'elle
luy eust dict : dont elle se sentoit si troublée et
faschée qu'elle ne sçavoit à qui donner le tort de son
ennuy, sinon à la sotte crainte dont elle estimoit
le gentil-homme trop plein. Peu de jours aprés,
voyant qu'il n'entendoit son langage, se delibera
de ne regarder crainte ny honte, mais luy declarer
sa fantasie, se tenant seure qu'une telle beauté
que la sienne ne pouvoit estre que bien receuë.
Mais eust bien desiré d'avoir l'honneur d'estre
priée ; toutesfois laissa l'honneur à part pour le
plaisir, et, aprés avoir tenté par plusieurs fois de
luy tenir semblables propos que le premier, et
ne trouvant nulle response à son gré, le tira un
jour par la manche, et luy dist qu'elle avoit à
parler à luy d'affaires d'importance. Le gentil-
homme, avec la reverence et humilité qu'il luy
devoit, s'en alla devers elle en une fenestre pro-
fonde où elle s'estoit retirée, et, quand elle veid
que nul de la chambre ne la pouvoit veoir, avec
une voix tremblante entre le desir et la crainte,

luy va continuer les premiers propos, le reprenant
de ce qu'il n'avoit encores choisi quelque dame
en sa compagnie, l'asseurant qu'en quelque lieu
que ce fust luy aideroit d'avoir bon traictement.
Le gentil-homme, non moins estonné que fasché
de ses paroles, luy respondit : « Ma Dame, j'ay
le cueur si bon que, si j'estois une fois refusé,
jamais je n'aurois joye en ce monde, et je suis
tel qu'il n'y a dame en ceste court qui daignast
accepter mon service. » La Duchesse, rougissant,
pensant qu'il ne tenoit plus à rien qu'il ne fust
vaincu, luy jura que, s'il vouloit, elle sçavoit la
plus belle dame de la compagnie qui le recevroit
à grand joye, et dont il auroit parfaict contentement. « Helas! ma Dame, luy respondit-il, je ne
croy pas qu'il y ait si malheureuse et aveuglée
femme en ceste honneste compagnie qui me ait
trouvé à son gré. » La Duchesse, voyant qu'il ne
la vouloit entendre, luy va entr'ouvrir le voile de
sa passion, et, pour la crainte que luy donnoit la
vertu du gentil-homme, parla par maniere d'in-
terrogation, luy disant : « Si fortune vous avoit
tant favorisé que ce fust moy qui vous portast
ceste bonne volonté, que diriez-vous ? » Le gentil-
homme, qui pensoit songer d'ouyr une telle parole,
luy dist, le genoil à terre : « Ma Dame, quand
Dieu me fera la grace d'avoir celle du Duc mon
maistre et de vous, je me tiendray le plus heureux
du monde, car c'est la recompense que je demande de mon loyal service, comme celuy qui
est obligé plus que nul autre de mettre sa vie

pour le service de vous deux, estant seur, ma
Dame, que l'amour que vous portez à mondict
seigneur est accompagnée de telle chasteté et
grandeur que non pas moy, qui ne suis qu'un
verm de terre, mais le plus grand prince et parfaict homme que l'on sçauroit trouver, ne pourroit empescher l'union de vous et de mondict
seigneur. Et, quant à moy, il m'a nourry dés mon
enfance et m'a faict tel que je suis; parquoy il
ne sçauroit avoir femme, fille, sœur ou mere
desquelles pour mourir je voulusse avoir autre
pensée que doit à son maistre un loyal et fidele
serviteur. » La Duchesse ne le laissa pas passer
outre, et, voyant qu'elle estoit en danger d'un
refus deshonnorable, luy rompit soudain son propos en luy disant : « O meschant glorieux fol!
qui est-ce qui vous en prie? Vous cuidez par
vostre beauté estre aimé des mouches qui volent;
mais, si vous estiez si outrecuidé de vous adresser
à moy, je vous monstrerois que je n'aime et ne
veux aimer autre que mon mary. Et les propos
que je vous ay tenuz n'ont esté que pour passer
mon temps et sçavoir de vos nouvelles, et m'en
mocquer, comme je fais des sots amoureux. —
Ma Dame, dist le gentil-homme, je l'ay creu et
croy comme vous dictes. » Lors, sans escouter
plus avant, s'en alla hastivement en sa chambre,
et, voyant qu'elle estoit suyvie des dames, entra
en son cabinet, où elle feit un dueil qui ne se
peult raconter : car, d'un costé, l'amour où elle
avoit failly luy donna une tristesse mortelle;

d'autre costé, le despit, tant contre elle, d'avoir commencé un si sot propos, que contre luy, d'avoir respondu si sagement, la mettoit en telle furie qu'en une heure se vouloit deffaire, l'autre elle vouloit vivre pour se venger de celuy qu'elle tenoit pour son mortel ennemy.

Aprés doncques qu'elle eust longuement pleuré, feignit estre malade pour n'aller point au soupper du Duc, auquel ordinairement le gentilhomme servoit. Le Duc, qui plus aimoit sa femme que luy-mesmes, la vint visiter; mais, pour mieux venir à la fin qu'elle pretendoit, luy dist qu'elle pensoit estre grosse, et que sa grossesse luy avoit faict tomber un rheume sur les yeux, dont elle estoit en grande peine. Ainsi passerent deux ou trois jours que la Duchesse garda le lict, tant triste et melencolique que le Duc pensa bien qu'il y avoit autre chose que la grossesse, qui le feit venir la nuict coucher avecques elle; et, luy faisant toutes les bonnes cheres qu'il luy estoit possible, cognoissant qu'il n'empeschoit en rien ses continuels souspirs, luy dist : « M'amie, vous sçavez que je vous porte autant d'amour comme à ma propre vie, et que, deffaillant la vostre, la mienne ne peult durer; parquoy, si voulez conserver ma santé, je vous prie, dictesmoy la cause qui vous faict ainsi souspirer, car je ne puis croire que tel mal vous vienne seulement de grossesse. » La Duchesse, voyant son mary tel envers elle qu'elle l'eust sceu demander, pensa qu'il estoit temps de se venger de son des-

pit, et, embrassant son bon mary, se print à
pleurer, luy disant : « Helas! Monsieur, le plus
grand mal que j'aye, c'est de vous veoir tromper
de ceux qui sont tant°obligez à garder vostre bien
et honneur. » Le Duc, entendant ceste parole,
eut grand desir de sçavoir pourquoy elle disoit ce
propos, et la pria bien fort de luy en declarer
sans crainte toute la verité; et, aprés en avoir
faict plusieurs refus, luy dist : « Je ne m'esba-
hiray jamais si les estrangers font guerres aux
princes, quand ceux qui sont les plus obligez
l'osent entreprendre si cruelle que la perte des
biens n'est rien au pris. Je le dy, Monsieur, pour
un tel gentil-homme (nommant celuy qu'elle
hayoit), lequel, estant nourry de vostre main, es-
levé et traicté plus en parent et en fils qu'en serviteur, a osé entreprendre chose si cruelle et
miserable que de pourchasser à faire perdre l'honneur de vostre femme, où gist celuy dc vostre
maison et de voz enfans. Et combien que longuement m'ait faict des mines tendans à meschante intention, si est-ce que mon cueur, qui
n'a regardé qu'à vous, n'y pouvoit rien entendre,
dont à la fin s'est declaré par parole. Je luy ay
faict telle response que mon estat et chasteté doit.
Ce neantmoins, je luy porte telle hayne que je
ne le puis regarder, qui est la cause de m'avoir
faict demeurer en ma chambre et perdre le bien
de vostre compagnie, vous suppliant, Monsieur,
de ne tenir une telle peste auprés de vostre personne : car, aprés un tel crime, craignant que je

vous le die, pourroit bien entreprendre pis. Voilà,
Monsieur, la cause de ma douleur, qui me semble
estre tresjuste et digne que promptement vous
plaise y donner ordre. » Le Duc, qui d'un costé
aimoit sa femme et se sentoit fort injurié, d'autre
costé aimant son serviteur, duquel il avoit tant
experimenté la fidelité qu'à peine pouvoit-il croire
ceste mensonge estre verité, fut en grand peine ;
et, remply de colere, s'en alla en sa chambre, et
manda au gentil-homme qu'il n'eust plus à se
trouver devant luy, mais qu'il se retirast à son
logis pour quelque temps. Le gentil-homme,
ignorant ceste occasion, fut tant ennuyé qu'il
n'estoit possible de plus, sçachant avoir merité
le contraire d'un si mauvais traictement. Et,
comme celuy qui estoit asseuré de son cueur et
de ses œuvres, envoya un sien compagnon parler
au Duc et porter une lettre, le supliant treshum-
blement que, si par mauvais rapport il estoit eslongné de sa presence, il luy pleust suspendre
son jugement jusques aprés avoir entendu de luy
la verité du faict, et qu'il trouveroit qu'en nulle
sorte il ne l'avoit offensé. Voyant ceste lettre, le
Duc rappaisa un peu sa colere, et secrettement
l'envoya querir en sa chambre, auquel dist d'un
visage furieux : « Je n'eusse jamais pensé que la
peine que j'ay prinse de vous nourrir comme enfant se deust convertir en repentance de vous
avoir tant advancé, veu que m'avez pourchassé
ce qui m'a esté plus dommageable que la perte
de ma vie et des biens, d'avoir voulu toucher à

l'honneur de celle qui est la moitié de moy, pour rendre ma maison et ma lignée infame jusques à jamais. Vous pouvez bien penser que telle injure me touche si avant au cueur que, si ce n'estoit le doute que je fais s'il est vray ou non, vous fussiez des-ja au fonds de l'eau, pour vous rendre en secret la punition du mal qu'en secret m'avez pourchassé. » Ce gentil-homme ne fust point estonné de ses propos, car son innocence le faisoit constamment parler, et le supplia luy vouloir dire qui estoit son accusateur : car telles paroles se doivent plus justifier avec la lance qu'avec la langue. « Vostre accusateur, dist le Duc, ne porte autres armes que sa chasteté, vous asseurant que nul que ma femme mesme ne me l'a dict, me suppliant de luy faire vengeance de vous. » Le pauvre gentilhomme, voyant la grande malice de la dame, ne la voulant toutesfois accuser, respondit : « Monsieur, ma dame peult dire ce qu'il luy plaist ; vous la cognoissez mieux que moy, et sçavez si je l'ay veuë hors de vostre compagnie, si non une fois qu'elle parla bien peu à moy. Vous avez aussy bon jugement que prince qui soit en la chrestienté. Parquoy je vous supplie, Monsieur, jugez si vous avez jamais veu en moy contenance qui vous ayt peu engendrer quelque soupçon : si est-ce un feu qui ne se peult tant longuement couvrir que quelque fois ne soit cogneu de ceux qui ont pareille maladie ; vous suppliant, Monsieur, croire deux choses de moy : l'une, que je vous suis si loyal que, quand ma dame vostre femme

seroit la plus belle creature du monde, si n'auroit
amour la puissance de mettre tache en mon honneur et fidelité; l'autre est que, quand elle ne
seroit point vostre femme, c'est celle que je veiz
oncques dont je serois aussi peu amoureux, et y en
assez d'autres où je mettrois plustost ma fantasie. » Le Duc commença à s'adoucir oyant ce
veritable propos, et luy dist : « Aussi ne l'ay-je
pas creu. Parquoy faictes comme vous avez accoustumé, vous asseurant que, si je cognois la
verité de vostre costé, vous aimeray mieux que
je ne feis oncques; aussi, par le contraire, vostre
vie est en ma main. » Dont le gentil-homme le
mercia, se soumettant à toute peine et punition
s'il estoit trouvé coulpable.

La Duchesse, voyant le gentil-homme servir
comme il avoit accoustumé, ne le peust porter en
patience, mais dist à son mary : « Ce seroit bien
employé, Monsieur, si vous estiez empoisonné,
veu qu'avez plus de fiance en voz ennemis mor-
tels qu'en voz amis. — Je vous prie, m'amie, ne
vous tourmentez point de ceste affaire : car, si je
cognois que ce que m'avez dict soit vray, je
vous asseure qu'il ne demeurera pas en vie vingt
quatre heures; mais il m'a tant juré le contraire
(veu aussi que jamais ne m'en suis apperceu) que
je ne le puis croire sans grande preuve. — En
bonne foy, Monsieur, luy dist-elle, votre bonté
rend sa meschanceté plus grande. Voulez-vous
plus grande preuve que de veoir un homme tel
que luy sans avoir bruit d'estre amoureux? Croyez,

Monsieur, que, sans la haulte entreprinse qu'il avoit mise en sa teste de me servir, il n'eust tant demeuré à trouver maistresse : car oncques jeune homme ne vesquit en si bonne compagnie ainsi solitaire qu'il faict, sinon qu'il ait le cueur en si hault lieu qu'il se contente de sa vaine esperance ; et, puis que vous pensez qu'il ne vous cele nulle verité, je vous supplie, mettez-le à serment de son amour : car, s'il en aime une autre, je suis contente que vous le croyez ; sinon, pensez que je dy verité. » Le Duc trouva les raisons de sa femme tresbonnes, et mena le gentil-homme aux champs, auquel il dit : « Ma femme continuë tousjours son opinion, et m'allegue une raison qui me cause un grand soupçon contre vous : c'est que l'on s'esbahist que vous, estant si honneste et jeune, n'avez jamais aimé, que l'on ayt sceu, qui me faict penser que vous avez l'opinion qu'elle dict, l'esperance de laquelle vous rend si content que ne pouvez penser en autre femme. Parquoy je vous prie comme amy, et commande comme maistre, que vous ayez à me dire si vous estes serviteur de nulle dame de ce monde. » Le pauvre gentil-homme, combien qu'il eust bien voulu differer et dissimuler son affection autant qu'il tenoit chere sa vie, fut contrainct, voyant la jalousie de son maistre, luy jurer que veritablement il en aimoit une, de laquelle la beauté estoit telle que celle de la Duchesse et de toute sa compagnie n'estoit que laydeur et difformité au pris ; le suppliant de ne le contraincdre jamais de la luy

nommer, car l'accord de luy et de s'amie estoit
de telle sorte qu'il ne se pouvoit rompre, sinon
par celuy qui premier le declareroit. Le Duc luy
promist de ne l'en presser point, et fut tant content de luy qu'il luy feit meilleure chere qu'il
n'avoit encores faict. Dont la Duchesse s'apperceut tresbien, et, usant de finesse accoustumée,
meit peine d'entendre l'occasion, ce que le Duc
ne luy cela. Dont avecques sa vengeance s'engendra une forte jalousie, qui la feit supplier le
Duc de commander à ce gentil-homme de luy
nommer ceste amie, l'asseurant que c'estoit mensonge, et le meilleur moyen que l'on pourroit
trouver pour l'asseurer de son dire ; mais que, s'il
ne luy nommoit celle qu'il estimoit tant belle, il
estoit le plus sot prince du monde s'il adjoustoit
foy à sa parole. Le pauvre seigneur, duquel la
femme tournoit l'opinion comme il luy plaisoit,
s'en alla promener tout seul avec ce gentil-homme,
luy disant qu'il estoit encores en plus grande
peine qu'il n'avoit esté, car il doutoit fort qu'il
luy avoit baillé une excuse pour le garder de
soupçonner la verité, qui le tourmentoit plus que
jamais. Parquoy luy pria tant qu'il estoit possible de luy declarer celle qu'il aimoit si fort. Le
pauvre gentil-homme le supplia de ne le contraindre à faire une telle faulte envers celle qu'il
aimoit si fort que de luy rompre une promesse
qu'il avoit tenuë si long temps, et de luy perdre
en un jour ce qu'il avoit conservé plus de sept
ans, et qu'il aimeroit mieux endurer la mort que

de faire un tel tort à celle qui luy estoit si loyale.
Le Duc, voyant qu'il ne luy vouloit dire, entra
en une si forte jalousie que, avecques un visage
furieux, luy dist : « Or choisissez des deux choses
l'une : de me dire celle que vous aimez plus que
toutes, ou de vous en aller banny des terres où
j'ay authorité, à la charge que, si je vous y trouve
huict jours passez, je vous feray mourir de cruelle
mort. » Si jamais douleur saisit le cueur d'un
loyal serviteur, elle print celuy de ce pauvre
gentil-homme, lequel pouvoit bien dire : *Angustiæ
sunt mihi undique :* car d'un costé, voyant qu'en
disant verité il perdoit s'amie si elle sçavoit que
par sa faulte luy failloit de promesse, aussi qu'en
ne la confessant il estoit banny du païs où elle
demeuroit et n'avoit plus moyen de la veoir,
ainsi pressé des deux costez, luy vint une sueur
froide, comme à celuy qui par tristesse approchoit
de la mort. Le Duc, voyant sa contenance, jugea
qu'il n'avoit nulle dame fors que la sienne, et que
pour n'en pouvoir nommer une autre il enduroit
telle passion. Parquoy luy dist assez rudement :
« Si vostre dire estoit veritable, vous n'auriez
tant de peine à me le declarer; mais je croy que
vostre offense vous tourmente. » Le gentil-homme,
picqué de ceste parole et poulsé de l'amour
qu'il luy portoit, se delibera de luy dire verité,
se confiant que son maistre estoit tant homme de
bien que pour rien ne le voudroit reveler; et, se
mettant à genoux devant luy, les mains joinctes,
luy dist : « Monsieur, l'obligation que j'ay à

vous et la grande amour que je vous porte me
forcent plus que la peur de nulle mort : car je
vous voy en telle fantasie et faulse opinion de
moy que, pour vous oster d'une si grande peine,
je suis deliberé de faire ce que pour nul tourment
je n'eusse faict; vous suppliant, Monsieur, en
l'honneur de Dieu, me jurer en foy de prince et
de chrestien que jamais vous ne revelerez le secret que (puis qu'il vous plaist) je suis contrainct
de dire. » A l'heure le Duc luy jura tous les sermens dont il se peult adviser de jamais à creature du monde n'en reveler rien, ne par parole,
ne par effect, ne par contenance. Le gentil-homme,
se tenant asseuré d'un si vertueux prince comme
il le cognoissoit, alla bastir le commencement de
son malheur, en luy disant : « Il y a sept ans
passez, mon seigneur, qu'ayant cogneu vostre
niece estre vefve et sans party, j'ay mis peine
d'acquerir sa bonne grace. Et, pource que je n'estois de maison pour l'espouser, je me contentois
d'estre envers elle receu pour serviteur, ce que
j'ay esté. Et Dieu a voulu que nostre affaire jusques icy a esté conduit si sagement que jamais
homme ou femme qu'elle et moy n'en a rien
entendu, sinon vous, Monseigneur, entre les
mains duquel je mets ma vie et mon honneur,
vous suppliant le tenir secret, et n'en avoir en
moindre estime ma dame vostre niece, car je ne
pense sous le ciel une plus parfaicte et chaste
creature. » Qui fut bien aise, ce fut le Duc : car,
cognoissant la tresgrande beauté de sa niece, ne

douta point qu'elle ne fust plus aggreable que sa
femme; mais, ne pouvant entendre qu'un tel mistere se peust conduire sans moyen, le pria de luy
dire comment il la pouvoit veoir. Le gentil-homme
luy compta comme la chambre de sa dame sail-
loit dedans un jardin, et que, le jour qu'il y devoit
aller, on laissoit une petite porte ouverte, par où
il entroit à pied, jusques à ce qu'il oyoit japper
un petit chien, que la dame laissoit aller par le
jardin quand toutes ses femmes estoient retirées;
et à l'heure il s'en alloit parler à elle toute la
nuict, et au partir luy assignoit jour qu'il y devoit retourner, où sans trop grandes excuses n'a-
voit encores failly.

Le Duc, qui estoit le plus curieux homme du
monde, et qui en son temps avoit fort bien mené
l'amour, tant pour satisfaire à son soupçon que
pour entendre une si estrange histoire, le pria de
le mener avecques luy la premiere fois, non comme
maistre, mais comme compagnon. Le gentil-
homme, pour en estre si avant, luy accorda; dont
le Duc fut plus aise que s'il eust gaigné un
royaume, et, feignant s'en aller reposer en sa
garderobbe, feit venir deux chevaux pour luy et
le gentil-homme, et toute la nuict se meirent en
chemin pour aller où sa niece se tenoit, laissans
leurs chevaux hors la closture. Le gentil-homme
feit entrer le Duc au jardin par le petit huys, le
priant demeurer derriere un gros noyer, duquel
lieu il pouvoit veoir s'il disoit vray ou non. Ils
n'eurent guieres demeuré au jardin que le petit

chien commença à japper; et le gentil-homme
marcha devers la tour, où sa dame ne faillit à
venir au devant de luy, et, le saluant et l'embrassant, luy dist qu'il sembloit avoir esté mil
ans sans le veoir. Et à l'heure entrerent dedans la chambre, qu'ils laisserent ouverte, où le
Duc entra secrettement aprés eux, car il n'y avoit
aucune lumiere ; lequel, entendant tout le discours
de leur chaste amitié, se tint plus que satisfaict,
et attendit là non trop longuement : car le gentil-
homme dist à sa dame qu'il estoit contraint de
retourner plus tost qu'il n'avoit accoustumé,
pource que le Duc devoit dés quatre heures aller
à la chasse, où il n'osoit faillir. La dame, qui
aimoit mieux son honneur que son plaisir, ne le
voulut retarder de faire son devoir : car la chose
que plus elle estimoit en leur honneste amitié,
c'estoit qu'elle estoit secrette devant tous les
hommes. Ainsi se partit ce gentil-homme à une
heure aprés minuict, et le Duc sortit devant, et
monterent à cheval et s'en retournerent d'où ils
estoient venuz; et par les chemins le Duc juroit
incessamment au gentil-homme qu'il aimeroit
mieux mourir que de jamais reveler son secret,
et print telle fiance et amour en luy qu'il n'y avoit
nul en sa court qui fust plus en sa grace, dont la
Duchesse devint toute enragée.

Mais le Duc luy deffendit de jamais plus luy
en parler, et qu'il en sçavoit la verité, dont il se
tenoit pour content, car la dame qu'il aymoit estoit plus aimable qu'elle. Ceste parole navra si

avant le cueur de la Duchesse qu'elle en print
une maladie pire que la fievre. Le Duc l'alla veoir
pour la consoler, mais il n'y avoit ordre s'il ne
luy disoit qui estoit ceste belle dame tant aimée;
dont elle luy faisoit une vie importune et le
pressa tant que le Duc s'en alla hors de sa
chambre, luy disant : « Si vous me tenez plus
tels propos, nous nous separerons d'ensemble. »
Ces paroles augmenterent la maladie de la Duchesse, qui feignoit bouger son enfant, dont le
Duc fut si joyeux qu'il s'en alla coucher avec elle.
Mais, à l'heure qu'elle le veid plus amoureux
d'elle, se tournoit de l'autre costé, luy disant :
« Je vous supplie, Monsieur, puis que vous n'a-
vez amour à femme ne enfans, nous laisser mourir
tous deux. » Et avec ces paroles jetta tant de
larmes et de cris que le Duc eut grand peur
qu'elle perdist son fruict. Parquoy, la prenant
entre ses bras, la pria de luy dire que c'estoit
qu'elle vouloit, et qu'il n'avoit rien qui ne feust
pour elle. « Ha! Monsieur, ce luy respondit elle
en pleurant, quelle esperance puis-je avoir que
vous fissiez pour moy une chose difficile, quand
la plus facile et raisonnable du monde vous ne
la voulez pas faire, qui est de me dire l'amie du
plus meschant serviteur que vous eustes oncques?
Je pensois que vous et moy ne fussions qu'un
cueur; mais maintenant je cognois bien que vous
me tenez pour une estrangere, veu que voz secrets, qui ne me doivent estre celez, vous les
cachez comme à une personne ennemie. Helas!

Monsieur, vous m'avez dict tant de choses grandes et secrettes, desquelles n'avez jamais entendu que j'aye parlé; vous avez tant experimenté ma volonté egale à la vostre, que ne devez douter que je ne sois plus vous-mesmes que moy. Et, si vous avez juré de jamais ne dire à autruy le secret du gentil-homme, en le me disant ne faillez à vostre serment, car je ne suis ny ne peux estre autre que vous. Je vous ay en mon cœur, je vous tiens entre mes bras, j'ay un enfant en mon ventre auquel vous vivez, et ne puis avoir vostre amour comme vous avez le mien. Mais tant plus je vous suis loyale et fidele, tant plus vous m'estes cruel et austere; qui me faict mille fois desirer le jour par une soudaine mort delivrer vostre enfant d'un tel pere et moy d'un tel mary, ce que j'espere faire bien tost, puis que preferez un serviteur infidele à vostre femme, telle que je vous suis, et à la vie de la mere et d'un fruict qui est vostre, lequel s'en va perir, ne pouvant obtenir de vous ce que plus je desire sçavoir. » Ce disant, embrassa et baisa son mary, arrousant tout son visage de ses larmes, avec tels cris et souspirs que le bon prince, qui craignoit perdre sa femme et enfant tout ensemble, se delibera de luy dire vray; mais luy jura que, si elle le reveloit à creature du monde, elle ne mourroit d'autre main que de la sienne. A quoy elle se condamna, et accepta la punition. A l'heure le pauvre mary deceu luy racompta tout ce qu'il avoit veu, depuis un bout jusqu'à l'autre, dont elle feit semblant d'estre

fort contente, mais en son cueur pensoit bien le
contraire. Toutesfois, pour la crainte du Duc,
dissimula le mieux qu'elle peust sa passion.

Et le jour d'une grande feste, que le Duc tenoit sa court, où il avoit mandé toutes les dames
du païs, et entre autres sa niece, aprés le festin
les danses commencerent, où chacun feit son devoir. Mais la Duchesse, qui estoit tourmentée,
voyant la beauté et bonne grace de sa niece, ne
se pouvoit resjouir, et moins garder son despit
de paroistre : car, ayant appellé toutes les dames,
qu'elle feit asseoir auprés d'elle, commença à relever propos d'amour, et, voyant que sa niece ne
parloit point, luy dist, avec un cueur crevé de
jalousie : « Et vous, belle niece, est-il possible
que vostre beauté soit sans amy ou serviteur? —
Ma Dame, ce luy respondit-elle, ma beauté ne
m'a point faict de tel acquest, car, depuis la mort
de mon mary, n'ay voulu avoir d'autres amis que
ses enfans, dont je me tiens pour contente. —
Belle niece, belle niece, luy respondit la Duchesse
par un extreme despit, il n'y a amour si secrette
qui ne soit sceuë, ny petit chien si affetté, ny faict
à la main, duquel on n'entende le japper. » Je vous
laisse penser, mes Dames, quelle douleur sentit
au cueur ceste pauvre dame, voyant une chose
tant couverte estre à son deshonneur declarée.
L'honneur si songneusement gardé, et si malheu-
reusement perdu, la tourmentoit; mais encores
plus le soupçon qu'elle avoit que son amy luy
eust failly de promesse, ce qu'elle ne pensoit ja-

mais qu'il peust faire, sinon pour aimer quelque
dame plus belle qu'elle, à laquelle force d'amour
auroit faict declarer tout son faict. Toutesfois sa
vertu fut si grande qu'elle n'en feit un seul semblant, et respondit en riant qu'elle ne s'entendoit
point au langage des bestes. Et, sous ceste sage
dissimulation, son cueur fut si pressé de tristesse
qu'elle se leva, et, passant par la chambre de la
Duchesse, entra dedans une garderobe, où le
Duc, qui se pourmenoit, la veid entrer. Et, quand
la bonne dame se trouva en lieu où elle pensoit
estre seule, se laissa tomber dessus un lict avec
une si grande foiblesse que une damoiselle, qui
s'estoit assise en la ruelle pour dormir, se leva,
regardant au travers du rideau qui ce pouvoit
estre. Mais, voyant que c'estoit la niece du Duc,
laquelle pensoit estre seule, n'osa luy dire rien,
et l'escouta le plus paisiblement qu'elle peut. Et
la pauvre dame, avecques une voix demie morte,
commença à se plaindre et dire : « O malheureuse! quelle parole est-ce que j'ay ouye? quel
arrest de ma mort ay je entendu? quelle sentence
de ma fin ay-je receuë? O le plus aimé qui oncques fut! est-ce la recompense de ma chasteté
honneste et vertueux amour? O mon cueur! avez-
vous faict une si perilleuse election de choisir
pour le plus loyal le plus infidele, pour le plus
veritable le plus feint, pour le plus secret le plus
mesdisant? Helas! est-il possible qu'une chose
cachée aux yeux de tous les humains ayt esté
revelée à ma dame la Duchesse? Helas! mon

petit chien, tant bien apprins, le seul moyen de
ma longue et vertueuse amitié, ce n'a pas esté
vous qui m'avez decelée, mais celuy qui a la voix
plus criante que le chien et le cueur plus ingrat
que nulle beste. C'est luy qui, contre son serment
et sa promesse, a descouvert l'heureuse vie (sans
tenir tort à personne) que nous avons longuement
menée. O mon amy! l'amour duquel seul est entrée dedans mon cueur, avec lequel ma vie a esté
conservée, fault-il maintenant qu'en vous declarant mon mortel ennuy, mon honneur soit mis
au vent, mon corps en la terre, mon ame où eter-
nellement elle demeurera? La beauté de la Duchesse est-elle si extreme qu'elle vous a transmué,
comme faisoit celle de Circes? Vous a elle faict
venir de vertueux vicieux, et de bon mauvais,
et d'homme beste cruelle? O mon amy! combien
que vous me faillez de promesse, si vous tiendray-
je la mienne : c'est de jamais plus ne vous veoir
aprés la divulgation de nostre amitié, et aussi, ne
pouvant vivre sans vostre veüe, je m'accorde volontiers à l'extreme douleur que je sens, à laquelle
ne veux chercher remede ne par raison ne par
medecine : car la mort seule y mettra la fin, qui
me sera trop plus plaisante que de demeurer au
monde sans amy, sans honneur et sans contentement. La guerre ou la mort ne m'ont point osté
mon amy, mon peché ne ma coulpe ne m'ont
point osté mon honneur, ma faulte ne mon deme-
rite ne m'ont faict perdre mon contentement;
mais c'est l'infortune cruelle, qui rend ingrat le

plus obligé de tous les hommes, qui m'a faict recevoir le contraire de ce que j'avois desservy. Helas! ma dame la Duchesse, quel plaisir vous a esté quand par mocquerie m'avez allegué mon petit chien? Or jouïssez-vous du bien qui à moy seule appartient. Vous vous mocquez de celle qui pensoit, par bien celer et vertueusement aimer, estre exempte de toute mocquerie. O que ce mot m'a serré le cueur! qu'il m'a faict rougir de honte et pallir de jalousie! Helas! mon cueur, je sens bien que n'en pouvez plus : l'amour mal recogneu vous brusle, la jalousie et le tort que l'on vous tient vous glace et amortit, par despit et regret, ne permettant de vous donner consolation. Helas! mon ame, par trop avoir adoré la creature, avez oublié le Createur! Il vous fault retourner entre les mains de celuy duquel l'amour vaine vous avoit ravie. Prenez confiance, mon ame, de le trouver meilleur pere que n'avez trouvé amy celuy pour lequel l'avez souvent oublié. O mon Dieu, mon Createur, qui estes le vray et parfaict amy, par la grace duquel l'amour que j'ay portée à mon amy n'a esté tachée de nul vice, sinon de trop aimer, je supplie vostre misericorde de recevoir l'ame et l'esprit de celle qui se repent avoir failly à vostre premier et juste commandement. Et, par le merite de celuy duquel l'amour est incomprehensible, excusez la faulte que trop d'amour m'a faict faire, car en vous seul j'ay ma parfaicte confiance. Et à Dieu, mon amy, duquel le nom sans effect me creve le cueur. » A ceste

parole se laissa tomber toute à l'envers, et luy
devint la couleur blesme, et les levres bleuës, et
les extremités froides.

En cest instant arriva à la sale le gentil-homme
qui l'aimoit, et, voyant la Duchesse qui dançoit
avecques les dames, regarda par tout où estoit
s'amie ; mais, ne la voyant point, entra en la
chambre de la Duchesse, et trouva le duc qui se
pourmenoit, lequel, devinant sa pensée, luy dist
à l'oreille : « Elle est allée en ceste garderobbe,
et sembloit qu'elle se trouvoit mal. » Le gentil-
homme luy demanda s'il luy plaisoit bien qu'il y
allast. Le Duc l'en pria. Ainsi qu'il entra dedans
la garderobbe, la trouva qui estoit au dernier pas
de sa mortelle vie. Laquelle il embrassa, luy disant : « Qu'est-ce cy, m'amie ? me voulez-vous
laisser ? » La pauvre dame, oyant la voix que tant
bien elle cognoissoit, print un petit de vigueur et
ouvrit l'œil, regardant celuy qui estoit cause de
sa mort. Mais en ce regard l'amour et le despit
accreurent si fort, qu'avec un piteux souspir rendit son ame à Dieu. Le gentil-homme, plus mort
que la mort, demanda à la damoiselle comment
ceste maladie l'avait prinse, laquelle luy compta
tout du long, et les paroles qu'elle luy avoit ouy
dire. A l'heure il cogneut que le Duc avoit revelé
son secret à sa femme, dont il sentit une telle fureur qu'embrassant le corps de s'amie, l'arrousa
longuement de ses larmes en disant : « O moy
traistre, meschant et malheureux amy ! pourquoy
est-ce que la punition de ma trahison n'est tom-

bée sur moy, et non sur elle qui est innocente?
Pourquoy le Ciel ne me fouldroya-il le jour que
ma langue revela la secrette et vertueuse amitié
de nous deux pour jamais? Pourquoy la terre ne
s'ouvrit-elle pour engloutir ce faulseur de foy?
Ma langue, punie sois-tu comme celle du mauvais
riche en enfer! O mon cueur, trop craintif de mort
et bannissement, deschiré sois-tu des aigles per-
petuellement, comme celuy d'Ixion! Helas! m'a-
mie, le malheur des malheurs le plus malheureux
qui oncques fut m'est advenu : vous cuydant
garder, je vous ay perdue ; vous cuydant veoir longuement vivre avec honnesteté et plaisant contentement, je vous embrasse morte mal contente de
moy, de mon cueur et de ma langue jusques à
l'extremité. O la plus loyale et fidele femme qui
fut oncques! Je passe condemnation d'estre le
plus muable, desloyal et infidele de tous les hommes. Je me vouldrois volontiers plaindre du Duc,
sous la promesse duquel je me suis confié, esperant par là faire durer nostre heureuse vie. Helas!
je devois sçavoir que nul ne pouvoit garder mon
secret mieux que moy-mesme. Le Duc a plus de
raison de dire le sien à sa femme que moy le mien
à luy. Je n'accuse que moy seul de la plus grande
meschanceté qui oncques fut commise entre amis.
Je devois endurer d'estre jetté en la riviere, comme
il me menaçoit : au moins, m'amie, tu fusses demeurée vive, et moy glorieusement mort, obser-
vant la loy que vraye amitié commande; mais,
l'ayant rompue, je demeure vif, et vous par aimer

parfaictement estes morte, car vostre cueur tant
pur et net n'a sceu porter sans mort de sçavoir le
vice qui estoit en vostre amy. O mon Dieu ! pourquoy me creastes-vous homme, ayant l'amour si
legiere et cueur tant ignorant ? Pourquoy ne me
creastes-vous le petit chien qui a fidelement servy
sa maistresse ? Helas ! mon petit amy, la joye que
me donnoit vostre japper est tournée en mortelle
tristesse, puis que par moy autre que nous deux
a ouy vostre voix. Si est ce, m'amie, que l'amour
de la Duchesse ne de femme vivante ne m'a faict
varier, combien que plusieurs fois la meschante
m'en ait requis et prié ; mais ignorance m'a vaincu,
pensant à jamais asseurer vostre amitié. Toutesfois, pour ceste ignorance, je ne laisse d'estre
coulpable : car j'ay revelé le secret de m'amie,
j'ay faulsé ma promesse, qui est la seule cause
dont je la voy morte devant mes yeux. Helas !
m'amie, me sera la mort moins cruelle qu'à vous,
qui par amour a mis fin à vostre innocente vie.
Je croy qu'elle ne daigneroit toucher à mon infidele et miserable cueur, car la vie deshonorée et
la memoire de ma perte, par ma faulte, est plus
importable que dix mille morts. Helas ! m'amie,
si quelqu'un, par malheur ou malice, vous eust
osé tuer, promptement j'eusse mis la main à l'espée pour vous venger. C'est donc raison que je
ne pardonne à ce meurtrier, qui est cause de vostre
mort par un acte qui est plus meschant que de
vous donner un coup d'espée. Si je sçavois un
plus meschant bourreau que moy-mesmes, je le

prierois d'executer vostre traistre amy. O amour!
par ignoramment aimer je vous ay offensé. Aussi
ne me voulez secourir comme vous avez faict celle
qui a gardé toutes voz loix. Et n'est pas raison
que par un si honneste moyen je deffine, mais il
est raisonnable que ce soit par ma propre main ;
et puis qu'avec mes larmes j'ay lavé vostre visage,
et avec ma langue vous ay requis pardon, il ne
reste plus qu'avec ma main je rende mon corps
semblable au vostre, et laisse aller mon ame où la
vostre ira, sçachant qu'un amour vertueux et honneste n'a jamais fin en ce monde ne en l'autre. »
Et à l'heure, se levant de dessus le corps, comme
un homme forcené et hors de sens, tira son poignard, et par grande violence s'en donna au travers du cueur. Et de rechef print s'amie entre ses
bras, la baisant par telle affection qu'il sembloit
plus estre attainct d'amour que de la mort.

La damoiselle, voyant le coup, s'en courut à la
porte crier à l'aide. Le Duc, oyant le cry et doutant le mal de ceux qu'il aimoit, entra le premier
dedans la garderobbe, et, voyant ce piteux couple,
s'essaya de les separer, pour sauver, s'il luy eust
esté possible, le gentil-homme. Mais il tenoit
s'amie si fermement qu'il ne fut possible de la luy
oster jusques à ce qu'il fust trespassé. Toutesfois,
entendant le Duc qui parloit à luy : « Helas! et
qui est cause de cecy? » avec un regard furieux
luy respondit : « Ma langue et la vostre, Monsieur. » Et en ce disant trespassa, le visage joint
à celuy de s'amie. Le Duc, desirant en entendre

plus avant, contraignit la damoiselle de dire ce qu'elle en avoit veu et entendu, ce qu'elle feit tout au long sans espargner rien. Cognoissant à l'heure le Duc qu'il estoit cause de tout le mal, se jetta dessus les deux amans morts, et avec grands cris et pleurs leur demanda pardon de sa faulte, en les baisant tous deux par plusieurs fois, et puis, tout furieux, se leva, tirant le poignard du corps du gentil-homme, et, tout ainsi qu'un sanglier, estant navré d'un espieu, court d'impetuosité contre celuy qui a faict le coup, ainsi s'en alla le Duc chercher celle qui l'avoit navré jusques au fond de son ame, laquelle il trouva dançant en la sale, plus joyeuse qu'elle n'avoit accoustumé, comme celle qui pensoit estre bien vengée de la niece du Duc. Le Duc la print au millieu de la dance, et luy dist : « Vous avez prins le secret sur vostre vie, et sur vostre vie tombera la punition. » En ce disant, la print par sa coëffure et luy donna du poignard dedans la gorge, dont la compagnie fut si estonnée que l'on pensoit que le Duc fust hors du sens. Mais, aprés avoir parachevé ce qu'il vouloit, assembla tous ses serviteurs dedans la sale, et leur racompta l'honneste et piteuse histoire de sa niece, et le meschant tour que luy avoit faict sa femme, qui ne fut sans faire pleurer les assistans. Aprés, le Duc ordonna que sa femme fust enterrée en une abbaye qu'il fonda, et feit faire une belle sepulture, où les corps de sa niece et du gentil-homme furent mis ensemble, avec un epitaphe de la tragedie de leur histoire. Et le Duc

entreprint voyage contre les Turcs, où Dieu le
favorisa tant qu'il en rapporta honneur et profit.
Et, trouvant à son retour son fils aisné suffisant
pour gouverner son bien, s'en alla rendre religieux en l'abbaye où sa femme estoit enterrée et
les deux amans, où il passa sa vieillesse heureuse-
ment avec Dieu.

« Voylà, mes Dames, l'histoire que vous m'avez
prié vous racompter, que je cognois bien à voz
yeux n'avoir esté entendue sans compassion. Il me
semble que devez tirer exemple de cecy pour vous
garder de mettre vostre affection aux hommes :
car, quelque honneste et vertueuse qu'elle soit,
elle a tousjours à la fin quelque mauvais deboire.
Et vous voyez encores que sainct Paul ne veult
que les gens mariez ayent ceste grande amour
ensemble : car, d'autant que nostre cueur est
affectionné à quelque chose terrienne, d'autant
s'eslongne-il de l'affection celeste ; et plus l'amour
est honneste et vertueuse, et plus difficile en est
à rompre le lien. Qui me faict vous prier, mes
Dames, de demander à toute heure à Dieu son
sainct Esprit, par lequel vostre cueur soit tant
enflammé en l'amour de Dieu que vous n'ayez
point de peine, à la mort, de laisser ce que vous
aimez trop en ce monde. — Puis que l'amour
estoit si honneste, dist Hircan, comme vous nous
la peignez, pourquoy la failloit-il tenir secrete?
— Pource, dict Parlamente, que la malice des
hommes est telle que jamais ne pensent que grand

amour soit joinct à honnesteté : car ils jugent les
hommes et les femmes vertueux selon leurs passions; et pour ceste occasion est besoing que,
si une femme a quelque bon amy outre ses plus
grands et prochains parens, qu'elle parle à luy
secretement, si elle y veult parler longuement :
car l'honneur d'une femme est aussi bien mis en
dispute pour aimer par vertu comme par vice, veu
que l'on ne se prend qu'à ce que l'on void. —
Mais, dist Guebron, quand ce secret-là est decelé,
on y pense beaucoup pis. — Je le vous confesse,
dist Longarine : parquoy le meilleur est n'aimer
point. — Nous appellons de ceste sentence, dist
Dagoucin : car, si nous pensions les dames estre
sans amour, nous voudrions estre sans vie. J'entends qu'ils ne vivent que pour l'acquerir. Et,
encores que ce n'advienne point, l'esperance les
soustient, et leur faict faire cent mille choses hon-
norables, jusques à ce que vieillesse change ces
honnestes passions en autres peines. Mais qui
penseroit que les femmes n'aimassent point, il
faudroit, au lieu d'hommes d'armes, faire des mar-
chands, et, en lieu d'acquerir honneur, ne penser
qu'à amasser du bien. — Doncques, dist Hircan,
s'il n'y avoit point de femmes, vous voudriez dire
que nous serions tous meschans, comme si nous
n'avions cueur que celuy qu'elles nous donnent.
Mais je suis bien de contraire opinion, et pense
qu'il n'est rien qui abbate plus le cueur d'un homme que de hanter ou trop aimer les femmes. Et
pour ceste occasion defendoient les Hebrieux que

l'année que l'homme seroit marié n'allast point à
la guerre, de peur que l'amour de sa femme le
retirast des hazards que l'on y doit chercher. —
Je trouve, dist Saffredent, ceste loy sans grande
raison : car il n'y a rien qui face plustost saillir
l'homme de sa maison que d'estre marié, pource
que la guerre de dehors n'est pas plus importable
que celle de dedans. Et croy que, pour donner
desir aux hommes d'aller en pays estrange et ne
s'amuser à leurs foyers, il les faudroit marier. —
Il est vray, dist Emarsuitte, que le mariage leur
oste le soing de leur maison : car ils s'en fient à
leurs femmes, et ne pensent qu'à acquerir honneur, estans seurs que leurs femmes auront assez
de soing du profit. » Saffredent luy respondit :
« En quelque sorte que ce soit, je suis bien aise
que vous estes de mon opinion. — Mais, dist Parlamente, vous ne debatez de ce qui est plus à
considerer : c'est pour quoy le gentil-homme qui
estoit cause de tout le mal ne mouroit aussi tost
de desplaisir comme celle qui estoit innocente. »
Nomerfide luy dist : « C'est pource que les femmes aiment mieux que les hommes. — Mais, ce
dist Simontault, pource que la jalousie des femmes et le desir les fait crever sans sçavoir pourquoy, et la prudence des hommes les faict enquerir
de la verité, laquelle cogneuë par bon sens monstre
leur grand cueur, comme feit le gentil-homme,
qui, aprés avoir entendu qu'il estoit l'occasion du
mal de s'amie, monstra combien il aimoit, sans
espargner sa propre vie. — Toutesfois, dist Emar-

suitte, elle mourut par vraye amour : car son ferme
et loyal cueur ne pouvoit endurer d'estre si villai-
nement trompé. — Ce fut la jalousie, dist Simontault, qui ne donna lieu à la raison, et parce qu'elle
creut le mal, qui n'estoit point en son amy tel
comme elle pensoit. Sa mort fut contraincte, car
elle n'y pouvoit remedier; mais celle de son amy
fut volontaire, aprés avoir cogneu son tort. —
Si fault-il, dist Nomerfide, que l'amour soit grand
qui cause une telle douleur. — N'en ayez point
de peur, dist Hircan, car vous ne mourrez point
d'une telle fievre. — Non plus, dist Nomerfide,
que vous ne vous tuerez aprés avoir cogneu vostre
offense. » Parlamente, qui doutoit le debat estre
à ses despens, leur dist en riant : « C'est assez
que deux soient morts d'amour, sans que l'amour
en face battre deux autres. Car voilà le dernier
son de vespres, qui nous departira, vueillez ou
non. » Par son conseil la compagnie se leva, et
s'en allerent ouyr vespres, n'oublians en leurs
bonnes prieres les ames des vraiz amans, pour lesquelles les religieux, de leur bonne volonté, dirent
un *De profundis*. Et, tant que le soupper dura,
n'eurent autre propos que de ma dame du Verger.
Et, aprés avoir un peu passé leur temps ensemble,
chacun se retira en sa chambre. Et ainsi meirent
fin à la septiesme journée.

HUICTIESME JOURNÉE

E matin venu, s'enquirent si leur pont s'avançoit fort, et trouverent que dedans deux ou trois jours il pourroit estre parachevé, ce qui despleut à quelques uns de la compagnie : car ils eussent bien desiré que l'ouvrage eust duré plus longuement pour faire durer le contentement qu'ils avoient de leur heureuse vie. Mais, voyans qu'ils n'avoient plus que deux ou trois jours de bon temps, se delibererent de ne le perdre pas, et prierent ma dame Oisille de leur donner la pasture spirituelle comme elle avoit accoustumé, ce qu'elle feit; mais elle les tint plus long temps qu'auparavant : car elle vouloit, avant que partir, avoir mise fin à la Cronicque de Sainct Jean. A quoi elle s'acquitta si tresbien qu'il sembloit que le Sainct Esprit, plein d'amour et de douceur, parlast par sa bouche. Et tous, enflammez de ce feu, s'en allerent ouyr la grand messe. Et, aprés disner, ensemble parlans encores de la journée passée, se deffioient

d'en pouvoir faire une aussi belle. Et, pour y
donner ordre, se retirerent chacun en son logis
jusques à l'heure qu'ils allerent à leur chambre
des comptes, sur le bureau de l'herbe verde, où
des-ja trouverent les moynes arrivez, qui avoient
prins leurs places. Quand chacun fut assis, l'on
demanda qui commenceroit. Saffredent dist :
« Vous m'avez faict l'honneur de commencer deux
journées : il me semble que nous ferions tort aux
dames si une seule n'en commençoit deux. — Il
faudroit doncques, dist ma dame Oisille, que
nous demeurissions icy longuement, ou que l'un
de vous ou une de nous soit sans avoir sa journée.
— Quant à moi, dist Dagoucin, si j'eusse esté
esleu, j'eusse donné ma place à Saffredent. — Et
moy, dist Nomerfide, j'eusse donné la mienne à
Parlamente, car j'ay tant accoustumé de servir
que je ne sçaurois commander. » Aquoy la compagnie s'accorda ; et Parlamente commença ainsi :
« Mes Dames, noz journées passées ont esté plei-
nes de tant de sages comptes que je vous voudrois
prier que ceste cy le fust de toutes les plus grandes folies et les plus veritables dont nous pourrions adviser. Et, pour nous mettre en train, je
vay commencer. »

NOUVELLE SEPTANTEUNIESME

Une femme, estant aux abboiz de la mort, se courrouça
en sorte, voyant que son mary accolloit sa chambriere,
qu'elle revint en santé.

N la ville d'Amboise y avoit un sellier,
nommé Bourrihaudier, lequel estoit
sellier de la Royne de Navarre, homme
duquel l'on pouvoit juger la nature, à
veoir la couleur du visage, estre plustost serviteur de Bacchus que des prestres de Diane. Il
avoit espousé une femme de bien, qui gouvernoit
son mesnage et ses enfans tressagement, dont il
se contentoit. Un jour on lui dist que sa bonne
femme estoit fort malade et en grand danger,
dont il monstra estre autant courroucé qu'il estoit possible, et s'en alla en grande diligence
pour la secourir, et trouva sa pauvre femme si
bas qu'elle avoit plus besoing de confession que
de medecin, dont il feit un dueil le plus piteux
du monde. Mais, pour bien le representer, il faul-
droit parler gras comme luy; et encores seroit-ce
plus qui pourroit peindre son visage et sa contenance. Aprés qu'il luy eut faict tous les services

qu'il estoit possible, elle demanda la croix, que l'on
luy feit apporter. Quoy voyant, le bon homme
s'en alla jetter sur un lict tout desesperé, criant,
et disant avec sa langue grasse : « Helas! mon
Dieu! je perds ma pauvre femme; que feray-je,
moy pauvre malheureux? » et plusieurs autres
complainctes. A la fin, qu'il n'y avoit personne
à la chambre qu'une jeune chambriere assez belle
et en bon poinct, l'appella tout bas, en luy disant :
« M'amie, je me meurs, et suis pis que trespassé,
de veoir ainsi mourir ta maistresse. Je ne sçay
que faire ne que dire, sinon que je me recommande à toy, et te prie de prendre le soing de ma
maison et de mes enfans. Tiens les clefs, que j'ay
à mon costé, et donne ordre au mesnage, car je
n'y sçaurois plus entendre. » La pauvre fille, qui
en eut pitié, le reconforta, le priant ne se vouloir
desesperer, et que, si elle perdoit sa maistresse,
elle ne perdist son bon maistre. Il luy respondit :
« M'amie, il n'est possible, car je me meurs. Regarde comme j'ay le visage froid, approche tes
jouës des miẽnes. » Et, ce disant, luy mit la main
au tetin, dont elle cuida faire quelque difficulté;
mais la pria n'avoir point de crainte, car il faul-
droit bien qu'ils se veissent de plus prés. Et, sur
ces mots, la print entre ses bras et la jetta sur un
lict. Sa femme, qui n'avoit aucune compagnie que
de la croix et de l'eau beneiste, et n'avoit parlé
depuis deux jours, commença avec sa foible voix
à crier le plus hault qu'elle peut : « Ha! ha! ha!
je ne suis pas encores morte! » Et, en les mena-

çant de la main, disoit : « Meschant, je ne suis pas morte. » Le mary et la chambriere, oyans sa voix, se leverent; mais elle estoit si despitée contre eux que la colere consomma l'humidité du caterre qui la gardoit de parler, en sorte qu'elle leur dist toutes les injures dont elle se peut adviser. Et depuis ceste heure-là commença à guerir, qui ne fut sans souvent reprocher à son mary le peu d'amour qu'il luy portoit.

« Vous voyez, mes Dames, l'hypocrisie des hommes, comme pour peu de consolation ils oublient le regret de leurs femmes. — Que sçavez-vous, dist Hircan, s'il avoit ouy dire que ce fust le meilleur remede que sa femme pouvoit avoir? Car, puis que par son bon traictement il ne la pouvoit guerir, il vouloit essayer si le contraire luy seroit meilleur, ce que tresbien il experimenta. Et m'esbahis comme vous, qui estes femmes, avez declaré la condition de vostre sexe, qui plus amende par despit que par douceur. — Sans point de faulte, dist Longarine, un despit me feroit bien non seulement saillir du lict, mais du sepulcre encores tel que cestuy-là. — Et quel tort luy faisoit-il, dist Saffredent, puis qu'il la pensoit morte, de se consoler? Car l'on sçait bien que le lien de mariage ne peult durer sinon autant que la vie, et puis aprés on est deslié. — Ouy, deslié, dist Oisille, du serment de l'obligation; mais un bon cueur n'est jamais deslié d'amour. Et c'estoit bien tost oublié son dueil de ne

pouvoir attendre que sa femme eust passé le
dernier souspir. — Mais ce que je trouve le plus
estrange, dist Nomerfide, c'est que, voyant la
mort et la croix devant ses yeux, il ne perdit la
volonté d'offenser Dieu. — Voilà une belle raison! dist Simontault. Vous ne vous esbahiriez
donc pas de veoir faire une follie, mais que ce
fust loing de l'eglise et du cimetiere? — Mocquez
vous tant de moy que vous vouldrez, respondit
Nomerfide, si est-ce que la meditation de la mort
refroidist bien fort un cueur, quelque jeune qu'il
soit. — Je serois bien de vostre opinion, dist
Dagoucin, si je n'avois ouy dire le contraire à
une princesse. — C'est donc à dire, dist Parlamente, qu'elle racompta quelque histoire. Parquoy, s'il est ainsi, je vous donne ma place pour
la dire. » Dagoucin commença ainsi.

NOUVELLE SEPTANTEDEUXIESME

Continuelle repentance d'une religieuse pour avoir perdu sa virginité sans force ny par amour.

N une des meilleures villes de France aprés Paris, y avoit un hospital richement fondé, c'est à sçavoir d'un prieuré de quinze ou seize religieuses; et en un autre corps de maison devant iceluy y avoit un prieur et sept ou huict religieux, qui tous les jours disoient le service, et les religieuses seulement leurs patenostres et heures de nostre dame, pource qu'elles estoient occupées au service des malades. Un jour vint à mourir un pauvre homme, où toutes les religieuses s'assemblerent, et, aprés luy avoir faict tous les remedes pour sa santé, envoyerent querir un de leurs religieux pour le confesser; puis, voyans qu'il s'affoiblissoit, luy baillerent l'unction, et peu aprés il perdit la parole. Mais, pource qu'il demeura longuement à passer et faisoit semblant d'ouyr, chacune se meit à luy dire les meilleures paroles qu'elles peurent, dont à la longue elles se fascherent : car, voyans la nuict venuë et qu'il estoit tard, s'en allerent coucher l'une aprés l'autre, et ne demeura là pour ensevelir le corps qu'une des plus jeunes, avec

un religieux qu'elle craignoit plus que le prieur
ny autre, pour la grande austerité dont usoit tant
en vie qu'en paroles. Et, quand ils eurent bien
crié Jesus à l'oreille du pauvre homme, cogneurent qu'il estoit trespassé. Parquoy tous deux l'en-
sevelirent. Et, en exerçant ce dernier œuvre de
misericorde, commença le religieux à parler de
la misere de la vie et de la bien-heureté de la
mort; et en ces propos-là passerent la mynuict. La
pauvre fille escoutoit ententivement ces devots
propos, et le regardoit les larmes aux yeux, où
il print si grand plaisir que, parlant de la vie
advenir, commença de l'embrasser, comme s'il
eust eu envie de la porter entre ses bras droict en
paradis. La pauvre fille, escoutant ces propos et
l'estimant le plus devot de la compagnie, ne l'osa
refuser. Quoy voyant, le meschant moyne, en
parlant tousjours de Dieu, paracheva avec elle
l'œuvre que soubdain le diable leur avoit mis au
cueur (car au paravant n'en avoit jamais esté question), l'asseurant qu'un peché secret n'estoit point
imputé devant Dieu, et que deux personnes non
liées ne peuvent offenser en tel cas, quand il n'en
vient point de scandale; et que, pour l'eviter, elle
se gardast bien de se confesser à autre qu'à luy.
Ainsi se departirent d'ensemble, elle la premiere,
qui, en passant par une chappelle de nostre dame,
voulut faire son oraison, comme elle avoit accoustumé; mais, quand elle commença à dire : « Vierge
Marie », luy souvint qu'elle avoit perdu ce tiltre
de virginité, sans force ny amour, ains par une

sotte crainte, dont elle se print si fort à pleurer
qu'il sembloit que le cueur luy deust fendre. Le
religieux, qui de loing ouyt ses souspirs, se douta
de sa conversion, par laquelle il pouvoit perdre
son plaisir, dont pour l'empescher la vint trouver
prosternée devant ceste image et la reprint aigrement, luy disant que, si elle en faisoit conscience,
qu'elle s'en confessast à luy, puis qu'elle n'y retournast plus si elle vouloit : car l'un et l'autre
estoit sans peché à sa liberté.

La sotte religieuse, cuidant satisfaire envers
Dieu, s'alla confesser à luy, qui pour toute penitence luy jura qu'elle ne pechoit point de l'aimer, et que l'eau beneiste pouvoit effacer un tel
peccatile. Elle, croyant plus en luy qu'en Dieu,
retourna au bout de quelque temps à luy obeïr,
en sorte qu'elle devint grosse, dont elle print si
grand regret qu'elle supplia à la prieure de faire
chasser hors du monastere ce religieux, sçachant
qu'il estoit si fin et cauteleux qu'il ne faudroit
point à la seduire. La prieure et le prieur, qui
s'accordoient fort bien ensemble, se mocquerent
d'elle, disans qu'elle estoit assez grande pour se
deffendre d'un homme, et que celuy dont elle
parloit estoit trop homme de bien. A la fin, à
force d'impetuosité, pressée du remors de sa
conscience, leur demanda congé d'aller à Rome,
car elle pensoit, en confessant son peché aux
pieds du Pape, recouvrer sa virginité : ce que
tresvolontiers le prieur et la prieure luy accorderent, car ils aimoient mieux qu'elle fust pelerine

contre sa reigle que renfermée et devenir si scru-
puleuse comme elle estoit, craignans que son desespoir luy feist reveler la vie que l'on menoit là
dedans, luy baillans de l'argent pour faire son
voyage. Mais Dieu voulut qu'estant à Lyon, un
soir aprés vespres, sur le pulpistre de l'eglise
Sainct Jean, où madame la Duchesse d'Alençon,
qui depuis fut Royne de Navarre, aloit secrettement faire quelque neufveine avecques trois ou
quatre de ses femmes, estant à genoux et devant
le crucifix, ouyt monter en hault quelque personne, et à la lueur de la lampe cogneut que
c'estoit une religieuse. Et, à fin d'entendre ses
devotions, se retira la Duchesse au coing de l'autel, et la religieuse, qui pensoit estre seule, s'age-
noilla ; puis, en frappant sa coulpe, se print tant
à pleurer que c'estoit pitié, ne cryant sinon :
« Helas ! mon Dieu, ayez pitié de ceste pauvre
pecheresse. » La Duchesse, pour entendre que
c'estoit, s'approcha d'elle en luy disant : « M'a-
mie, qu'avez-vous ? d'où estes-vous ? et qui vous
amene en ce lieu ? » La pauvre religieuse, qui ne
la cognoissoit point, luy dist : « Helas ! m'amie,
mon malheur est tel que je n'ay recours qu'à
Dieu, lequel je prie me donner le moyen de
parler à madame la Duchesse d'Alençon, car à
elle seule je compteray mon affaire, m'asseurant
que, s'il y a ordre, elle le trouvera. — M'amie,
ce luy dist la Duchesse, vous pouvez parler à
moy comme à elle, car je suis fort de ses amies.
— Pardonnez-moy, dist la religieuse, jamais autre

qu'elle ne sçaura mon secret. » A l'heure la Duchesse luy dist qu'elle pouvoit parler franchement et qu'elle avoit trouvé ce qu'elle demandoit. La pauvre femme se jetta lors à ses pieds, et, aprés avoir longuement pleuré et crié, luy racompta tout ce qu'avez ouy de sa pauvreté. Adonc la Duchesse la reconforta si bien que, sans luy oster la repentance continuelle de son peché, luy meit hors de l'entendement le voyage de Rome, et la renvoya à son prieuré avec des lettres à l'evesque du lieu pour donner ordre à faire chasser ce religieux scandaleux.

« Je tiens ce compte de ladicte Duchesse mesmes, par lequel vous pouvez veoir, mes Dames, que la recepte de Nomerfide ne sert pas à toutes personnes : car ceux-cy, touchans et ensevelissans le mort, ne furent moins touchez de lubricité. — Voilà une invention, dist Hircan, de laquelle je croy que jamais homme n'usa, de parler de la mort et faire les œuvres de la vie. — Ce n'est point œuvre de vie, dist Oisille, de pecher : car on sçait bien que peché engendre la mort. — Croyez, dist Saffredent, que ces pauvres gens ne pensoient point à toute ceste theologie ; mais, comme les filles de Lot enyvrerent leur pere, pensans conserver nature humaine, aussi ces pauvres gens vouloient reparer ce que la mort avoit gasté en ce corps, et en refaire un tout nouveau. Parquoy je ne vois mal que les larmes de la pauvre religieuse, qui tousjours pleuroit et tousjours retournoit à la cause de son pleur.—J'en ay assez veu de telles, dist Hircan, qui pleurent leur peché et rient leur plaisir tout ensemble. — Je me doute bien, dist Parlamente, pour qui vous le dictes : dont il me semble que le rire a assez duré, et seroit temps que les larmes commençassent. — Taisez-vous, dist Hircan; encores n'est pas finie la tragedie qui a commencé par rire. — Pour changer mon propos, dist Parlamente, il me semble que Dagoucin est sailly hors de nostre deliberation, qui estoit de ne dire compte que pour rire, et le sien est trop piteux. — Vous avez dict, respondit Dagoucin, que nous ne racompterions que des folies, et il me semble que je n'y ay pas failly. Mais, pour en ouyr un plus plaisant, je donne ma voix à Nomerfide, esperant qu'elle rabillera ma faulte. — Aussi ay-je un compte tout prest, respondit-elle, qui est digne de suivre le vostre, car il parle de religieux et de mort. Or escoutez-le bien, s'il vous plaist. »

Cy finent les comptes et nouvelles
de la feuë Royne de Navarre,
qui est ce que l'on a peu recouvrer.

NOTES HISTORIQUES

QUATRIÈME JOURNÉE

Page 10, ligne 16. — Bernage ou Vernaiges (comme le nomment quelques manuscrits) était écuyer d'écurie de Charles VIII, en 1495, et recevait, en cette qualité, 300 livres de gages par an. La terre de Civray, située sur les bords du Cher, près du château de Chenonceaux, n'est venue en sa possession qu'après l'année 1482, car elle appartenait encore, cette année-là, à Jean Goussart, écuyer.

P. 15, l. 14. — Jean Perreal, dit Jean de Paris, que Jean Lemaire de Belge appelle *nostre second Zeuxis ou Appelles en paincture*, et que Geoffroy Tory qualifie d'*excellent peintre*, était peintre ordinaire du roi, au titre de valet de chambre, avec 240 livres de gage. Il fut attaché d'abord à Charles VIII en cette double qualité, puis à Louis XII et à François Ier. En 1514, le roi l'envoya en Angleterre pour faire le portrait de la princesse Marie, sœur de Henri VIII. L'année suivante, il fut chargé de la décoration funèbre pour les obsèques de

Louis XII. La réputation de ce grand artiste lyonnais était si populaire que son nom a passé en proverbe pour désigner un homme galant et magnifique.

P. 18, l. 1. — Charles, fils de Jean, comte d'Angoulême, et de Marguerite de Rohan, naquit en 1458, et mourut en 1496. Charles VIII, son cousin, le pleura en disant *qu'il avoit perdu l'un des plus hommes de bien qui fût entre les princes de son sang.* Cependant Charles d'Angoulême avait pris les armes contre le roi dans la révolte du duc d'Orléans : c'était le père de François Ier et de la reine de Navarre, qu'il laissa en bas âge sous la tutelle de leur mère, Louise de Savoie.

P. 24, l. 2. — Grip, aujourd'hui Gript, à deux lieues et demie de Niort, était alors une seigneurie que Catherine de Vivonne, fille d'Arthus de Vivonne, qui vivait en 1476, apporta en dot à Jean Poussart, chevalier, qui signa au contrat de mariage de la reine de Navarre : *le seigneur de Fors, bailli du Berry.*

P. 27, l. 4. — Louise de Savoie, fille de Philippe, alors comte de Bresse et depuis duc de Savoie, avait épousé en 1488 le duc Charles d'Angoulême, qui mourut en 1496.

P. 58, l. 7. — Le personnage désigné ici est Jean de Talleyrand, chevalier, seigneur de Grignols et Fouquerolles, prince de Chalais, vicomte de Fronsac, maire et capitaine de Bordeaux, chambellan de Charles VIII, premier maître d'hôtel et chevalier d'honneur des reines Anne de Bretagne et Marie d'Angleterre.

CINQUIÈME JOURNÉE

Page 74, ligne 2. — Le traité de Cambrai, conclu en 1529 par Marguerite d'Autriche et Louise de Savoie, s'appela la *paix des dames,* à cause des intermédiaires que le roi et l'empereur avaient choisis.

P. 74, l. 9. — La *plus belle de toutes les Flamandes* est Françoise de Luxembourg, qui avait épousé le comte d'Egmont, Jean quatrième du nom, chambellan de Charles-Quint. Cette dame, morte en 1557, fut mère du célèbre comte d'Egmont, à qui le duc d'Albe fit trancher la tête en 1568.

P. 79, l. 16. — On est fondé à croire qu'il s'agit ici de François d'Angoulême, qui fut élevé en Touraine, dans les châteaux de Loches et de Romorantin, par sa mère, Louise de Savoie, lorsqu'il ne paraissait pas encore destiné à monter sur le trône. Le sujet de cette Nouvelle doit donc être rapporté au règne de Louis XII, avant le mariage de François d'Angoulême, créé duc de Valois, avec Claude de France, en 1514. M. Le Roux de Lincy suppose que l'aventure a eu pour théâtre le château d'Amboise, que Louis XII avait mis à la disposition de la veuve du comte d'Angoulême, afin de la rapprocher de la cour, fixée alors à Blois.

P. 95, l. 19. — Le passage suivant de Brantôme, où il donne l'analyse de cette Nouvelle, nous révèle le nom du gentilhomme : « Mais, après avoir le tout découvert, il ne devoit rien dire. Mais quoy ! ce dira quelqu'un, l'amitié et l'amour n'est point bien parfaite si on ne la

declare et du cœur et de la bouche, et ce pour ce
gentil homme la lui vouloit faire bien entendre, mais il
n'y gagna rien, car il y perdit tout. Aussi qui eust congneu l'humeur de ce gentil homme, il sera pour excusé :
car il n'estoit si froid n'y discret pour jouer ce jeu et se
masquer d'une telle discretion ; et, à ce que j'ay ouy dire
à ma mère, qui estoit à la royne de Navarre et qui en
sçavoit quelques secrets de ses *Nouvelles,* et qu'elle en
estoit l'une des devisantes, c'estoit feu mon oncle de La
Chastaigneraye, qui estoit brusq, prompt et un peu vola-
ge.» Ce seigneur de La Chastaigneraye est le même qui
eut un duel fameux avec le sire de Jarnac, et qui fut tué
d'un coup d'épée. Brantôme, dans son analyse, nous dit
que l'héroïne de la Nouvelle était une *grande dame* ;
mais il ne la nomme pas.

P. 104, l. 7. — Ce fut dans l'été de 1536 que
Charles-Quint entra en Provence par le Piémont et alla
faire le siége de Marseille ; mais, vaincu par la disette et
les maladies qui décimaient son armée, il fut obligé de se
retirer honteusement.

P. 110, l. 5. — On croyait alors reconnaître la virginité des femmes à certains signes extérieurs. Ainsi on pré-
tendait que la petite veine qui traverse l'œil devait être
rouge chez les filles vierges, et azurée chez celles qui
ne l'étaient plus.

P. 114, l. 24. — Charles de France, duc d'Orléans,
troisième fils de François Ier et de Claude de France, né
le 22 janvier 1522, mourut de pleurésie le 9 septembre
1545. Le jeune duc d'Orléans, qui avait commandé plusieurs fois les armées du roi son père, promettait de devenir un grand capitaine.

P. 116, l. 9. — Selon un très-ancien et très-naïf usage,
répandu non seulement en France, mais dans toute l'Eu-
rope, les jeunes gens cherchaient, le matin de la fête des

Saints-Innocents, à surprendre les femmes au lit, et, quand ils réussissaient, ils pouvaient corriger la paresse des dormeuses en leur donnant le fouet avec la main. On conçoit que souvent le jeu ne s'arrêtait pas là.

P. 120, l. 22. — Le comte Charles d'Angoulême, fils de Jean, surnommé *le Bon,* et de Marguerite de Rohan. Il laissa Louise de Savoie, sa veuve, avec deux enfants en bas âge : Marguerite et François. Ce prince avait donné des preuves de son esprit éclairé, autant que de son courage et de sa bonté.

P. 136, l. 1. — Cet *Astillon* est Jacques de Chastillon, chambellan de Charles VIII et de Louis XII, tué au siége de Ravenne en 1512.

P. 136, l. 21. — *Duracier* est Jacques de Genouillac, dit Galiot, qui s'appelait le seigneur d'*Acier.* Il se distingua dans les guerres d'Italie.

P. 136, l. 28. — *Valnebon* est l'anagramme de Bonneval (Germain), conseiller et chambellan du roi, et qui périt à la bataille de Pavie.

SIXIÈME JOURNÉE

Page 161, ligne 1. — Ce duc d'Italie est François Marie de La Rovère, duc d'Urbin, né en 1491, neveu du pape Jules II, qui le nomma préfet de Rome. Élevé à la cour de France, il fut un des plus grands capitaines de son temps. Il mourut empoisonné en 1538. Il avait épousé en 1509 Éléonor-Hippolyte de Gonzague, fille de François, deuxième du nom, marquis de Mantoue.

P. 161, l. 2. — Ce fils n'est pas, sans doute, Guy Ubaldo, né en 1514, qui fut le successeur de son père comme duc d'Urbin. Ce serait plutôt son frère aîné, François, qui mourut jeune, peut-être à la suite des tristes résultats de son premier amour.

P. 161, l. 10. — La mère du jeune prince, Éléonor-Hippolyte de Gonzague, fut mariée d'abord avec Antoine, seigneur de Montalto, avant d'épouser en secondes noces le duc d'Urbin. Elle mourut en 1570, âgée de plus de soixante-douze ans.

P. 165, l. 10. — La prise de cette ville par Louis XII, qui commandait lui-même son armée, eut lieu en 1509. La relation de cette *dolente prinse* se trouve dans le *Livre novellement translaté de l'italienne rime en rime françoise, contenant l'advenement du roi de France Louis XII à Millan et la triumphante entrée audict Millan,* etc. Lyon 1509, in-4°.

P. 173, l. 6. — Ce seigneur est désigné dans d'autres éditions sous le pseudonyme de *prince de Belhoste*; mais nous n'avons pas réussi à deviner le véritable nom de ce personnage. Nous supposons que c'est un prince étranger, italien sans doute, qui était au service de François Ier.

P. 173, l. 14. — Cette dame veuve est appelée, dans d'autres éditions, *Madame de Neufchastel.* Nous croyons que c'est la veuve de Louis d'Orléans, duc de Longueville, qui était mort en 1516, et dont le second fils, Louis, deuxième du nom, héritier du duché de Longueville et de la principauté de Neufchâtel, mourut le 9 juin 1537. La duchesse douairière, qui survécut à son mari jusqu'en 1543, était Jeanne de Hochberg, fille unique de Philippe, comte souverain de Neufchâtel. On la désignait, suivant l'usage, par son nom de famille : *Madame de Neufchâtel.*

P. 200, l. 8. — L'histoire, comme l'a fait remarquer

M. Le Roux de Lincy, n'a pas fait mention de cette am-
bassade d'un seigneur de Montmorency en Angleterre
sous le règne de Louis XI. Il s'agit sans doute d'une
mission secrète qui n'avait laissé aucune trace, sinon dans
les souvenirs de la cour de France. Guillaume, seigneur
de Montmorency et d'Écouen, etc., fils de Jean,
deuxième du nom, chambellan de France sous Charles VII,
et de Marguerite d'Orgemont, sa seconde femme, hérita
des titres et des biens de sa maison, quoique né d'un
second lit, ses deux frères ayant été déshérités par leur père
pour avoir embrassé le parti du duc de Bourgogne contre
Louis XI. Ce roi lui conserva toujours une affection par-
ticulière. Guillaume, qui commença la branche des ducs
de Montmorency, fut aussi en faveur sous les règnes de
Charles VIII, Louis XII et François Ier, qu'il servit dans
les négociations et dans les armées. Il mourut en 1531.

P. 206, l. 26. — Ces deux grandes princesses sont
Marguerite de France et la duchesse de Montpensier. —
Marguerite de France, duchesse de Savoie et de Berry,
fille de François Ier et de Claude de France, était née à
Saint-Germain en Laye le 5 juin 1523. Elle avait eu
pour marraine sa tante Marguerite d'Angoulême. Elle
épousa en 1549 Emmanuel-Philibert, duc de Savoie, et
mourut en 1574. — Jacqueline de Longwick, comtesse
de Bar-sur-Seine, fille de Jean-Charles de Longwick,
seigneur de Givry, et de Jeanne, bâtarde d'Angoulême,
avait épousé, en août 1538, Jean de Bourbon, deuxième
du nom, duc de Montpensier. Elle eut un grand crédit
à la cour de France jusqu'à sa mort, en 1561. De Thou
dit que « c'étoit une princesse d'un grand esprit et d'une
prudence au-dessus de son siècle ».

P. 222, l. 29. — François Ier fut sacré le 25 janvier
1515; mais, comme il ne se trouvait plus à Blois lorsque
le pauvre bigame parut devant la reine Claude et *Ma-*

dame la Régente, on doit supposer que ce fait est postérieur au mois d'août 1515, c'est-à-dire à l'époque où le jeune roi, laissant la régence à sa mère, Louise de Savoie, alla se mettre à la tête de son armée d'Italie pour reconquérir le duché de Milan.

SEPTIÈME JOURNÉE

Page 238, ligne 2. — M. Le Roux de Lincy pense que cette « dame de sang royal » est Louise de Savoie, « qui aimoit beaucoup à entendre raconter des aventures de toutes sortes ». Nous pencherions plutôt à croire que c'est Marguerite elle-même, « qui sçavoit bien dire ung compte et de bonne grâce ».

P. 242, l. 6. — Ce prévôt de Paris est Jean de La Barre, dont il est question dans la première Nouvelle. Dans le *Journal d'un Bourgeois de Paris sous le règne de François Ier*, publié par M. L. Lalanne (1854, in-8, p. 125), on lit, à la date de 1522 : « Au dict an le roy crea aussy et ordonna à tousjours en la ville de Paris un bailliage pour estre divisé et hors de la prevosté de Paris, et pour en faire une jurisdiction à part, et pour, par icelle, congnoistre des causes des privilegiez de l'Université de Paris ; et, pour ce faire, y establit et ordonna un baillif, lequel se nommoit *monsieur de la Barre*, qui estoit l'un de ses mignons, natif de Paris, et de pauvres gens, auquel il donna ledict bailliage gratis, à cause qu'il estoit en sa grace, etc. »

P. 246, l. 21-23. — Ce passage semble indiquer que

Parlamente est Marguerite elle-même, car cette princesse
était allée en Espagne pendant la captivité de François Ier
et avait résidé quelque temps à la cour de Madrid.

P. 254, l. 8. — La cathédrale de Saint-Jean, fondée
dès le VIIe siècle, fut ruinée et reconstruite plusieurs fois
à diverses époques. L'édifice actuel date du règne de
saint Louis, mais il ne fut terminé que sous Louis XI.
C'est un monument d'une architecture très-ornée à l'ex-
térieur. L'intérieur est d'une grande simplicité, mais
d'un caractère imposant. Le *Sépulcre*, sculpté en pierre et
peint, qui décorait une des chapelles, fut détruit en 1562,
lorsque les huguenots saccagèrent l'église.

P. 257, l. 5. — Antoine de Bourbon, duc de Ven-
dôme, fils de Charles de Bourbon et de Françoise d'A-
lençon, épousa Jeanne, fille du roi Henri d'Albret et de
la reine Marguerite de Navarre, le 20 octobre 1548, à
Moulins. Cette date précise prouve que la fin de l'*Heptaméron* a été composée postérieurement à l'année 1548,
c'est-à-dire dans les derniers mois de la vie de Marguerite, qui mourut le 21 décembre 1549.

P. 259, l. 1. — « Les *protonotaires apostoliques*, dit
M. Le Roux de Lincy, avaient été institués au nombre de
douze, dans les premiers siècles de l'Église, par le pape
Clément Ier, pour écrire les vies des saints et les autres
actes apostoliques. Baronius, dans ses *Annales ecclésiasti-
ques*, les a cités plusieurs fois. Peu à peu le nombre des
protonotaires s'accrut, et leur autorité s'affaiblit. Dès
le XVe siècle, cette dignité était devenue un titre hono-
rifique, qu'on accordait toujours aux docteurs en théo-
logie de noble famille ou qui jouissaient d'une certaine
importance. »

P. 261, l. 1. — Jean-François de La Roque, sieur de
Roberval, gentilhomme picard, célèbre navigateur, que
François Ier envoya d'abord aux îles des Terres-Neuves,

découvertes en 1524, accompagna ensuite Jacques Cartier dans son voyage au Canada, dont ils prirent possession au nom du roi de France en 1535. Le sieur de Roberval fit un établissement dans l'île Royale et bâtit le fort de Charlebourg. Bonaventure Des Periers parle de lui avec éloges dans la troisième Nouvelle de ses *Contes et joyeux devis.*

P. 267, l. 8. — Des éditions portent *pouldre de Dun,* ce qui n'offre pas un sens plus clair que *pouldre de duc.* Il faut supposer que l'on appelait ainsi un mélange de cannelle et de sucre en poudre.

P. 270, l. 1. — L'antique château de Doz, ou Odoz, en Bigorre, où mourut la reine de Navarre, était son séjour favori. C'est là, dit-on, que furent racontées la plupart des Nouvelles de l'*Heptaméron.* Il subsiste encore dans le département des Hautes-Pyrénées, à six kilomètres de Tarbes.

P. 274, Nouvelle Septantiesme. — « La reine de Navarre s'est contentée, dit M. Le Roux de Lincy, de mettre en prose un ancien fabliau connu sous le nom de *la Châtelaine de Vergy.* On le trouve dans le t. IV du Recueil de Barbasan et dans les Fabliaux de Legrand d'Aussy, t. III, p. 38, édit. in-8°. Du reste, à peine Marguerite a-t-elle déguisé cet emprunt, puisqu'elle dit, avant de commencer son récit, que cette histoire a été écrite en si *vieux langage* que nul de la compagnie, excepté elle et madame Oisille, ne la comprendrait. L'histoire de la châtelaine de Vergy a été reproduite par le conteur italien Bandello (part. IV, nouv. v), et, d'après lui, par Belleforest, dans ses *Histoires tragiques.* »

P. 297, l. 6. — Jésus-Christ, dans l'Évangile, dit que le mauvais riche, en enfer, demande une goutte d'eau, pour étancher sa soif ardente, au Lazare qu'il aperçoit dans le ciel.

P. 304, l. 24. — Ce n'est qu'ici que notre texte nomme la dame en question. La reine de Navarre semble avoir voulu seulement indiquer le vrai nom historique en appelant cette dame *du Verger*. Elle modifia sans doute ainsi le nom de l'héroïne par égard pour la famille de Vergy, qui comptait plusieurs de ses membres à la cour de François Ier.

INDEX

DES NOMS DE PERSONNES ET DE LIEUX

Nota. *Les noms de personnes sont en petites majuscules, les noms géographiques en italiques, et les noms de châteaux, de couvents et d'églises en caractères ordinaires.* — *Les chiffres romains indiquent les journées, et les chiffres arabes les pages; Ap. signifie* Appendice. — *L'orthographe ancienne des noms a été le plus souvent conservée.*

GLOSSAIRE

ACCEPTABLE (AVOIR), accepter, agréer.

ACCEPTEUR, qui fait acception de : *Dieu n'est point accepteur de personnes.*

ACCOINTER (S') de quelqu'un, se lier avec lui.

ACCORDER (S') à quelqu'un, s'arranger avec lui, lui accorder ce qu'il demande.

ACCOUTRER, préparer.

ACHILLE (FAIRE SON), faire le fort.

ADRESSE d'un chemin, sa direction.

ADRESSER (S') à faire une chose, se mettre en devoir, s'aviser de la faire.

ADULTÉRER, aller à une autre femme. C'est le propre sens de l'étymologie, *ad alteram ire.*

AFFAIRE est souvent masculin.

AFFETTÉ, apprivoisé (du latin *affectatus,* fait à).

AFFINER, tromper.

AFFRES, grand effroi.

ALTERES, inquiétudes, émotions.

AMY et AMIE s'emploient souvent pour amant et maîtresse.

AMOUR (FAIRE L') à une femme, la courtiser.

ANGELISÉ, qui a pris la nature des anges.

APOINCT, moment favorable.

APOSTÉ, préparé à l'avance, prémédité.

APPETIT (A L') d'autruy, en convoitant une autre personne (une femme).

ASSEMBLÉE, rencontre, rendez-vous de deux personnes.

ASSURER (S'), tenir pour certain.

ASSUS (METTRE). Voir *Sus (Mettre à).*

AVANTAGE (A SON), dans une situation avantageuse pour lui.

AVOUER quelqu'un d'une chose, l'en approuver.

BANDOLIER, qui fait partie d'une bande, voleur de grandes routes.

BEAU-PERE, nom donné aux religieux.

BIENHEURETÉ (substantif de *bienheureux*), bonheur.

BLANCS (GRANDS), monnaie valant treize deniers.

BORDE, cabane, métairie.

BOUT (SE METTRE SUR LE BON), se mettre sur un bon pied, faire plus de dépense.

BRAVE, bien vêtu.

BREF (DE), bientôt.

BRUIT (EMPORTER LE) par-dessus les autres, les surpasser en renommée.

BRUNETTE, étoffe fine en soie.

BUREAU, bure, grosse étoffe de laine.

CAMP (DONNER), accepter la bataille ; ou bien reculer avant de revenir se choquer, donner, se donner du champ.

CATERRE, CATERREUX, pour catarrhe, catarrheux.

CAUTELLE, ruse.

CHALLOIR, être d'importance. *Il ne me chault,* il ne m'importe. — *Il ne lui challoit.*

CHAMARRE, robe de chambre.

CHEF (VENIR A), venir à bout.

CHERCHER. S'emploie dans le sens de fouiller : *Il fut pris et cherché.*

CHERES, dépenses d'agrément : *faire beaucoup de cheres.*

CHEVIR, venir à bout. Vient sans doute de *chef,* signifiant bout.

CLAIRE-BRUNE, fille d'un brun clair. La vraie orthographe serait *clair-brune, clair* étant ici adverbe.

COMMANDER (de *commendare*), recommander.

COMPLEXIONS (au pluriel), le caractère.

CONDITIONS (au pluriel), manières d'être.

CONGÉ, permission.

CONTEMNER, mépriser (*contemnere*).

CONTENANCES (au pluriel), postures. — *Faire des contenances* de son intention, l'annoncer par ses gestes.

CONTENEMENT, pour *contenance.*

CONTENT (ÊTRE), consentir.

CONTREMONT, en haut. *Lever les mains contremont,* les lever en l'air. On dit encore *en amont* pour désigner la partie supérieure du cours d'une rivière.

CONVENT (*conventus*), pour couvent, qui est une corruption.

CORREIL, verrou.

COTTE. — *Bailler la cotte rouge* à une fille, la dépuceler. — Lui *bailler la cotte verte*, la jeter sur l'herbe.

COULPE (FRAPPER SA), se frapper la poitrine en disant *Mea culpa*.

COUPLE est quelquefois féminin, même quand il signifie l'homme et la femme, le mâle et la femelle.

COURT (TENIR DE), tenir serré, serrer de près.

COYEMENT, paisiblement.

CRAINDRE SA VIE, craindre pour sa vie.

CRESMEAU, petit bonnet qu'on mettait sur la tête de l'enfant qui venait d'être baptisé et oint du saint chrême.

CROYE, craie.

CUIDER, penser, espérer, et, par extension, tenter de, les efforts que l'on fait pour atteindre un but étant accompagnés d'un travail de la pensée.

CURIEUX, s'emploie dans le sens de précieux, luxueux.

DAMOISELLE se dit aussi bien d'une femme mariée que d'une fille, mais seulement dans la noblesse ou dans la bourgeoisie.

DEFFAIRE (SE), se suicider.

DEFFINER, finir sa vie, mourir.

DEMENEMENT, allure, évolution, train.

DEMEURANT (LE), le reste.

DEPARTIR, séparer, et quelquefois se séparer.

DEPESCHER DE, débarrasser de (le contraire d'empêcher).

DEPORTER (SE) DE, s'abstenir de, abandonner.

DESAVANCÉ, qui a perdu son avancement, sa position.

DESERVIR, mériter.

DESPENDRE, dépenser.

DESPITER, mépriser, faire peu de cas, de *despicere*. — Participe passé : *despit, despite*.

DESPRIS, mépris.

DEVANT, auparavant.

DIRE (TROUVER QUELQU'UN A), trouver qu'une personne manque, s'apercevoir qu'elle n'est plus là.

DIVERTIR, détourner. C'est le sens du latin *divertere*.

DOCTRINE, enseignement, savoir. Sens latin du *doctrina*.

DON DE MERCY, ce qu'une femme donne à un homme dont elle prend l'amour en pitié (merci).

DONT, d'où. S'écrit aussi *d'ond* (lat. *de unde*).

DOUBTE, quelquefois féminin.

DOUBTER, redouter.

Douter, se douter. — *Celui qu'il doutoit à son ennemi*, celu qu'il soupçonnait être son ennemi.

Douter (Se) de, craindre de.

Drapper sur la tissure, raconter en détail.

Effroyer, pour effrayer, dérivation plus régulière du mot *effroi*.

Emperiere, impératrice.

Employé (C'est bien). Équivaut à « C'est bien fait. »

Encourir (latin *incurrere*), courir, tomber dans.

Enhortement, exhortation.

Ententif, attentif.

Erudition, enseignement, instruction.

Espie, espion.

Esprit (Estre de bon), avoir de la présence d'esprit.

Estrange, qui est éloigné de.

Estranger, S'estranger, éloigner, s'éloigner.

Exemple est quelquefois féminin, comme beaucoup d'autres mots masculins finissant par un *e* muet.

Fais, pour *faix*, fardeau.

Fantasie, inquiétude (orthographe conforme à l'étymologie *phantasia*).

Fortune, événement fortuit, hasard, destinée, chance bonne ou mauvaise.

Fortune (De), par hasard.

Franchise, lieu où l'on est en sûreté, asile.

Frise, étoffe de laine à poil frisé. Ce nom ne viendrait-il pas aussi du lieu d'origine?

Garenne, endroit réservé d'un parc. La garenne était primitivement un espace de terrain que le seigneur du domaine faisait garder plus particulièrement.

Garse, fille. Ne se prenait pas en mauvaise part, mais se disait d'une fille de basse condition.

Gehenne, torture.

Genoil, genou, conformément à l'étymologie (*geniculum*, diminutif de *genu*).

Gît en preuve, reste à prouver.

Gloire, employé dans le sens de gloriole, orgueil.

Gorgias, beau, magnifique, dont les dérivés sont : *gorgiaseté*, *gorgiasement*. Aux XIVe et XVe siècles, *gorgias* a le sens de « qui se met bien », pour les hommes comme pour les femmes, et s'explique peut-être par : « qui habille et découvre sa gorge avec recherche. » Ces mots expriment d'ailleurs une idée de plénitude et de richesse qui se trouve également dans les verbes *gorger* et *regorger* : il y a là, sinon une identité, du moins une grande analogie de sens.

GOUÏATTE, GOUJATE, gouge, fille de service.

GOUTTES (AVOIR LES), avoir la goutte.

GOUVERNEMENT, conduite, façon de se gouverner.

GOUVERNER, fréquenter assidûment.

HAIOIS, imparfait de *haïr*.

HALLECRET, corselet en fer.

HOUZÉ, botté, qui a ses houzeaux (grandes bottes).

IMPORTABLE, insupportable.

INNOCENS (BAILLER LES). — Voir, à la 45ᵉ nouvelle, la note de la page 51.

INTELLIGENCE, qui veut dire rapports intellectuels, doit s'appliquer aussi aux rapports sexuels dans la phrase suivante de la 23ᵉ nouvelle (3ᵉ journée, page 54, ligne 22) : « La loy... ne veult permettre que ceux qui sont de bonne conscience comme vous soient *frustrez de l'intelligence.* »

JAÇOIT QUE, bien que. (Étymologie : *ja soit que.*)

LABOURER, travailler.

LAIRRAI, LAIRRAS, LAIRRA, etc., futur de *laisser*.

LAVER, pour *se laver*. A souvent le sens précis de laver ses mains avant et après le repas. Le latin *lavare* s'emploie aussi dans ce sens.

LÉANS, là dedans; comme *céans* veut dire ici dedans. *Léans* se dit quand on est hors du lieu dont on parle; *céans* quand on est à l'intérieur.

LOYER, salaire, récompense.

MAIN (AVOIR LE LANGAGE A), parler facilement.

MAIS QUE, pourvu que. Se trouve aussi écrit *mesque* (*mès que* comme *presque* est formé de *près que*).

MALHEURETÉ, malheur, mauvais pas, malencontre.

MANTE, couverture de lit.

MAUREAU (CHEVAL) ou MOREAU, qui a le poil d'un noir foncé et brillant. Les Mores sont noirs.

MÉCANIQUE, homme mécanique, qui fait un travail manuel, ouvrier.

Méconnaître, ne pas reconnaître.

Menée (Faire sa), poursuivre son but.

Mensonge a d'abord été féminin (étymologie italienne, *menzogna*); au XVIe siècle il était des deux genres.

Mescheoir, arriver malheur.

Mescogneu, participe passé employé pour le participe présent. — *Faire le mescogneu,* faire l'ignorant.

Mesque. Voir *Mais que.*

Mestier, besoin : *n'avoir mestier.* — *Ce qu'il lui fait de mestier,* ce dont il a besoin.

Mettable, présentable : *mettable en bonne compagnie.*

Mettre peine de, prendre la peine, s'efforcer de.

Meurdre, pour meurtre; conforme à l'anglais *murder.*

Monstier ou Moustier (de *monasterium*), monastère. Proverbialement, *laisser le moustier où il est* signifie : s'arrêter où l'on en est, ou s'en tenir aux usages reçus.

Moyen, intermédiaire, milieu, moyen terme.

Mutation, pour mutabilité.

Necessité, le nécessaire, opposé au superflu.

Note, tache, infamie, dans le sens du latin *nota.*

Nully (A), à personne (latin *nulli*).

Occasion avait plusieurs sens, actuellement inusités, tels que : intention, décision, motif, chance de succès.

Opinion, pensée. — *Avoir opinion à un homme,* penser à lui. (Se dit d'une femme.) — S'emploie parfois dans le sens de jalousie : *Avoir opinion de quelqu'un,* en être jaloux.

Ord, sale : d'où *ordure.* Doit venir de *horridus.*

Ordinaire (substantif), repas habituel.

Ordre, moyen, chance de réussite, dans le sens de cette phrase : *Il n'y a nul ordre,* il n'y a pas moyen.

Ordre (Bien en), bien paré, bien équipé.

Orrai, futur du verbe *ouïr.*

Paille (Mettre la) au devant, vouloir arrêter : expression proverbiale qui vient de ce qu'on arrête un cheval en lui présentant du fourrage.

Par ainsi que, de telle sorte que.

Partement, départ.

Passions, tourments, propre sens du latin *passio.*

Payement, plancher, de *pavimentum.*

Peccatile, peccadille.

PELOTE (JOUER D'UNE CHOSE A LA), la traiter légèrement, sans respect.

PENEUX, pour *penaud*; se rapproche plus de l'étymologie s'il vient, comme nous le pensons, de *peine*.

PERVERTIR, renverser, déranger.

PETIT (UN), un peu.

PITEUX, qui a pitié.

POINT (EN). — *Bien en point, mal en point,* en bon état, en mauvais état.

POISER, peser, de *poids*.

POSSIBLE, employé adverbialement, signifie : peut-être.

POSTE (A SA), à sa disposition, à sa convenance.

POUR, malgré. — *Pour mourir,* dût-on mourir.

POURCHAS et PROCHATZ, poursuite, recherche (action de pourchasser).

POUSSÉ (ESTRE) DE SOUPÇON de quelqu'un, se sentir poussé à le soupçonner.

PRATICQUER quelqu'un, le fréquenter, se conduire avec lui d'une certaine façon.

PREMIER (employé adverbialement), d'abord, premièrement.

PRESCHER SUR LE TECT (TOIT), publier hautement, comme le ferait une personne qui parlerait sur le toit pour être entendue de plus de monde.

PROCHATZ. Voir *Pourchas.*

PROU, beaucoup. — *Prou vous fasse !* grand bien vous fasse !

PUTIER, qui fréquente les femmes de mauvaise vie.

QUANT, QUANTS, féminin *quante, quantes* (adjectif), combien grand, combien nombreux (*quantus,* pluriel *quanti*).

QUANT ET QUANT, en même temps (de *quantum*).

QUITTER, tenir quitte.

QUITTER une chose à quelqu'un, la lui abandonner.

RACOINTER (SE), refaire connaissance. — Voir *Accointer.*

RAGER, faire rage. — *Rageans folastrement parmy le jardin,* courant dans le jardin comme des fous.

RAMENTEVOIR, remettre en esprit, rappeler.

RECOUS, repris, participe passé du verbe *recourre.*

RECOUVRER, employé dans le sens d'obtenir.

RECUEIL. S'emploie souvent dans le sens d'accueil.

REGARD (AVOIR), avoir égard.

REGARD (POUR LE) DE, eu égard à, quant à.

RELIGION. S'emploie souvent pour couvent, ordre religieux.

Reste (Au) de, à l'exception de.

Retrait, lieux d'aisances (italien *retirata*).

Revestoire, vestiaire, l'endroit où les prêtres revêtent leurs habits sacerdotaux, la sacristie.

Robe (Bonne), de l'italien *buona roba*, bonne marchandise; se dit, au figuré, d'une femme belle, mais de mauvaise vie.

Saye, espèce de manteau. Ce mot est des deux genres.

Scofion ou Escoffion, coiffure de femme. C'est le même mot que *coiffe*, en espagnol *escofia*.

Secourir a, venir en aide. C'est le sens du latin *succurrere*, avec le datifs.

Secret, discret, qui sait tenir une chose secrète.

Sens (Avoir le) de faire une chose, songer à la faire.

Si, particule affirmative, ne doit pas être confondu avec le *si* conditionnel. Il s'emploie très fréquemment au commencement d'une phrase (*si, et si*), où il est purement explétif.

Si (Par tel) que, à la condition que. *Si* conditionnel, dans cette locution, est employé substantivement pour *condition*.

Suffisance, habileté, qualité de quelqu'un qui a les capacités voulues pour l'emploi qu'il occupe.

Surcot, vêtement de femme.

Survenir, pour subvenir.

Sus (Mettre a) à quelqu'un, mettre sur son compte.

Temps (Passer le) d'une chose, s'en faire un passe-temps.

Tenir a quelqu'un, lui tenir parole.

Terrien, terrestre.

Territoire, terrestre.

Tirer, employé pour attirer. — *Tirer à l'amour de Dieu.*

Touret de nez, demi-masque de velours qui ne couvrait que le front et les joues.

Trahistre, traître.

Travailler, employé dans le sens de tourmenter, solliciter.

Unes. Ce mot prend par exception le signe du pluriel, qu'il ne devrait jamais avoir, dans *unes nopces*, à cause du latin *nubptiæ*, qui ne s'employait qu'au pluriel.

Verm, ver, du latin *vermis*.

Vituperable, blâmable (*vituperabilis*).

Voire mais (de *verum* et *magis*), vraiment plus, bien plus. Souvent il est purement explétif.

Vouer pauvreté, faire vœu de pauvreté.

TABLE

DU TOME SECOND

QUATRIÈME JOURNÉE

CINQUIÈME JOURNÉE

TABLE 343

SIXIÈME JOURNÉE

SEPTIÈME JOURNÉE

HUITIÈME JOURNÉE

TABLE 345

IMPRIMÉ PAR JOUAUST

POUR

LES CONTEURS FRANÇAIS

PARIS, M DCCC LXXX

LES CONTEURS FRANÇAIS

Collection in-8° écu, imprimée sur papier vergé de Hollande, à 10 fr. le volume, et sur papier de Chine (22 exemplaires), à 20 francs.

Nous faisons aussi un tirage en GRAND PAPIER (format in-8° raisin), ainsi composé :

200 exemplaires sur papier de Hollande, à 20 fr.
30   —   sur papier de Chine, à 30 fr.
30   —   sur papier Whatman, à 30 fr.
_____
260 exemplaires, numérotés.

EN VENTE

Nouvelles Récréations et Joyeux Devis de BONAVENTURE DES PERIERS, publiés par Louis Lacour. — 2 volumes.

Contes et Discours d'Eutrapel, de NOEL DU FAIL, publiés par C. Hippeau. — 2 volumes.

Matinées et *Après-Dînées de Cholières*, édition préparée par Éd. Tricotel, avec notice par Paul Lacroix, index, glossaire et notes par D. Jouaust. — 2 volumes.

L'Heptaméron des Nouvelles de la Reine de Navarre, publié par Paul Lacroix. — 2 volumes.

SOUS PRESSE

Les Serées, de Guillaume Bouchet.

DANS LE MÊME FORMAT

RECUEIL GÉNÉRAL DES FABLIAUX

PUBLIÉ PAR A. DE MONTAIGLON

Ce Recueil formera environ 5 volumes.

Les tomes I à III sont en vente; le tome IV est sous presse, et paraîtra très prochainement.

Tirage en GRAND PAPIER : 150 exemplaires sur raisin de Hollande, à 20 fr.; — 25 sur papier de Chine, à 30 fr.; — 25 sur papier Whatman, à 30 fr.

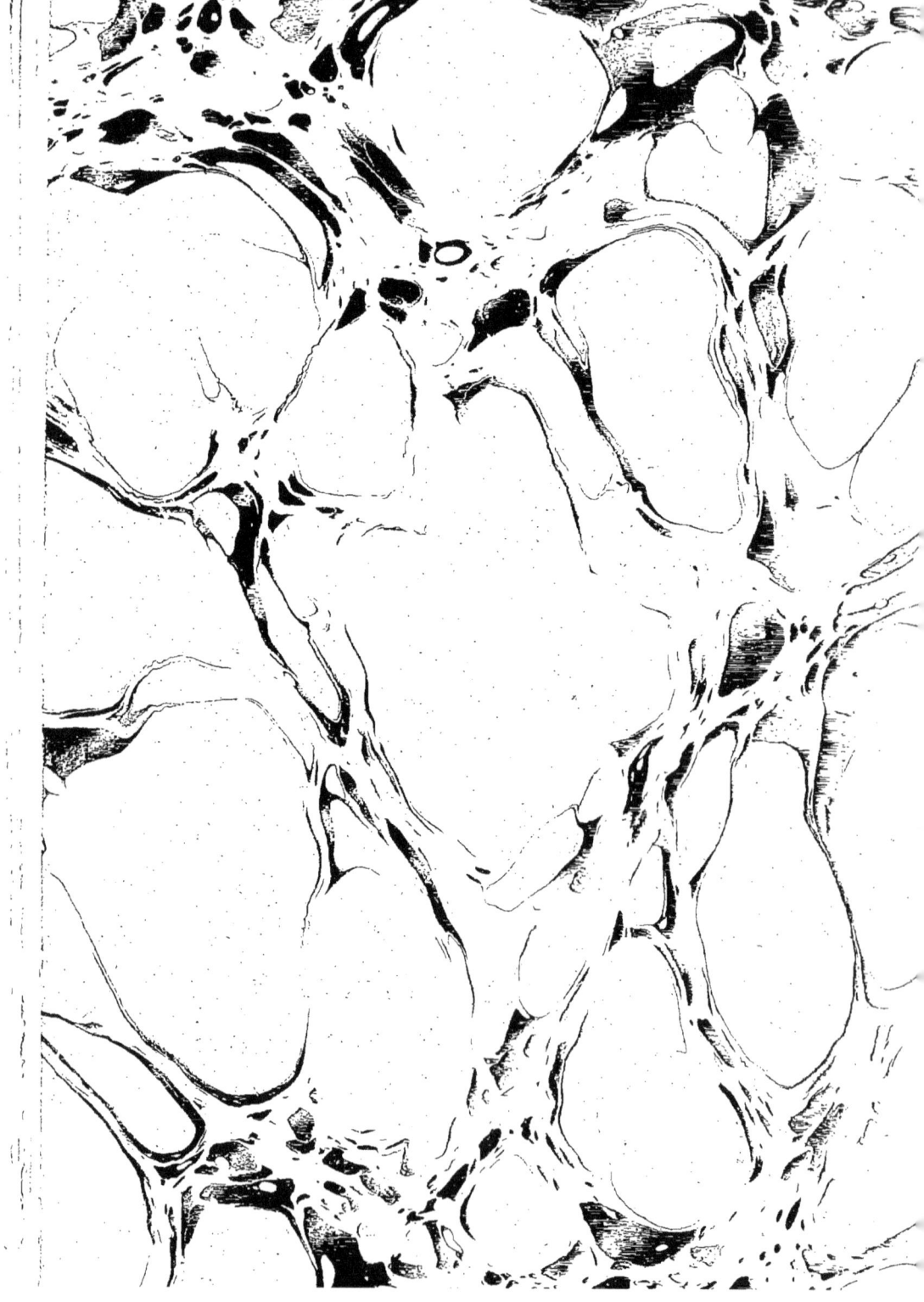

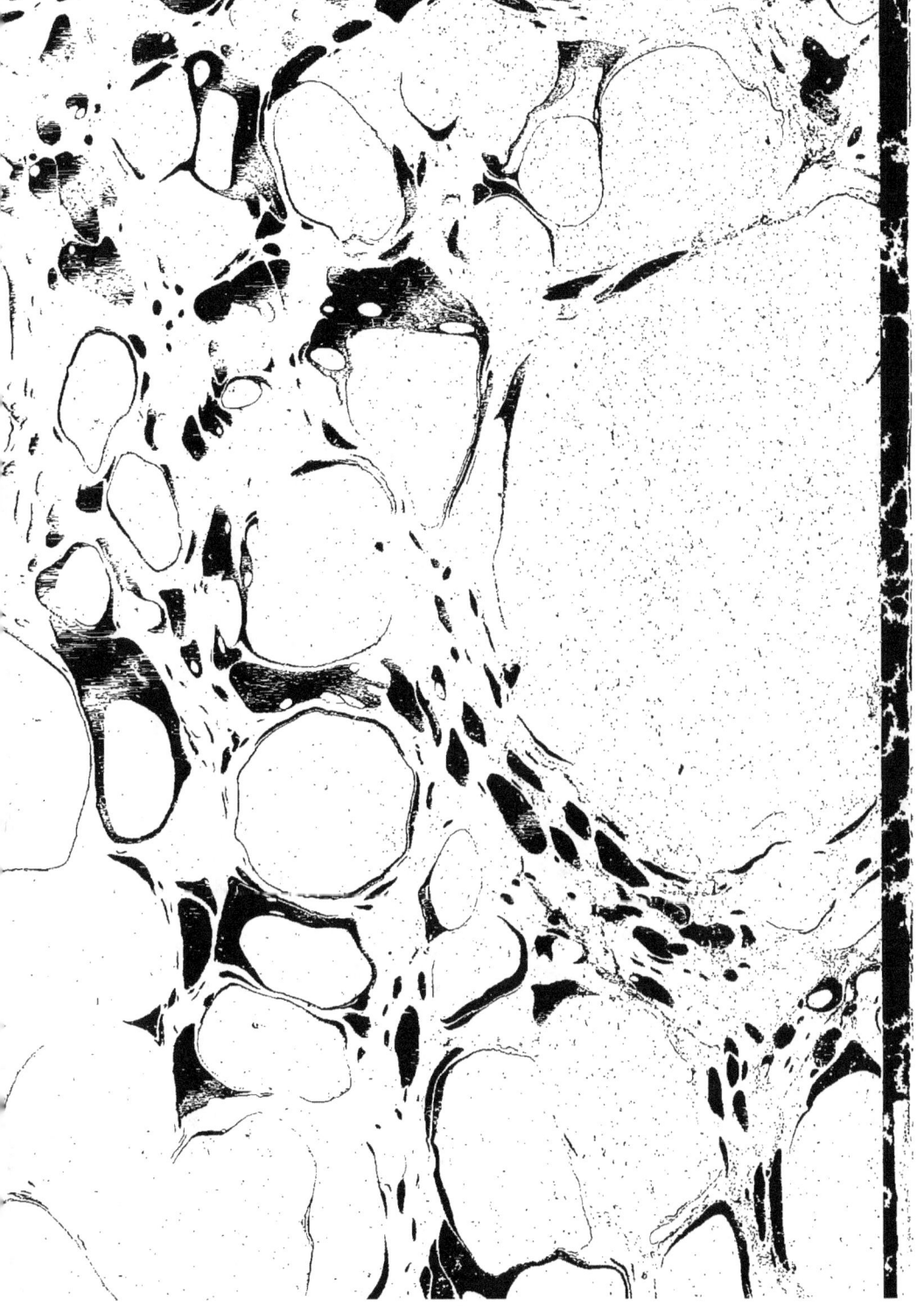

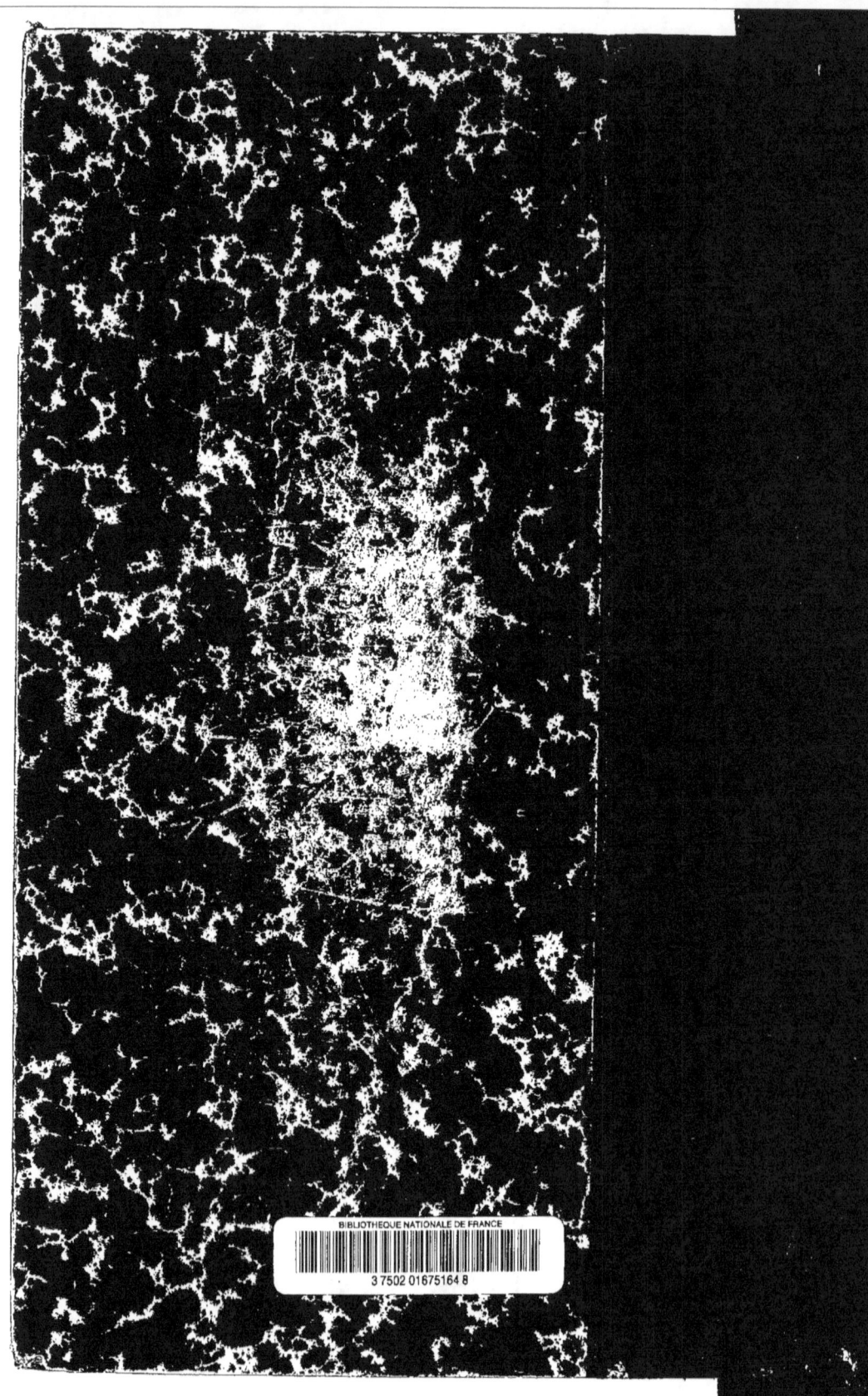